战争语录

1

如果不用负责，男人可以喜欢各种各样的女人，春兰秋菊各有各的味道。可是，你说这喜欢了，就得娶回家来，而且从此还就得这一个，不能沾别的了，那咱就不能光注重娱乐功能，得讲个综合国力。

2

夫妻之间发生矛盾，宁肯吵一架，哪怕动手，打一鼻青脸肿，也不能搞忍辱负重息事宁人。夫妻是不能讲道理的，讲道理就别做夫妻。君子之交淡如水，男女关系要是混成白开水，那就完了。

3

人生如戏，那一般就不是太平的人生；戏如人生，那戏就不会太好看。最好是：人生就是人生，戏就是戏，还是分开了好。

4

"杨柳岸，晓风残月，执手相看泪眼"，难道看的是老婆的泪眼？"月上柳梢头，人约黄昏后"，难道约的是孝敬公婆生儿育女的黄脸婆？"莫辞更坐弹一曲，为君翻作《琵琶行》"，那是为谁翻？他们也就是写悼亡诗的时候，才能想得起老婆，而且这个老婆还得早死，要是命长，连这待遇都没有。

5

您是一锅炉，您能烧开一锅炉的水；您要是一水壶，您就只能烧开一水壶的。您别老想着解决天下人的吃水难问题。

6

以前吧,特敬佩那种能守得住熬得过去直守得云开见日直熬到深山见太阳的那类女人,别管老公怎么蹦跶,您回家也好不回家也好,给钱也好不给钱也好,哪怕在外面都生了小兔崽子,咱就忍着,十年八年二十年三十年,等您钱包空了身子也空了,您苦海无边回头是岸,得咱执手相看泪眼夫妻对泣一场,完后不计前嫌和好如初,还安慰自己说那些就是人生的小插曲,最终还是我俩,这叫"价值婚姻"。但现在,忽然发现"价值婚姻"其实很不值——凭什么6000点的时候他让你守活寡到900点又上你这儿蹭吃蹭喝顺便养老?以前我很瞧不起那些很快结婚很快离婚每结离一次就切人家一半财产的女人,现在觉得,单从投资上说,她们挺合适的,至少比一辈子死攥着一支"中石油"要强!

7

所以,做女人难——难就难在你做"鱼翅燕窝",人家可能好"贴饼子熬小鱼";你换了"贴饼子熬小鱼",而人家又对"鱼翅燕窝"心向往之。而且你还不能说人家什么,人家会说这是人的本性。所以,有一句话,男怕入错行,女怕嫁错郎。谁愿意嫁一个一天到晚总想换口味的?但问题是,多数男人在你嫁他之前,并不知道他日后会变成什么样——有的男人像蝌蚪,长着长着长成了青蛙;有的男人像毛毛虫,忽然就变成了花蝴蝶,满世界给鲜花授粉去了。

8

过去女人之所以肯"长期持有",是因为那个时代,男人倘若变了心,是要付出很大代价的,比如陈世美,直接人头落地。有这样的政策保障,女人当然可以放心大胆给男人投资了——投资成功,夫贵妻荣,投资失败,认命。所谓"得之我幸失之我命",没有什么好埋怨的。可咱现在,有这样的政策保障吗?

马文的战争

陈 彤◎作品
（春日迟迟）

北京大学出版社
PEKING UNIVERSITY PRESS

图书在版编目（CIP）数据

马文的战争/陈彤（春日迟迟）著. —北京：北京大学出版社，2008.10

ISBN 978-7-301-14289-9

Ⅰ. 马… Ⅱ. 陈… Ⅲ. 文学剧本—中国—当代 Ⅳ. I247.5

中国版本图书馆 CIP 数据核字（2008）第 147636 号

书　　　名：马文的战争

著作责任者：陈彤（春日迟迟）　著

责任编辑：方希　于海岩

标准书号：ISBN 978-7-301-14289-9/I · 2066

出版发行：北京大学出版社

地　　　址：北京市海淀区中关村成府路 205 号　100871

网　　　址：http://www.pup.cn

电　　　话：邮购部 62752015　　发行部 62750672
　　　　　　编辑部 82893506　　出版部 62754962

电子邮箱：tbcbooks@vip.163.com

印　刷　者：北京密东印刷有限公司

经　销　者：新华书店

　　　　　　787 毫米×1092 毫米　16 开本　15.75 印张　265 千字
　　　　　　2008 年 10 月第 1 版第 1 次印刷

定　　　价：29.80 元

未经许可，不得以任何方式复制或抄袭本书之部分或全部内容。

版权所有，侵权必究

举报电话：010 - 62752024；电子邮箱：fd@pup.pku.edu.cn

01

马文没有想到,在北京,一个像他这样,三十六七岁奔四的男人,会如此抢手。早知道这样,他早跟杨欣离婚了——何必呢,看她脸色,听她数落,晚上稍微晚回来点,还得跟她解释,周六日还得带着孩子跟她去看她妈。杨欣她妈据说过去是一大户人家的小姐,第几房生的不清楚,反正说话做事拿腔拿调,好像马文是他们家长工,娶了他们家闺女怎么着了似的。

倒是这离了婚,杨欣她妈对马文客气多了,截长不短地给马文打一电话,一般都是找个茬,什么家里的电脑中病毒啦,数码相机不好使啦,马文是电脑工程师,这些他都拿手。之前吧,杨欣她妈找他,别管多鸡毛蒜皮的小事儿,他都不乐意着呢,这离了婚,他反倒每次都屁颠屁颠地去给人家折腾。马文看出来了,老太太是巴望他们能复婚呢!

马文不着急。急什么?当初闹着要离婚的是杨欣。她就跟更年期妇女似的,整天跟他掰扯,他在家玩个游戏都不让他玩痛快了。杨欣嫌他没出息不求上进,嫌这嫌那,他都忍了,限制他自由,不许他上网聊天,不许他喝酒抽烟应酬跟哥们儿打牌,这也没啥,马文本来朋友也不多,再加上他结婚早,基本是一毕业没过多久就跟杨欣领了证,属于"毕婚族",所以除了同学聚会,马文还真没什么饭局,最多是办公室加班,完了一起吃个饭。马文连做梦都没想到,直接导致他离婚的是一条短信,那条短信是马文办公室一小姑娘发的,那小姑娘也有病,大半夜的给马文发了一条:干啥呢?

结果,杨欣截获。杨欣也不是故意截获。当时马文正在热火朝天地"斗地主",短信进来时,马文无动于衷,他哪儿腾得出手来!杨欣素来对马文的手机没什么好奇心,而且她是一个"电子产品"盲,除了会开冰箱,其他电器都玩不转。到现在为止，连电视切换到 DVD 都玩不利索，更别提手机。一个诺基亚的手机用了 N 年，一直没换，没换的理由很简单，换一个她不会使。马文给她买过一个新款，她用两天就扔一边了。问她，说太麻烦，还得重新学各种功能。马文教她，教半天，白搭。马文以前吧，上学的时候，觉得杨欣这点特可爱，傻傻的，什么都不会，教她点东西，一双大眼睛眨巴半天，你以为她会了，其实还是不会。那感觉，让马文心里剧爽，一种成就感自豪感油然而生。可是你说现在马虎都九岁了，杨欣都孩子妈了，还那样儿，马文就觉得杨欣是真笨，不止是笨，而且是烦——有一次杨欣问马文怎么下彩铃，这要是搁十年前，马文一准特耐心，这不是十年后了吗，马文头都不抬就扔过去一句：你干点你智商范围以内的事儿。

马文现在特后悔，当时怎么会让杨欣把手机给自己递过来。他压根儿没有想到午夜一点那个神经病小姑娘会给他发什么短信，他以为是宋明，或者是他们头儿，要是他们头儿，估计就是急茬。马文是做技术支持的，凡是半夜头儿来电话，绝对是大客户出了问题，其实那些大客户也不是不能等到天亮，非得半夜电话追到家里，但人家不是钱花到那个份儿上了吗？所以但凡机器有点毛病，立马提溜你，一分钟不耽搁。有一次，一客户来电话，上来就嚷嚷，说电脑开不了机了。还说多少重要文件都在里面，要马文务必在一小时内给他弄好，因为一小时以后他要开一个重要会议，必须把那些文件打印出来。马文火急火燎赶过去，一看，靠，是电源没插上。马文当即火了，对那白痴说，下次咱能先把电源插上吗？

结果，马文遭到投诉，说对客户不够耐心，面目表情中含有讥讽。马文后来专程跑去跟客户道歉，说他打小长得硌碜，这事儿不赖他，要赖得赖他爸妈。他当时那表情其实是崇拜不是讥讽。那是一女客户，算是富姐，瞟他一眼，不咸不淡地丢过去一句："你拿我当弱智了吧？我连讥讽和崇拜都分不清吗？"说完，眼波流转，腮边桃花一点，胸前乃光一闪，眼角眉梢皆有情，如风过池塘，月过柳梢，说有还无，贵在有与没有之间。

刹那，马文通身就跟过电一样。

不过，过电归过电，马文不敢有什么非分之想。如果说有，最多就是希望杨欣也能对他有那么点富姐的小风情。但挑逗了杨欣几次，杨欣完全不得要领，全然一派良家妇女的正气凛然刚直不阿。马文一看没戏，暗暗扫兴，杨欣还不明白咋回事，觉得马文怎么越来越没劲越来越乏味，回家就是吃饭，完了，就玩游戏，连陪自己说句话都提不起精神。问他怎么了，他就说没怎么，然后坐在电脑前面，戴个耳机，一玩就是大半夜，脸儿都玩绿了，还那儿不知疲倦呢。

有一次，杨欣出差小半个月，夜航，回到家，屋里黑黢黢的，饭没有，碗池里一堆攒了十好几天的脏碗脏碟脏筷子，马文佝偻在电脑前面，对她不仅没有小别胜新婚的热情，反而连嘘寒问暖的话都没有半句。杨欣压着火，问他家里有什么吃的没有。马文说你自己找找。杨欣打开冰箱，里面臭烘烘的。杨欣忍无可忍，问他："你能不能不玩游戏？"

马文理直气壮："不玩游戏玩什么？玩女人，成吗？"

杨欣也理直气壮："成啊。我不是女人啊？"

马文连脑子都没过，紧跟着就是一句："你是女人，但你不好玩啊。"

这本是一句玩笑话，结果杨欣当场就急了，跟马文一通叭啦叭啦叭啦，直至眼含热泪，泣不成声。迫于情势，马文只好放下鼠标，去给杨欣煮了一碗方便面。他一面煮一面内心哀叹，敢情这幽默未遂跟强奸未遂一样，都挺没劲的。其实杨欣宁肯马文嘴上哄自己两句，但马文呢，宁肯去刷一池子脏碗也懒得哄她。

杨欣有个毛病，什么事儿都得马文让步。比如说俩人不说话了，得马文先说话；俩人吵架了，得马文先道歉。这毛病也是马文以前给养成的，那会儿马文死乞白赖地追杨欣，可不就都马文先赔不是？但现在杨欣半老徐娘了，马文就不爱让着杨欣了。你不说话，正好，我还落一耳根清净呢。

所以，马文和杨欣，大部分的晚上就是俩人各干各的——马文打游戏，杨欣看电视剧。井水不犯喝水。杨欣有过意见，觉得马文不够浪漫，马文就对杨欣说："哪家过日子不是这样？吃饭睡觉，俩星期打一炮？"

马文常常想，如果那天晚上没有那个神经病小姑娘发的"干啥呢"短信，他现在的生活会是什么样呢？

当时杨欣正看一烂电视剧，短信进来的时候，杨欣冲马文喊了一嗓子："你的。"

马文根本顾不上，他也知道杨欣是闷得慌，好容易老公手机响了，找这么个茬不失面子地跟马文说句话。马文当时张口就说："递过来。"

要搁几年前，杨欣行情好的时候，肯定是一句"凭什么"，但现在，杨欣知趣了，她知道要是再说"凭什么"，马文肯定接一句"那你别管"，然后就又没声儿了。再然后，就又马文玩马文的游戏，杨欣看杨欣的电视。再再然后，杨欣睡杨欣的，马文睡马文的，睡醒一觉，各上各的班。如此循环往复周而复始。

杨欣虽然不情愿，有情绪，但还是从沙发上起来，去给马文拿手机。马文的手机正在充电，插在充电器上，杨欣手笨，拔了半天才拔下来，不小心碰了一个什么键，结果"干啥呢"仨字跳了出来，杨欣本来困酣娇眼欲开还闭，一个激灵就醒了。她不动声色地把手机给马文递过去，脸阴得能滴下水来。马文居然完全没有意识到问题的严重性，他接过手机罩了一眼，手机号陌生——马文压根儿没存那小姑娘的号码，那就是一个来实习的小破孩儿。

马文没回短信，继续"斗地主"。他摸了一把好牌，又是"地主"，哪有心思顾什么短信。但杨欣怒不可遏，在杨欣看来，马文之所以不立马回短信，是因为心虚，是因为她在跟前。杨欣隐忍着，碍着马虎在家，虽然说马虎已经睡着了，但杨欣还是不愿意跟马文吵闹。一来怕惊着马虎，二来杨欣还是愿意表现自己的风度和涵养的，她可不乐意自己像一泼妇，毕竟是受过教育的人，且祖上也是书香门第，母亲也是大户人家的小姐出身，不能遇到事情就一哭二闹三上吊。

杨欣举重若轻，轻描淡写地问："谁呀？"

马文还真就没当回事，随口就说："不知道。"

杨欣克制着："谁会在这钟点问你'干啥呢'？"

马文完全没意识到核大战一触即发，他一双小眯缝眼几乎贴到电脑屏幕上，有点不耐烦地说："有病呗！"

杨欣继续克制着："你不打过去问问？"

马文说："我神经病啊？！"

话音未落，杨欣拔断电源！

眼前一片漆黑——惊愕、悲愤、狂怒、暴跳如雷……马文一拳砸在桌子上："疯啦你！"

杨欣声嘶力竭："离婚！"

事实上，他们并没有说离就离。结婚十年，马虎九岁。都不是小孩子了，能说离就离吗？再说，他们只有一套房子，还欠着银行贷款，二十年呢。离婚容易，离婚以后房子归谁？搬出去的那个住哪儿？都是事儿。所以他们讨论了两天离婚，互相给了一个台阶，也就都下了台。马文说话，离什么离，跟谁过不是过？再找一个，还得从打嗝放屁重新适应一遍，就这个吧。马文的态度，被杨欣理解为马文不敢离婚，所以她"宜将剩勇追穷寇"，改成天天都要查马文的手机。马文虽然不乐意，也没办法。你说一个女人，是你老婆，每天和你生活在一起，她要看你手机，不给看，她就歇斯底里，那日子还有法儿过吗？马文尽量把手机删得干干净净,当然他本来也没什么见不得人的,但也怪,那实习小姑娘总是在半夜三更给他发"干啥呢""睡了吗"这种短信,你说她有什么吧,她又没什么,你说她没什么吧,她又有什么。杨欣气得说不出来道不出来的,她要马文解释,马文说就是办公室一实习生,大四,小姑娘有点二百五。杨欣就跟马文掰扯,说你要是不招人家,人家能给你发这种短信?马文没当回事儿,还跟杨欣贫呢,说人家也没说什么呀,不就是问候一下?

杨欣冷笑,说:"问候?哎,我问你,我要是有一小帅哥老这么大半夜地问候我,你怎么想?"

马文想也没想:"我?我就想我老婆真有魅力!"

杨欣是那种即便气得冒烟,也不忘冷嘲热讽的人。

她当即冷笑着问马文:"哎,你是不是觉得你特有魅力啊?你三十大几奔四张的人了,要车没车,房子还是贷款,人家小姑娘怎么就看上你啦?还不是你招人家?!哎,你是不是答应人家帮人家找工作啊什么的?吹牛来着吧?"

这话伤了马文自尊。马文还真没有!

其实马文跟那小姑娘,最多也就是在办公室开开玩笑。马文一口流利的青岛普通话,讲起段子来,双眉带彩印堂发亮,再加上马文技术好,别管什么技术问题,一般在电话里,听个大概齐,就知道毛病出在哪儿,直接告诉人家按什么键,打什么命令,然后开机关机重启,齐活儿。小姑娘喜欢马文,现在的小姑娘,喜欢一个男人才不管他结婚没结婚呢,反正她就是实习,实习结束就走了,何不让自己的实习高高兴兴的呢?这叫青春不留白。问题是杨欣受不了,她终于在一个晚上爆发了,那大概是凌晨两点半左右,小姑娘给马文发了一个"睡不着怎么办",马文已然睡着,而且他还特意在睡前把手机关机。但哪里想到,杨欣半夜起来蹲厕所,闲着也是闲着,就开了马文的手机,玩里面的俄罗斯方块。玩着玩着,"睡不着怎么办"跳了进来。杨欣气得脸都绿了。

马文被从睡梦中提溜起来,好说歹说都不成。杨欣非逼着他立刻给那小姑娘回电话,马文不肯,杨欣就折腾——那天马虎正好夏令营,不在家,杨欣不管不顾,歇斯底里,一定要马文当着她的面痛斥那小姑娘"不要脸"——要马文对那小姑娘说:"我有老婆,你以后不要再给我发与工作无关的短信,你这属于勾引,属于不要脸,希望以后你自重!"

马文被逼不过,只好打了电话。他没有照着杨欣的原话说,只是说了那个意思,口气和语调都缓和很多,大致是说:我有妻子,以后别给我发类似短信,容易引起误解。马文说得紧张，满头大汗，结果人家小姑娘很平静地听完，一言不发一声不吭直接挂了。把马文给窝囊的呀。

从此，他们就家无宁日了——一点鸡毛蒜皮的小破事也能吵个半天，这么吵了一年多，吵得连马虎都实在受不了了。有一天，马虎对他们说："你们离婚吧！"

现在离婚也简单。早上十点多去的，十一点就办好了。完事儿，杨欣直接去上班，马文回了趟家，简单收拾了一下就出差去了。一个月以后，马文出差回来，一进家门，杨欣已经把房间重新分配了。主卧归杨欣和儿子，原来马虎的房间，现在换给了马文。马文的衣服啊书啊什么的，已经全给他挪了过去，马虎的衣服啊书啊什么的，也都调换到主卧。杨欣冰着一张脸，给马文一把钥匙，马文愣了愣，杨欣说："你房间的。"接着又递给马文一本A4纸打印装订成册的玩意儿，上面写着"离婚公约"。

马文嘿嘿一乐，当时差点想一把将杨欣搂进怀里。杨欣那样儿太可爱了。特庄严，特正式，那小劲儿拿的。靠，不就是离婚各过各的嘛，还弄一《离婚公约》，搞得跟国家独立民族自由似的。

"这算征求意见稿吧？"马文一边翻《离婚公约》一边嬉皮笑脸地丢过去一句。

这要搁以前，没离婚的时候，杨欣肯定笑得狗窦大开。她当初之所以喜欢马文，就是喜欢马文这张嘴——太逗了！但现在，她烦马文，也是烦他这张嘴——太贫了！永远没有正经，什么事儿都嘻嘻哈哈。

杨欣白马文一眼，义正词严："定稿！"

马文点点头，接着贫："这钥匙就一把？你没留个备用？"

杨欣横眉立目："你少废话！我留它干吗？"随即又觉得这么说不妥，缺乏外交距离，于是追加一句："你要是不放心，自己换个锁芯。"

说完，一转身，进自己屋了。马文本能地抬脚就跟，结果杨欣一个刹车站住，扭过脸来，冲着马文说："咱们已经离婚了！暂时住在一起，是没有办法。你好好看一下《离婚公约》，上面都写清楚了。"

马文："什么就写清楚了啊？你跟我商量了吗？凭什么你住大的我住小的？"

杨欣："就凭你儿子马虎跟我住！我们是俩人，住大的；你一个人，住小的。应该算公平吧？月供、水电、煤气、物业、话费，平分。马虎的生活费归我，学费归你。其他开销，对半。"说完，没等马文接茬，当着马文的面，把自己那间房的门硬生生地关上了。马文就这样被关在门外，与杨欣一步之遥。马文本来还想敲个门啥的，但一想挺没意思的，就算了。再说，杨欣的《离婚公约》还真是公平，并没有占马文丝毫便宜。

很快，马文体会到离婚生活的好处——他现在可以在那间属于他的屋子里自由地玩游戏，打牌，斗地主，还可以上网，找美眉聊天，甚至还可以明目张胆地谈恋爱，跟比自己小十岁以上的姑娘谈情说爱。而杨欣，他想跟她逗两句，随时都可以跟她逗，他甚至觉得杨欣其实还是挺爱他的，所以，他不敢太刺激杨欣。一般来说，他尽量不把姑娘带回家来，如果非要在一起，要么开房间，要么去姑娘家。而且，他每次都会编个理由，比如说去朋友家打牌啊，跟同事喝酒啊，或者加班啦，上郊区开会啦。他还是不愿意让杨欣觉得他是去约会，是跟其他女人在一起，一方面他觉得那样会伤杨欣的心，另一方面，他总觉得杨欣还是他老婆。尽管离婚了，自由了，他跟谁来往怎么来往杨欣都管不着了，但他真跟其他女人怎么样的时候，还是不愿意让杨欣知道，甚至有点隐隐地觉得对不起杨欣。

不过，杨欣再笨，毕竟跟马文做了十来年的夫妻，她能不知道马文怎么回事？她心里其实挺恨马文的——觉得马文太绝情。她当年可是系花啊。嫁给马文算下嫁吧？就她那条件，嫁一钻石王老五难点，但嫁一有车有房家有存款的，不算难吧？马文有什么啊？老爸是工人，老妈是家庭妇女，家徒四壁，上面仨姐姐，下面俩弟弟，工作前几年的工资全贴补弟弟上学。当初杨欣她妈拦着杨欣，杨欣义无反顾，背一双肩背就跟马文住进了地下室。马文当时怎么对她说的？

新婚第一夜，马文对她说：这一辈子绝不会委屈她，从今以后，饭马文做，衣服马文洗，家务马文干，马文只对她一个女人好，不对任何其他女人好。绝对听她的话，不做她不高兴的事，不说她不高兴的话，如果她不高兴，他就哄她，一直哄到她高兴为止……

杨欣当时斜在马文的臂弯里，故意说："什么叫哄我，哄到我高兴为止？我就不喜欢男人哄我……"

马文用力搂住杨欣："那我就吻你，吻到你高兴为止……"

杨欣笑了，问马文："如果我要是还不高兴呢？"

马文一跃而起，压在杨欣身上，轻轻地在她耳朵边说："那就只好操你……把你操高兴了为止。"

后来，杨欣才知道，男人在床上说的话，是不作数的。首先是家务，虽然还是马文干，但他干得怨声载道；其次是只对她一个女人好，不对任何其他女人好,这是不可能的;至于绝对听她的话,不做她不高兴的事,不说她不高兴的话,更是瞎掰。事实上,马文经常做她不高兴的事,说她不高兴的话,而且还振振有词,说:"这你也会不高兴吗?你没事儿吧?要不要去看看精神科?"更气人的是,有一次杨欣被气极了,对马文说:"你以前说过如果我不高兴,你就会哄我,一直哄到我高兴……"

马文竟然"扑哧"一声,笑得鼻涕泡都冒了出来。

马文说:"我说过这么弱智的话?!不可能,你这属于诬陷诽谤造谣,侮辱我的智商!"

杨欣在离婚一个星期之后,迅速端正了态度——她已经三十六岁,不年轻了,如果不抓紧,可能就会像她母亲一样,孤独终老。可是抓紧,从哪儿开始呢?她二十五岁结婚,十一年的婚姻,婚后第二年就怀了孕,之后忙着生孩子,然后是带孩子、挣钱、按揭买房子,她身边连个有点可能性的异性也没有——杨欣原来最看不起一种女人,结了婚还在外面有一堆异性朋友的那种,比如跟她一个部门的刘如,整天跟男同事打情骂俏的。现在她忽然意识到,人家刘如那叫拳不离手,曲不离口,勤练。哪里像她,一结了婚,就死心塌地,跟家禽似的,按时起床按时冲凉按时下蛋按时喝水按时吃饭,结果呢,真离了婚,连给自己再找一下家都不知道怎么找!对于雌性动物来说,吸引雄性动物属于原始本能,但对于像杨欣这样结婚十年以上且一心扑在家里的,按照"用进废退"的理论,她那个"捕捉异性"的原始本能已经废了。就像宠物猫不会捉老鼠一样,男人摆在杨欣面前,让杨欣勾搭,杨欣都不会。

刘如曾经给杨欣介绍过一个,离异,比杨欣大个五六岁,孩子归前妻,住单位的房子,事业单位,处级干部。约会了两次,人家就问杨欣:"我怎么样?"

杨欣说:"挺好的。"

人家又说:"我觉得你也挺好的。"

杨欣脸腾地红了,说:"谢谢。"

之后,人家隔着桌子把手伸过来,握住杨欣,说:"晚上到我那儿去吧?"

杨欣整个人僵住,她非常后悔怎么会把手放在桌子上,现在抽回来又不方便,不抽回来,她又觉得难受。

人家看杨欣这样,手上加了点力,嘴上则更恳切:"我们都不小了,不能像年轻人那样谈恋爱,一个星期见几次面,聊天喝茶看电影,不是说那样不好,是,我们应该更深入一些……你知道我的意思吧?咱们都结过婚,应该深入,深入地交往……"

杨欣当然知道什么叫"深入",所以她说"我懂",说完之后,她把手抽了回来。她看到对方失望的表情,以及失望之后硬撑着的风度。

第二天,刘如追着问杨欣:"到底怎么回事?"杨欣说:"这才见两次面,就让我去他家!"刘如说:"噢,那你觉得应该见几次呢?"

把杨欣给问得半天说不出话来。

杨欣在自己离婚以后,才明白为什么她的姨妈死都不离。姨妈为姨父做了一辈子饭洗了一辈子衣服,但姨父却在外面有别的女人。姨妈该做饭做饭该洗衣服洗衣服,多一句都不问。杨欣要为姨妈打抱不平,她妈拦住她,对她说:"一个在家做了十几年饭洗了十几年衣服的女人,你让她离婚,跟把你养了好多年的宠物放归自然有什么区别?"

杨欣现在懂得这句话的凄凉了。

以前杨欣最不爱搭理刘如。刘如属于"价值观输出型"的女人,俩人在一办公室,一有机会,刘如就跟杨欣说:"女人,尤其是咱已婚的,一定不要拒绝其他男人的好感。"

刘如的道理是,这种好感会让女人心情好,而一个女人如果心情好,脸上就会显得自信滋润光彩照人,而这种自信滋润光彩照人会使她比那些舍不得吃舍不得穿整天洗衣做饭带孩子的女人要有魅力得多。

杨欣听了不爽,那阵她还为嫁了马文"我自豪""我骄傲"呢。北京那么多大龄剩女找不到老公,她杨欣嫁出去了,虽说马文也不是什么首富啦,青年才俊啦,年薪几百万啦,但好歹也是一电脑工程师,职业啊学历啊前途啊身份啊都说得过去,再加上杨欣在家没干过家务,所以杨欣就觉得这婚结得也值。嫁到有钱人家整天摸不见人有什么意思?这夫妻过日子,不就图一个恩恩爱爱、朝朝暮暮,整天吃着碗里的惦着锅里的,没劲!

不过杨欣一般不直接顶回刘如的话,她绕了一个弯子,问:"你不怕你老公跟你急啊?"

刘如快人快语,没心没肺,根本没听明白杨欣那语气里含着揶揄,当即跟杨欣推心置腹:"第一,咱不能是所有事情都让老公知道的女人,女人如果在丈夫面前没有秘密,丈夫对她也就没有了兴趣;第二,咱不怕男人对咱有想法,咱怕的是他对咱没想法;第三,假如咱是一个没有魅力的女人,咱的忠诚就一钱不值,而假如那么多人喜欢咱,而咱却只忠诚咱老公,咱老公反倒会觉得倍儿有面子。男人就是这么一种动物,你越死心塌地跟着他,他越觉得你砸他手里没人要。这就是马太效应。越有人追就越有人追,越没人追就越没人追,到头来,连丈夫都看你不顺眼,不爱搭理你。"

杨欣现在非常后悔,没有早听刘如的话。你看看人家刘如过的,要风得风,要雨得雨。她跟刘如,俩人前后脚到的公司,最开始,稀罕她的客户比刘如的多得多,但这么多年下来,她几乎没有朋友。也是,她一个下班就回家、整天就老公孩子的女人,能有什么朋友?而人家刘如,老公也有了,孩子也生了,晚上打一电话,说陪客户谈生意,老公麻溜地就上幼儿园接孩子。杨欣也好奇,怎么刘如的老公这么好脾气?刘如对杨欣嫣然一笑,说:"男人你得会哄嘛。过去男人对女人说,军功章有你的一半也有我的一半,得,这女人就心甘情愿地给男人当牛作马看家护院,现在咱女人也得学会这套,把咱的鲜花啦掌声啦军功章啦也分一半给男人,男人也乐意着呢!"

杨欣悄悄观察了一下,果然如此。刘如的朋友不仅跟刘如处得好,还给刘如的老公介绍生意呢!刘如的老公能不尊重这么一棵摇钱树兼外交家?唉,看看人家,四海一家亲;再看看自己,冷冷清清。图什么?就图一正派?一忠贞?一良家妇女?有一成语"得道多助失道寡助",杨欣发现,在做女人这个问题上,基本上是越正派越正经越"寡助",反是越骚越浪越"多助"。

杨欣离婚后,除了刘如,也有别的人帮杨欣介绍过,但基本都是比她大十岁以上的。杨欣也去见,但见完了,心里那个堵啊。她才三十六,凭什么找一快五十的?而且最让杨欣不能接受的是,居然介绍人还觉得他们般配。靠,掉过来试试,五十岁女的有人敢给介绍三十多岁男的吗?

02

　　杨欣跟李义的"姐弟恋"发生在杨欣离婚一年半左右——他们是一个办公室的，李义比杨欣小三岁，算杨欣的晚辈。杨欣离婚以后特别爱加班，正好那阵李义的婚姻也出了状况，俩人就开始同病相怜。相怜到一定时候，恰巧一起做了一个项目，连着出了几趟差，出着出着，就出到了一起了。尽管俩人都挺小心的，在单位也不声张，但"要想人不知，除非己莫为"。单位这种地方，无风还三尺浪呢，更何况大家都是明眼人，谁看不出来啊？只是一般人厚道，不说就是了，也就是刘如，不知是故意还是缺心眼，老是没轻没重地拿李义开玩笑。

　　有一回，杨欣听见刘如在食堂饭桌上跟李义说，这人嘴两张皮，什么话都有两说的，比如说同样一个人做了一件事情，有人会说"刚愎自用""独断专行"，有人会说"独排众议""坚持己见"。李义老实，说也不能这么说，"刚愎自用"和"坚持己见"还是有差别的吧？刘如就说有什么差别，差别就在你的立场，你要是喜欢一个人，他做事小心，你就夸他"谨慎"，你要是不喜欢，你就会嫌他"胆小怕事畏首畏尾"。李义说你这说的基本属于同义词，"谨慎"和"胆小"本来区别就不大。刘如立马追上一句，说"乘人之危"和"雪中送炭"区别大吧？没等李义反应过来，刘如就说："比如你李义吧，你跟孙容闹别扭，离婚！得，杨欣冲上去安慰你，往高尚了说呢，叫'雪中送炭'，往卑鄙了说呢，就是'乘人之危'。同一事儿，同一人，看怎么说了，对吧？"

　　当时，杨欣隔着一个桌坐着，他们在公司食堂，还是尽量不那么明目张胆。但刘如的声儿大，杨欣听见了，再说她本来就在意刘如，刘如是跟男人随便惯了的。杨欣了解李义的脾气，她不指望李义当场给刘如一个大耳刮子，但李义总不能听见跟没听见一个样儿吧？可李义呢，嘿嘿憨笑。笑什么笑？杨欣特撮火，翻脸也不是，不翻脸也不是。

当天，杨欣就跟李义摊牌了——按说他们都是离婚的，还都有孩子，没必要那么快非要明确一个子丑寅卯。但杨欣就这么一脾气，她要是较上劲，就非得拼个鱼死网破。杨欣的摊牌是在MSN上进行的。当时大约是下午五点左右吧，快下班了。

李义在MSN上问杨欣："晚上去哪儿？"

这不问还好，一问杨欣一肚子的火"噌"地就窜了上来。她飞快打下一行字："咱们这样算什么？"

李义被问愣了。半天没回话。杨欣沉不住气，越想越火，如芒在背。最后，噼里啪啦关上电脑，呼啦站起身拎包就走。李义当着一办公室人的面，不好去追，只好跟没事儿人似的，继续坐在座位上。李义的这个"选择"，更加激怒了杨欣，杨欣下了电梯，给李义发了一条最后通牒。全文如下："我等到今晚十二点，如果没有答复，视同分手。"

一般来说，如果杨欣不是负气而去，他们会在下班后一起吃个晚饭，吃完了，多数时候回公司，聊天啦加班啦然后XX或者XX或者XX + XX，然后各回各家，幸福而满足；少数时候直接去李义的姐姐李芹家。李芹住在通州，过去叫通县，算北京一近郊，现在通了地铁，算北京一区，叫通州区。用杨欣的话说，李芹虽然也离婚，但运气好，前夫王大飞是一有钱人，所以离婚的时候不仅得到通州区的一处大别墅，而且还分了公司半数股份，每月王大飞都准时差人给她送来花销，年终还有分红。反正她那钱照过日子的花法是花不完的。李义离婚后就住在李芹家，李芹家房子大，楼上楼下加地下室三层，前面有一个花园，后面有一个后院，地下室一百多平米，还带一车库。李芹没车，车库就空着，放些杂物。李芹离婚好多年了，一个女人，有姿色有钱按说不难找个男人，但李芹还真就没有找。李义觉得姐姐是还惦记王大飞，一日夫妻百日恩，百日夫妻似海深，尤其他们那种，一起白手起家。李义母亲去世之前，弥留之际，拉着姐弟俩的手，眼泪不停地淌，嘴唇哆嗦着，说不出话来。也是，一对儿女，都老大不小的全离了婚，这李芹还无儿无女，李义虽说有个女儿也给了前妻，他们老了可怎么办？谁管他们？连个知冷知热说得上话的人都没有，让这当妈的怎么放心撒手人寰？

李义带杨欣去过李芹家几次，而且也住过，李芹对杨欣不热情，也不冷淡，基本是打一招呼就回自己房间了，属于必要的客气。李义跟杨欣解释，说李芹就这样。杨欣因为自己离婚，所以也算能理解李芹，将心比心，如果是自己，嫁给一穷小子，十几年奋斗，然后穷小子发财了，找了新媳妇，即便给你留座金山银山，你能心平气和啊？你陪他过苦日子，难道就等有一天，苦尽甘来，他走了，留你一人在一大别墅里顿顿鱼翅燕窝象拔蚌？但理解归理解，不舒服还是不舒服。李芹看杨欣的眼神，说话的调调，都让杨欣明显地觉得别扭，但那种别扭又是说不出来的，至少没办法跟李义说。

　　杨欣到家的时候，正好赶上马文跟女网友约会的尾声。杨欣根本没拿正眼瞅那姑娘，不过就那余光一扫，杨欣也就扫了个一清二楚。女孩儿也就二十一二岁吧。杨欣心里一阵轻蔑。靠，现在的女孩儿，想男人都想疯了！有必要吗？从二十一二岁起就开始约会！生怕自己动手晚了，嫁不到好的？杨欣忘了，她自己就是二十一二岁的时候，整天坐在马文自行车后座上，招摇过市大喊大叫。

　　马文没想到杨欣会这么早回来。杨欣自从跟李义谈上恋爱以后，即使回家早，也是九点以后。当然马文一般是不会在家里约会的，只是这个女孩太贼，非要到他家看看，他拗不过去。原本想的是，看两眼就走，结果女孩跟福尔摩斯似的，从下午两点一直侦察到杨欣进门，马文粗略估计了一下，大概五个多小时。

　　马文家统共也就一百平米，两室两厅，不过客厅和饭厅是被打通的，剩下的两室，杨欣的那间平常都锁着，小姑娘推了一下，没推开，女孩转过头看马文，马文笑笑，不解释。女孩又转到马文的房间，马文的房间也就十平米，站门口就能看明白。一张单人床，一个床头柜，一张书桌，一把椅子，齐了。

　　女孩坐到马文床上，床头柜上有一马虎的照片。女孩拿起来，装纯，歪着脑袋看。

　　马文站门口，不往里走。他还是挺怵动不动就坐男人床上的那种姑娘。

　　女孩看了一会儿照片，掉过头看马文，眼睛里飞出一串接一串的小问号。

　　马文绷不住，索性说穿："我儿子。"

　　女孩："叫什么？"

　　马文："马虎。"

　　女孩："多大了？"

　　马文："十岁。"

　　女孩："你亲儿子？"

　　马文深吸一口气，故意调侃着说："应该是吧？"

　　女孩："那你得有多大？"

马文:"我怎么觉得咱们这不像是约会?哎,你跟别的人约会也这么着?这毛病不好。"

女孩:"我觉得挺好的。效率高。"

马文:"成成,那你还有什么不明白的吗?赶紧都问了。"

女孩:"你到底多大?"

马文:"三十七。"

女孩盯牢看着马文,马文掏出钱包,从里面拿出身份证,走过去,拍在女孩面前的床头柜上,说:"看清楚了啊,马文,出生日期,1972年2月8日。"

小姑娘拿起身份证,还真就仔细看了又看。马文见小姑娘没有要走的意思,有点着急,他隐约觉得杨欣今天可能会回来得早。

"走吧,我请你吃饭。你对我还有什么疑问,咱上外面,边吃边聊。"马文对女孩连哄带劝。

"我不喜欢在外面瞎吃。"女孩就是不上套。

"我不会做饭。"

"我会呀。"说着,女孩跳下床,直奔客厅,"刷"地拉开冰箱门。

马文赶紧跟过去把冰箱门关上,诚恳地表示:"头次见面,哪能就让你做饭?"

女孩抬眼看看马文,特贼地一笑,跟成心似的,说:"那,你就不能做给我吃?"

马文:"我不会嘛。"

女孩:"你不会为什么冰箱里有这么多鸡蛋?还有西红柿黄瓜芝麻酱?"

马文脑门上开始渗出汗珠。他笑笑,开始哄女孩:"别任性了,我做的饭特难吃。那什么,我请你吃西餐吧?"

女孩别有深意地观察马文,马文按兵不动,任由女孩一双眼珠子跟探照灯似的上下打量。女孩打量一阵,说:"也行。咱呆会儿再去吧,现在吃早了点。"

"呆会儿该堵车了。"

"现在才堵车呢……哎,我怎么觉得你好像在打发我走?"

"没有没有,我是说咱们都在这儿混半天了。"

"那怎么啦?"

"这……你看我也不是正人君子,万一我这控制不好,非礼了你?"

"你打算怎么非礼我呢?"

女孩说着,抛出的一双小媚眼,跟小刀子似的直扎马文心窝子,十环。马文要不是担心杨欣可能随时会回来,他真想立即做一回"衣冠禽兽"。可是,不行啊，他不在状态。他嘿嘿笑着，越发规矩。同时，脑门子的汗也越发细密。女孩好像就在等马文非礼她似的，见马文还是这么撑着，有点不爽，但那点不爽又不好说出来。毕竟不是职业干这个的，能主动解衣服扣子。

女孩把目光从马文身上收回来，四下里一骨碌，瞄到电视柜里的一堆盗版光盘。说时迟那时快，女孩叫了一声"哇，你这儿好多碟哦"，人就跟了过去，蹲在地上，一张一张地翻，而且那表情，那姿势，尽量都显得很单纯很可爱，就跟这是她第一次见到盗版盘似的。马文更加不自在了，那些碟都是杨欣的。按照《离婚公约》，是神圣不可侵犯的私人财产。可他现在除了傻坐在沙发上，又能怎么样呢？

"你喜欢看恐怖片？"女孩抛过一句。

"从来不看，我胆小，真的。"马文确实不看。

女孩一乐，说："那你这儿怎么这么多僵尸片？"

马文一时被问住，又不好说是前妻的。

"这儿是你家吗？"女孩终于发飙了！

"要不要看产权证？"马文见招拆招。

"成。"女孩才不惧这个呢。

"在银行押着呢。"马文也是老江湖了。

女孩一笑，马文也一笑。尽管马文心里着急，想赶紧把女孩带离是非之地，但女孩好像是成心，马文越着急，她越不急。她还就有点没完没了，一点不拿自己当外人，拿着一张恐怖片就要往DVD里放。马文烦了，现在女孩怎么这么大方！马文看看表，六点半了，即便杨欣不回来，马虎再过半小时也该回来了。马虎念初一，嫌家里饭难吃，一般都在学校吃完晚饭才回来。

马文二话不说，站起来跟女孩说："你要看自己看啊，我饿了，得出去吃饭。"

女孩娇嗔："你这人怎么这样？"

马文带着点儿气："我真饿了！"

女孩见这架势，死拖着也见不着好，顺势说："好吧，那我上个厕所。"

女孩站起来，去洗手间。马文赶紧把那些乱七八糟的碟归整了放回原处。正这当口，卫生间门打开了，马文就知道坏了。他转过身，见女孩从卫生间里探出脑袋，说："过来。"

马文跟了过去，女孩指着卫生间架子上的洗面奶、妇女洗液、卫生巾，脉脉含情地看着马文，吐出一句："你不是说你单身吗？"女孩似笑非笑。

"您不是便衣警察吧？"马文顾左右而言他。

杨欣就是在这个时候开门进来。卫生间的门正对着大门，马文和女孩俩人一个在里一个在外，正掰扯那些花花绿绿的妇女用品。马文听见有人开门，心里知道是杨欣，但还是回过头，努力冲杨欣若无其事地笑笑。杨欣冰着一张脸，从门上拔钥匙，对马文和女孩根本就像对空气一样，熟视无睹。马文装没事人，跟女孩大大方方介绍杨欣："杨欣，我前妻。"然后小声对女孩说："那些东西都是她的。"

女孩表情矜持眼神探究，冲杨欣似笑非笑。马文又跟杨欣做介绍状，刚把手伸向那女孩，嘴张了张，要说类似这位是谁谁，结果杨欣"哗啦啦"取出钥匙径直开了自己房间门，进去。"砰"的一声把门关上。

女孩看看马文，马文摊摊手。

女孩问马文："她怎么这样？"

马文摇头："不知道。"

女孩努了一下嘴："你不去关心一下？"

马文有气无力地说："该我关心吗？"

女孩做体贴状："她挺不高兴的。"

马文做幽默状："你观察力还行。人高兴的时候一般不那样。"

女孩不说话了。马文也找不到什么话说。鸦雀无声，有点于无声处要听点什么的意思。最后，还是马文没话找话："你刚才要干什么来着？"

"上厕所。"

"那你接着上。"

"你在这儿我怎么上？"

马文赶紧退后两步走，洗手间门关上。

马文想了想，趁着女孩上卫生间的工夫，推开杨欣的门，跟杨欣压低声音满脸讨好地说："我们这就走。"

杨欣躺在床上，冷冷地抛过去一句："反正你儿子快回来了。"

马文一听，反而精神抖擞："那又怎么了？咱们离婚了，他老爸找女朋友是正当的。"说完，听见卫生间里马桶冲水，赶紧退出杨欣房间，反手把门关好，在沙发上摆一正襟危坐的POSE，顺手翻个报纸什么的。

卧室里的杨欣，尽管躺在床上，尽管隔着门——但她猜都不用猜，就知道马文在外面装逼。她鼻子里哼了一声,不屑、看不起、觉得没劲。这么一个男人,当初怎么就嫁了?!

女孩从洗手间出来,马文指着报纸上一个新开业电影城的广告说:"我请你看电影吧。"

"什么电影?"

"不知道,去看看呗。"

话音未落,杨欣从房间里拉门出来,雄赳赳气昂昂,大刀阔斧大义凛然。

她拿着手机直奔沙发,做出要充电的架势。马文知道杨欣是存心的。客厅电源的位置在沙发后面,杨欣要充电,就需要女孩从沙发上站起来。女孩来回给杨欣让地儿,马文看在眼里,不说话。女孩觉得没趣,站起来拿包,一边拿包一边还拿眼睛瞄马文,似乎是在等马文给她主持一个公道。马文还就装傻。女孩赌气,对马文淡淡地说:"我回去了。"

马文心里求之不得,但嘴上说:"那,不看电影了?"

女孩没接茬,拉门走了。马文跟出去。

马文陪着女孩等电梯。

女孩冷冷地甩过去一句:"你们够后现代的啊!"

马文有点不明白:"什么后现代?"

"离婚了还住一块?"

马文立马一通贫嘴瓜舌:"这不是咱国家婚姻法保障离异妇女的合法权益吗?要搁古代,照着《孔雀东南飞》那路子,直接把女的往娘家一轰就完事,现在不是不能那样了吗?人家有一半家产,人家住人家那一半,是合理合法的。"

女孩没上油嘴滑舌这道儿:"我不是说这个。"

"你说的是哪个?"

"我觉得你对她还有意思。"

"不可能。我怎么这么贱呢?"

这时,屋里杨欣一声花腔女高音:"马文,电话,一女的!"

马文答应着,满脸尴尬。女孩看马文一眼,目光中有同情鄙夷可怜不满看不起……电梯门一开,女孩抬脚就上去,上去就按了关门键,连多看马文一眼都觉得烦。

马文臊眉搭眼一人折回来,电话已经断了。

马文问杨欣:"谁电话?"

杨欣没好气地："我不是你秘书吧？"边说边挽袖子开冰箱去厨房做晚饭。

马文跟过去，跟杨欣逗闷子："你把我搅和黄了对你有好处吗？"

"说话要有证据啊。我怎么搅和你啦？"

马文回身指指充电器："我说你非得在客厅充电啊？你那屋里没电源插座啊？"

杨欣阴着个脸不搭腔，手里忙着洗菜切菜。

马文见杨欣这样，以为她吃醋了。心里不知道怎么竟然冒出点小兴奋。

他笑笑，跟杨欣解释："我们网上认识的……今儿头一回见面。"

杨欣头也没抬："问你了吗你就说？你们爱怎么认识怎么认识，跟我有什么关系？咱们可有言在先，谁也不许把人领家里来。"

马文好脾气地商量："我正想跟你商量这事呢，你看咱们能不能修改一下《离婚公约》？"

杨欣不等马文说完，直接打断："不能。"

马文："怎么就不能？国家法律还能改呢，咱这《离婚公约》又不是宪法。就是宪法，不是每隔几年，看着哪儿不合适了，该改不也得改吗？"

杨欣把手里的菜一放："怎么改？改成你可以随便在家约会，带女人一夜情？"

马文说："怎么什么事让你一说就那么低俗。"

杨欣不搭腔。冷着脸，继续忙手里的事。

马文自己干笑着接着说："我说呀，咱们既然已经离婚了，也都是成年人，都有追求幸福的权利，对吧？所以咱们本着与人方便，自己方便的原则，在咱儿子马虎不在家的情况下，应该允许双方有请异性朋友到家做客以及在家约会的权利，另一方要给予理解支持配合。你也可以带李义来嘛，对吧？你回头看看，我是怎么支持理解配合的……"

李义的事儿，马文是知道的，他们老半宿半宿打电话，马文能不知道吗？但马文并没有太当真。他还提醒杨欣，也别太当回事。那一阵，杨欣几乎成一相亲狂，别管谁介绍的，别管多大岁数，什么条件，只要是一男的，活的，不缺胳膊少腿，杨欣就去见。后来，马文就把杨欣这相亲当一乐子，杨欣只要一晚回来，或者一开始倒饬，马文就问："哎，又相亲去了啊？也别太挑拣了。只要能对你好就成。"

后来，杨欣慢慢地不怎么相亲了，马文怕杨欣难受，还时不时地陪杨欣吃个饭，大概就是有一次吃饭，吃着吃着，杨欣心神不宁，马文三逗四逗，杨欣就跟马文说了李义。杨欣也说不清楚自己的心理，可能还是有点炫耀的意思在内吧，觉得李义终归比马文年轻，精神，她还担心马文知道了可能会难受，哪想到，马文听完就对杨欣说："你呀也别太当真，我不是说李义人不好啊，他主要是，刚离婚，不适应，跟我那阵似的，老想赶紧找一个。可是，真谈婚论嫁，也难着呢。到时候你别自己先陷进去拔不出来。要我说啊，反正你现在闲着也是闲着，互相解个闷儿，挺好，但留个心眼，别一棵树上吊死。要有别人给你介绍，合适的，该见也得见。"

当场把杨欣气得直翻白眼。马文还真不是故意气杨欣，他跟李义不熟，但也见过面。马文以前还是杨欣丈夫的时候，杨欣公司组织出去玩啦什么的，马文作为家属去过几次，见过李义，也见过李义老婆孙容，马文心说人家放着那么有气质的大学教授老婆不要，人家要你杨欣？再说，李义小伙子多精神，人家怎么就看上你杨欣？

往常，马文跟杨欣调侃李义，杨欣不介意，有的时候还反调侃两句。但这回不同。马文越说，杨欣脸色越阴，甚至眼睛里有了泪光。马文终于看出杨欣不对来了，问："你今儿怎么啦？跟李义闹别扭啦？被抛弃了？我早跟你说过，男人没一个好东西。"

杨欣冲口一句："你少幸灾乐祸！"

马文："我幸什么灾乐什么祸？我巴不得他赶紧把你娶走。你不是说你们要结婚吗？上回说的是'十一'吧，这都快过元旦了？怎么还没动静？"

杨欣嘴硬："我们什么时候结婚，结不结婚，跟你有关系吗？"

马文叫起来："太有啦。你住这儿，多容易让人家误解我呀。再说，我也不方便不是？你知道刚才那姑娘跟我说什么？她跟我说，你们到底离婚了没有？她凭什么还住在你这儿啊？我怎么觉得她对你还有那个意思？要不怎么非得跟你在一块儿挤着呢？不别扭啊？"

马文故意添油加醋，把人家女孩说的他对杨欣有意思，反说成是杨欣对自己有意思。这一方面是他虚荣心，另一方面也是跟杨欣瞎逗。

杨欣叹口气："马文，求你个事儿。"

马文赶紧问："什么事儿？"

"闭嘴成吗？"

03

李义一个人漫无目的地走在街上。看着匆匆忙忙往家赶的人群，以及手里提着菜的男男女女，表情复杂。这是一个下了班没地儿去的男人。他几次拿出手机，调出"杨欣"的名字，但几次又都把手机收了回去。他想不出来应该怎么跟杨欣说。他也觉得俩人老这么押着不是个事儿，但要说马上结婚，又不现实。李义离婚，基本属于净身出户，自己住在姐姐家，姐姐不跟自己计较，那是姐弟感情，可是要带着杨欣去住，是不是就有点过分了？更何况杨欣还有一个儿子马虎，是归杨欣的，杨欣会不会把马虎带过来？当然啦，李义内心真实的想法是，男女为什么一定要结婚？又不是没结过婚！感情好，就在一起，怎么就非得去领一张证？但他知道，他不能跟杨欣说这个。杨欣比他大三岁，已经很敏感，而且他也不愿意伤杨欣。

李义最后还是决定给杨欣打一个电话。毕竟杨欣是他现在唯一的女人。也不是说李义就找不到其他女人，而是李义属于那种嫌谈恋爱累得慌的男人。李义离婚之后，李芹也给他介绍过几个，年岁大的呢，还不如杨欣，毕竟杨欣是一个单位的，知根知底；年岁小的呢，又说不到一起，俩人在一块，还得李义想节目，太累。还是杨欣好，舒服。当然这一方面，也是杨欣结过婚，知道怎么伺候男人。李义就需要杨欣这样的女人。结婚就结婚吧，李义想。他这样的男人，没个女人根本不知道怎么过日子。打小是他妈和他姐，然后上了大学就是孙容，这么多年也是孙容照顾他，然后孙容生了孩子，顾不上他了，再加上那阵他工作忙，常加班，孙容就跟他吵，经常一回家晚就不给他开门，或者开了门也不搭理他，李义哪受得了这个？有一回，大周末的，孙容又跟他吵，吵得李义没地方去，就上办公室呆着，正赶上杨欣也烦，也在办公室，俩人就聊天，聊着聊着，一来二去，俩人就有了"同病相怜"的意思，后来赶上一同出了几趟差，就水到渠成了。其实，说到底，李义就是一个随波逐流随遇而安的男人，基本上哪个女人对他好，他就会喜欢哪个女人多一点。孙容越跟他闹，他就越不想面对孙容，越不想面对，他就越跟杨欣在一起。虽然他和杨欣谈不上干柴烈火久旱甘露，但星星之火可以燎原，感情的事儿可不就这样？一点一点积累，积累到最后，你好意思说你不爱人家？那得多不要脸啊！

李义电话来时，杨欣正在卫生间洗澡。也是该着。平常她手机都在自己房间充电，就那天她跟马文置气，非要在客厅充。马文在沙发上看电视，杨欣手机响，他忍不住好奇心，接了起来。李义的来电显示是"小废物"。马文不由得哼了一声。他一边哼，一边悄悄扫了一眼在边上写作业的马虎，神情多少有点心虚，毕竟这是杨欣的电话，往严肃了说，属于人家个人隐私，也是神圣不可侵犯的。他做老爸的可不愿意在儿子面前扮演这么不光彩的角色。但恰巧杨欣在洗澡，所以马文似乎有理由替杨欣接一下，而且这接一下，还有了助人为乐的意思。

马文这么想着，就故意很大方地接了手机。果然，"小废物"是李义！马文光听一个"喂"字就够了——肯定是李义。声音含一点犹豫迟疑以及巴不得对方不在好挂了电话如释重负的侥幸。是的，李义确实巴不得杨欣没有接这个电话，这样，他就可以踏实轻松地等杨欣主动打给他了：反正他打过了，杨欣没接，等杨欣再打过来，那就不一样了，即便杨欣是打过来电话兴师问罪，在气焰上也差了一截子。

李义没想到是马文接的电话，当场愣住，也是猝不及防，迟疑了一会儿，说："我打错了。"

马文不知道是什么心态，听出是李义，反而格外热情，以一种领导对下属的随和宽厚开朗亲切的声调说："没错没错，李义吧？我是马文。最近怎么样？有空上家来玩，啊？"

李义表情尴尬，嘴里哼哼哈哈的。马文更加来劲，故意特大度特爽快特无所谓地说："你是找杨欣吧？她现在不方便接你电话。有事吗？回头我跟她说。"

边儿上，马虎一直在滴溜着一双贼眼珠子，他一时判断不出爸爸到底应该还是不应该接妈妈的手机。开始，他觉得爸爸应该接，毕竟妈妈在洗澡，妈妈不方便嘛，但现在他觉得爸爸不应该。马虎见过李义，李义对马虎基本属于百依百顺，每次见面都会给马虎买礼物，全是马虎最喜欢的，变形金刚啦耐克鞋啦遥控车模啦。马虎怎么能容忍爸爸对李义叔叔这样居高临下呢？马虎虽然小，但也知道好歹，他冲着卫生间喊："妈，李义叔叔的电话。"

等杨欣裹着浴巾冲出来，一把从马文手里抢过自己手机的时候，李义已经挂断。杨欣气得脸色发白，胸脯一起一伏。马文嘿嘿笑着，说："他要真有事，他肯定会再给你打过来的。"

杨欣后来连拨了好几遍李义电话，都是不在服务区。

马文一脸幸灾乐祸，在边上哼着小曲。杨欣明知道马文是在故意气自己，但她心里烦，懒得搭理马文，索性进了自己房间，关上门，眼不见为净。

马文不知道为什么，一见杨欣这样，心里就巨爽，他心里一巨爽，就想上厕所。恰巧杨欣想起来梳子丢在了洗手间，她一面用浴巾擦着头发，一面拉开洗手间的门，正撞见马文立在里面撒尿，声音哗啦哗啦极响。

杨欣一面扭头就走，一面没好气地甩出一句："怎么不锁门啊？没素质！"

马文感到很痛快，叽里咕噜地还了一句："你有素质你怎么不敲门？"说完，推门出来，一副意犹未尽的表情，见马虎在边上边写作业边不怀好意的笑容，马文把枪口对准了马虎："你笑什么笑？"

马文这招属于"项庄舞剑意在沛公"。他看上去是在跟马虎说话，其实是在等杨欣接茬。但人家杨欣心情不好，沉浸在自己的情感纠葛之中，哪有工夫去会马文的"意"？杨欣耷拉个脸，去卫生间拿了梳子出来，就回自己屋了，而且还砰的一声关上门。

马文见杨欣这样，心里奇怪，杨欣肯定是遇到什么特别不顺心的事儿了。平常，好歹她会跟自己呛呛两句。马文转头看马虎，马虎边起身收拾桌上的东西边说："爸，您可别找我的茬啊。"说完，扮一鬼脸，拎书包进杨欣房间了。把马文给郁闷得，只好自己打开电视，坐客厅里看。

杨欣熬到八点多钟，实在熬不住了，她换好睡衣，从自己屋出来，把门带上，坐到客厅沙发上。家里的唯一一部电话安在客厅。她之所以在客厅打电话，一来是可以用座机，二来她不愿意当着马虎的面给李义打电话，尤其是今天。

马文知道杨欣是要打电话，他故意坐在边上，很专注地看电视，并且很体贴地把电视音量关小。

反复拨打，反复是"对不起，您拨叫的号码暂时无法接通"。

杨欣想了想，犹豫着是不是给李芹家打个电话。

马文故意用玩世不恭的声音哼着"孤单的时候你想谁，是不是想找个人来陪"。杨欣虎着脸，不理会马文的挑衅，但马文还就越来越来劲，哼得越发得意洋洋。杨欣气不过，直接拿起遥控器，"啪嗒"关了电视。

马文一嗓子叫起来："干什么呀？咱《离婚公约》里有这条吗？不带这样的。"

杨欣："你别找事啊，烦着呢。"

马文不出声了，在一边翻报纸，但脸上的表情是气人的表情。可他那表情，又让杨欣说不出什么来。

杨欣最后还是拗不过自己，给李义的姐姐李芹拨了电话。电话响了很多声，李芹才接起来。

"是李芹吧？"杨欣调整音量语调，尽量问得既不显得太紧张又不至于让人觉得唐突。

很久，大概有半分钟甚至更长，话筒里没有任何反应。杨欣几乎以为电话断了，或者出了毛病，才听见李芹的声音。那是一种客气却毫无热情的腔调："您哪位？"

杨欣压抑着怒火，她能想象得到李芹的表情。就是那种淡淡的、居高临下的、带着优越感的冷脸。杨欣敢保证李芹已经听出是自己。杨欣在李芹家的时候，见过李芹接电话。她对她那些打牌做美容的姐姐妹妹们可不这样！就对杨欣，既不冷也不热，且拿捏着小劲儿。不过，生气归生气，杨欣还是知道轻重缓急的。她忍气吞声，振作精神，尽可能亲切自然地说："我是杨欣，请问李义在家吗？"

又大约是半分钟，然后杨欣听到李芹的声音，那是一种虽不失温和但透着很强距离感的语气，并且是以一种纠正的口吻坚定而清楚地说："对不起，这里是李义的姐姐李芹家。"

杨欣隐忍："您给叫一声李义行吗？"

"他不在。"哐当，电话挂了。杨欣几乎能看到李芹挂断电话时的表情，一定是满脸不屑！杨欣也哐当一声摔上电话，同时迸出一句："变态！"

马文在边上，样子像是看报纸，其实注意力都在杨欣身上。他见杨欣这样，心里猜出七七八八，嘴里却故意说着不着四六的风凉话。

马文头也不抬，像对着报纸说话："人家不接你电话，你骂人家姐姐干什么？其实，这男人吧都这样，比如我吧，追我的女人那叫一个多，我呢，既不拒绝也不反对，来往呗，混点儿呗，打发时间呗，反正咱是男人，有女人情感寂寞孤枕难眠找上咱，咱要是推辞咱不好意思，显得小气了。但你要觉得我这不推辞，就是要打算跟你过一辈子，那可就错了。你要是再利用我这对大龄离异女性的同情心，想把自己打包嫁给我，那我就只好躲你了。比如说，你打电话过来，我就手机不在服务区，打家里，我就让家里人跟你说不在家……"

杨欣冷眼看马文，马文没察觉，还一个劲地接着说："男人吧，尤其是离过一次婚的男人，你想让他再结一回婚，那除非是这个男人没记性。你说李义这婚离的，基本上就是扫地出门，相当于前半辈子都白干了，房子给老婆了，存款给老婆了，哦，应该说是前妻。净身出户，比遭了抢劫还惨，遭了抢劫还能找地儿说理去，你说这离婚，不跟明抢一样？而且抢了就抢了，你还没处说理。你借他李义俩胆，他也不敢再结这么一回了……"

杨欣缓过劲来——她就跟优秀的拳击选手一样，哪怕是已经摔倒在地，但只要马文出招，她还能一跃而起。杨欣直接打断马文，半讥半讽地说："我不明白啊，都是男人，怎么就差得这么远？你怎么就不能跟人家李义学着点呢？怎么咱们离婚，你就不能净身出户呢？要说，李义可比你有情有义多了。"

马文被噎住，但随即反唇相讥："是，李义是有情有义，那分跟谁。唉，我问你一事啊？"

"什么事儿啊？"

"说好不许急。"

杨欣有点不耐烦，但好奇心又被马文挑起来，她看着马文，等马文说。

马文故意卖一关子，然后一脸坏笑地问："在你们女人心里，要是管一个男人叫'废物'，或者'小废物'，那是什么意思啊？"

杨欣随即明白马文是偷看了她手机，在她手机上，李义存的是"小废物"，杨欣当即变脸，对马文说："你有劲吗你？你以后少看我手机。我爱管谁叫什么你管得着吗？你这属于侵犯我个人隐私。"

马文说："噢，我看你的属于侵犯隐私，你看我的呢？"

"那是以前，我那时候还是你老婆呢。"

"噢，当老婆就可以随便侵犯老公的个人隐私？"

杨欣气呼呼地辩论："少废话！那是为了维护家庭安全。国家都有安全部，在适当的时候，可以对犯罪嫌疑人实行监听跟踪监视居住。为什么？不就是为了反对分裂维护统一吗？国家有军队有监狱有警察有国家机器，尚且如此，我一个女人，赤手空拳手无寸铁，连个手机短信都不能查，那不就得眼睁睁地等着人家来侵略分割我的家庭吗？"

马文慢条斯理地说："急了不是？你怎么说话不算话啊？咱不是说好不许急的吗？"

杨欣刷地站起来："谁跟你说好了？"

马文自言自语："好心当成驴肝肺。"

杨欣一脸讥消："我怎么没见好心，全见驴肝肺了呢？"

马文抬起脸来："要么说你这人不识好歹呢？我这不是帮你认清你目前的形势和首要的任务吗？你的首要任务不是消极等待李义八抬大轿来娶你，守株待兔连兔子都等不来……就是碰巧能等来一只，也是瞎模糊眼，一头撞在树上把自己撞晕过去的那种笨兔子，智商不太高、视力还不太好的那种……"

杨欣不等马文说完，自顾自回自己房间，把门关上了。马文见杨欣这样对待自己，也不恼，而是接下来哼小曲，开电视。他早习惯了。大概看了一期完整的《动物世界》，杨欣的房门还是紧闭着。马文了解杨欣，杨欣今天要是等不着李义这个电话，肯定是百爪挠心。但马文琢磨着，以他刚才接李义的电话，以李义刚才电话里那吞吞吐吐的样儿，他们肯定是有事儿了。马文对杨欣的心思挺复杂的，见着人家老给杨欣介绍半百老头子，他难过，可是杨欣跟了李义，他又怕杨欣太投入——你说你杨欣还比李义大三岁，又不是什么富姐，人家李义凭什么娶你呀？

马文思前想后，觉得越是这个时候，他越有责任。他这么想着，就自然而然地到了杨欣那屋门口。杨欣没锁门，马文一推，门就开了。马虎在玩游戏，杨欣管都不管，躺在床上发愣。她那种发愣，马文一看，就知道是"不知所措黯然神伤"。马文抬脚要往床边走，杨欣脸一板眼一瞪，马文赶紧收住脚。杨欣不依不饶，警告马文："以后不敲门不许进来。"

马文故意装出一脸迷糊，重复了一遍："以后不敲门不许进来？"然后特虔诚地问："那这次算以后吗？"

杨欣被马文气乐了，但随即把脸绷上。马文赶紧点着头退出，把门带上。然后站在门口砰砰砰敲门，搞得杨欣哭不得笑不得，儿子马虎冲杨欣扮鬼脸。马文见杨欣没开门，就又把门推开了，杨欣脸上立刻显出不愉快的表情，马文还没等杨欣说话，就赶紧又把门关上，边退出边说："得得，我又违背妇女意志了。"

杨欣在马文退出以后，想起了马文的种种好处。但也就是想一想，只要想到那些深夜的短信，杨欣就气不打一处来。是的，马文就这么大出息，让他一辈子守着一个女人过日子，他觉得太委屈自己的伶牙俐齿妙语如珠了，换句话说，他觉得辜负了人生，白来世上走了一遭。

客厅电话响了。杨欣身子一蹦跳下床，拉开门直扑电话。到了跟前，电话断了。杨欣看一眼来电显示，居然是马文的手机。杨欣怒了。马文一脸坏笑，说："我用自己的手机给咱家的座机拨个电话，不算违反《离婚公约》吧？"杨欣在这种时候是缺乏幽默感的。她三下五除二把电话拔下来，直接拎到自己屋里。

马文边吃喝着边跟进来："这电话也算是咱们的共同财产吧？凭什么你想移就移？"

杨欣简单直接："第一，反正也没什么人找你；第二，以后我的电话就不用劳驾您接了。"

马文还要跟杨欣斗嘴，杨欣下了逐客令："马文先生，请你严格遵守《离婚公约》：以后进我的卧室要敲门，征得同意方能入内；上洗手间要锁门；过了晚上十点，请自觉回到自己房间休息，不得在客厅逗留。"

马文打断杨欣："成成，我不跟你这儿逗留了，本来是要告诉你李义刚才让我转给你一句话。这么着吧，明儿上班你直接问他本人吧。"说完，走了。杨欣看着他把门带上，气得大喘气。

十分钟之后。马文一个人坐在客厅看电视，杨欣走了出来。马文料到了，他故意目不斜视，杨欣显然是要找话跟马文说，她确实想知道李义在她洗澡的时候打过电话说了什么。哪怕就是说分手再见不来往了，她也想知道。但她又不好直接问，毕竟刚才她对马文有点太凶，而且马文这人有一毛病，你越想知道什么事，他越不告诉你。杨欣一面给自己倒茶一面好像很不在意地问一句："李义找我什么事？"

马文故意大惊小怪地说："他那手机还关着哪？"

杨欣自己也觉得没说服力："可能没电了。"

马文还拿着那个劲儿："他不是住姐姐家吗？他姐姐家没电话啊？哟，这可够晚的，他能上哪儿呢？在哪儿才不方便给你打电话呢？"

杨欣不吭声。马文故意念叨："我觉得吧，李义是一个特有情有义的人，他当初怎么就跟孙容离婚了呢？他们是大学同学呀，据说当年李义追得挺苦的……"

杨欣断喝："马文，你不嫌自己烦啊？"

马文嬉皮笑脸地说："我不嫌。"

杨欣接茬就说："我嫌。"

"我知道你嫌，你要是不嫌我烦，你怎么会和我离婚？李义倒是不烦，可是人家不娶你啊。也是，结婚多烦啊。不结婚不负责不拒绝，那多简单啊。"

杨欣气得直接进屋关上门，还把门插上。马文看着杨欣这么大的反应，咧嘴一乐。

一直到夜里两点多，杨欣还是睡不着。她怕影响马虎，在床上躺着又实在难熬。索性起床，上客厅坐着。她不死心，再次给李义拨打手机，这回是："您拨叫的手机已关机。"杨欣咬咬牙，又给李芹家打电话。她是那种一定要一个结果的人，哪怕这个结果不好。李芹家电话没有人接。杨欣哪知道人家一家子那晚上也忙活得不亦乐乎！

杨欣越打不通电话，就越想打通，她甚至想下楼找一公用电话给李芹家拨一个。杨欣是那种遇到事情总是往最坏处想的女人——这件事情的最坏处，就是李义关机，而且，她知道李芹家的电话是有来电显示的，她甚至怀疑从此她的手机再也打不进李芹家的电话了。

马文本来在自己房间里玩游戏，听见杨欣在客厅里鼓捣，知道杨欣难过，他本来不想管，但后来想想，还是关了游戏，从房间里出来。又不好直接问杨欣怎么回事，他和杨欣的沟通模式一向是冷嘲热讽，所以只好一边念叨着"多情自古空余恨"，一边佯装翻东翻西找东西。

杨欣不愿意让马文看自己笑话，她手里拿着一摞碟，翻着，不搭理马文。

马文见状，半自言自语地说："越是这个时候吧，越不能看喜剧片，要不，你看人家乐，人家越乐你越难受。悲剧也不能看，要不越看越堵。这时候最好是找人聊聊……"

杨欣冷冷地接上："你不困啊？"

马文赶紧表态："我不困。就是困，看着你这么百爪挠心，我也不能说困呀。没事儿，只要你高兴，我乐意奉陪。你要是想出去转转，散散心什么的，也成。"

杨欣冷笑："你自我感觉太好了吧？"

马文故作不懂："你这话是从哪儿说起？"

杨欣打一哈欠，说："我跟李义的事，跟你说不着。如果全世界就剩你一人，我就宁肯是哑巴，咱俩没什么可聊的。咱俩要是还能聊到一块儿，咱们也不至于说离婚就离婚。"说完，找一恐怖片，放进影碟机。

马文："干什么非得宁肯是哑巴呢？哑巴是想说而不能说。你要不想跟我聊，听我说话费劲，你宁肯是聋子多好。"

杨欣就当没听见，按遥控器播 DVD。

马文抗议："咱那《离婚公约》可规定了，晚上十点以后不得在客厅逗留。尤其不许播放鬼片僵尸片惊悚片。"

恐怖片的音乐响起，在恐怖氛围中，杨欣转过脸，神情像女鬼。马文胆小，见状赶紧回房间了。马文不明白，为什么杨欣这两年会迷恋上恐怖片——他躺在床上，用耳塞塞上耳朵，摸着心窝口："这都什么毛病，大半夜看恐怖片！"

那一夜，杨欣没有等到李义电话。她不知道李义的手机丢了。李义当时是在大街上给杨欣打的电话，打完了，去买了包烟，点根烟的工夫，他连钱包带手机一起被偷走了。

下着雨，淅淅沥沥。李义一筹莫展。等他好不容易到李芹家的时候，已经快半夜了。李芹开门，见李义浑身湿透，一脸落魄相，忍不住兜头一句："又吵架了？正好，分手！三天两头的闹腾，干什么呀！"

李义没精打采地解释："没吵架。是我包被偷了，我走回来的。"

李芹闻言大惊："啊？你打辆车啊，到家门口我结账不就成了？"

李义说："不是怕你不在家吗？"

李芹急了："都丢什么东西啦？"

"手机，还有几张卡。"

李芹一边看李义换鞋脱衣服，一边嘴里叨叨唠唠地让他挂失银行卡，但她就是不提杨欣打过电话的事。

李义洗过澡出来，换上干净衣服，正想着要给杨欣打一电话，李芹端着一碗热腾腾的面条，张罗李义吃饭。李义坐下，挑了两筷子面条，又站起来。

李芹眼尖，还没等李义够到电话，就扔过去一句："给谁打电话？先吃面。一会儿坨了。"

李义咬咬牙，他借住在姐姐家，也有点怕姐姐，不愿意惹姐姐不高兴。李芹看出李义有心事，她以静制动，等李义主动。李义心事重重，一边吃，一边下决心。他眼睛都不敢看李芹，冲着面条说："姐，跟你商量个事儿啊。"

李芹问："借钱？"

李义说："不是。"

李芹见李义欲言又止，说："那什么事啊？有这么难开口吗？"

李义确实也难开口："也没什么大事。"

"行了，你脸上都写着事呢，说吧。"

"我想结婚。"

李芹叫唤起来："结婚?!"

李义不说话了。

李芹声音低下来："是再婚吧？"

李义沉默。

李芹做苦口婆心状："咱不说找一个年轻漂亮的，但怎么着也应该找一个差不多的吧……"

李义打断她："我们就差不多。"

"她比你大……"

"就大三岁。"

"就大三岁，说话就四十了吧？有的人更年期早，她过两年就该更年了。你娶她干什么呀？给她养老？单给她养老也无所谓，她还有一个儿子，你还给她养儿子啊？"

李义不说话，李义是一个话不多的男人，不想好了不说。

李芹鼻子里哼一声，猜到可能是杨欣在逼婚，语调越发刻薄起来："是不是她逼着你娶她？"见李义不回答，李芹自己愤愤地说："这种女人，身边没个男人根本不知道怎么过日子。"

李义截住话头："姐，你对她有成见。"

李芹脸色难看。说："她还跟那个叫什么来着，她前夫，还住一起？"

李义知道姐姐要说什么，只好硬着头皮替杨欣解释，说了句："她不能住大街上去吧？"

李芹说："不住在前夫家就得住大街上，这叫什么话？说句不爱听的吧。我都怀疑他们是不是真的断了。"

李义默默地吃面条。

李芹见状，更加赌气，索性把话往狠里说："有一句话我说在前面，你是我弟弟，你离婚，有困难，住我这儿，是应该的，我离异，没孩子，死了这房子就是你的，但在我死之前，杨欣别想进这个门。还有，以后跟她说清楚，别动不动就打电话到我这儿找你。我听她声儿就来气，一股子骚狐狸精味儿！"

李义猛一抬头："杨欣来电话啦？"

李芹哼了一声："你们上班一整天呆一块，没呆够啊？"李芹站起来，愤愤然去卫生间。结果，因为李义刚洗过澡，地上都是水，一进去就滑了一跟头，整个人平拍在地上。

那一夜，李义可有事儿干了。他本来计划着吃完面条跟杨欣好好打一个电话，这下倒好，面条还没吃完，李芹脑震荡了，而且还摔了个骨裂。

李义喊了救护车，本来要给李芹的前夫王大飞打电话，李芹制止了。上医院拍了片子，照了透视，李义跑前跑后，满头大汗。本来李义还以为李芹多严重，得住院。但人家大夫给看了看，说不用住，在家养着就成，过两个星期到医院来复查一下就差不多了。脑震荡没什么药，骨裂也得靠养，最多是一些营养神经和骨骼的药，都不是医保范围。李芹不在乎钱，李义也知道李芹不在乎，所以就做主让大夫捡高级的药给开，不用考虑报销不报销。后来，李义打听到医院有租轮椅的，一天一百元钱，立马跑去租。

李芹在急诊室等着李义，一小护士不无羡慕地对李芹说："你爱人对你真不错。"

李芹忙解释："他不是我爱人。"

小护士随口感慨："我说呢！现在这世道，丈夫能大半夜为老婆摔一跟头上医院的，不多了。"

李芹深有感慨，但又觉出护士误会，连忙解释："他是我弟弟。"

小护士一错神儿，边上一老护士别有用心地一笑。李芹不爽了，赶紧追上一句："亲弟弟。"

老护士"哦"了一声，进里屋了。小护士随后跟进。隔着一门帘，李芹隐约听见老护士跟小护士聊天，大致意思是，现在这女人要是有了钱，也有年轻男人傍！你信那是她亲弟弟？亲弟弟能为半老姐姐大半夜叫救护车？就因为洗澡的时候摔一跟头？指不定那跟头怎么摔的呢！

李义租的是一个折叠轮椅。从出租车上下来，李义先把折叠轮椅打开，然后搀扶李芹下车。李芹那个行动困难啊。偏巧这时，别墅里的电话响个不停——已经是半夜三点啦。李义急火攻心，以为是杨欣打来的，他了解杨欣的脾气。李义把李芹扶到轮椅上，二话没说，先开了门，鞋都没换，就奔电话去了。李芹坐在轮椅上，蜡着一张脸，嘟嘟囔囔："这都几点了？还打电话上人家家，不睡觉啊？有没有点素质？你睡不着别人也不睡啊？这种女人，没个男人就不知道怎么过！"

正说着呢，李义出来，对李芹说："姐，姐夫电话。"

虽然姐姐早已离婚，李义还是习惯管李芹的前夫王大飞叫"姐夫"。李芹一听,根本没等李义过来推轮椅,几乎是健步如飞,自己站起来几步就上了台阶,直奔电话。把李义惊得张着嘴半天才说出一句:"您,您,这好得也快了点吧?"

李义结过车钱,回到房间,见李芹直直地站在电话前,半垂着个头,握着话筒,嘴里不说话,眼睛里却潮乎乎的。

刚才李义在电话里已经跟王大飞大致说了一下李芹的情况,所以王大飞这个时候就开始直接埋怨李芹不小心,还叮嘱李芹以后遇到这种事情一定要先跟自己说。李芹听着,心里尽管如春潮涌动,但那春潮中还是有一股子陈年积怨。她竭力保持平静,以一种特别平淡的语气问:"你怎么想起这么晚打一电话给我?"

王大飞:"嗨,我就是今天晚上突然有那么一阵子特别不踏实,给你打一电话吧,没人接,李义那手机还一直关机,我就总觉得肯定出事了……"

李芹悄然落泪。那一夜,李芹一直坐在电话机边,不悲不喜无忧无虑。李义本来想陪李芹说说话,但终是没有。一来,他了解李芹,李芹不是什么事都肯说的女人,她太要强;二来,他也太累了……

04

杨欣第二天去上班，整个人都灰扑扑的。也是，一个女人，快四十了，一夜没睡着，你能让她有什么好脸色？

杨欣的电脑开机极慢，吱吱呀呀的。平常这个时候，她一般会去打杯水什么的，但今天她连动都懒得动，浑身骨头疼。恰巧刘如进来。已经有消息她即将升职为部门主管，所以尽管没宣布，但大家对刘如也视同领导，刘如自己也开始拿着一个小劲儿。

刘如冲着办公室问了一句："见着李义了吗？"

杨欣边上的几个同事看看杨欣，见杨欣没有回答的意思，就说："没见着。"

杨欣保持没事儿人的样子，她倒不是故意不给刘如面子，而是她的确心情不好。但刘如可不管这套，她是一心直口快的女人，冲着杨欣就嚷嚷："杨欣，李义上哪儿了？"

杨欣一句就给刘如呛了回来："他上哪儿凭什么我得知道啊？"

刘如给噎住，半天说不出话来。

幸亏同一办公室的小戴机灵，站起来跟刘如说："刘工，李义手机一直关机。"

刘如当即借题发挥，大光其火："以后部门规定，凡是工作时间，手机关机一律扣发当月奖金！"

话音未落，李义满头大汗跑进来。刘如反倒不好当着李义的面立威，奔个脸对李义说："机场那边来了好几个电话找你，说你手机关机。"

李义说："我没关机，我手机被偷了。"

杨欣本来故意拧着劲不理李义，听李义这么一说，不由得跳起来，一副急人所急的表情，脱口而出一连串疑问句："啊？在哪儿被偷的？还偷了什么没？报案了没？"

鸦雀无声。办公室的人都恨不能把自己变成桌椅板凳，刘如最烦杨欣这样工作感情拎不清，但也不好说什么，转身出去了。李义看看四周，有点尴尬，嗫嚅着说："昨天晚上。已经挂失了。其实补办挺方便的，就是耽误事儿。"

说完，伸手开自己的电脑。杨欣也意识到刚才自己似乎有些失态，她拿了桌上的杯子，冲咖啡去了。

整个上午相安无事。谁也不理谁。快到中午的时候，李义的MSN上跳出杨欣。

"你就打算一直这么着不理我？"

李义抬头看看，发现杨欣一本正经注视电脑，好像干什么工作一样。

李义回复："你不生气啦？"

杨欣飞快打上一行字："少废话。见面说。"说完，自己下线，站起来出去了。李义看看周围，等一会儿，也出去了。两张空空的椅子。

他们俩一出去，办公室大部分人都松了一口气。

杨欣和李义的办公室在写字楼的十一层，他们要说话，就在十层楼梯拐角处说。除非是着火或者地震，一般不会有人大白天没事儿走楼梯。

杨欣先到十层，大约两分钟之后，李义出现。杨欣盯着李义走过来，打定主意，绝对不先开口。

李义本来也不想先说话，但被杨欣双目炯炯有神地烤着，还是受不了。大概三分钟之后，李义妥协了。他的第一句话本来想说别的，但话到嘴边忽然变成了："昨天跟我姐商量了。"

杨欣咄咄逼人："咱俩的事用得着跟她商量吗？"

李义嗫嚅着："主要是房子……"

杨欣单刀直入："《婚姻法》也没规定非得有房子才能结婚！你就说你跟不跟我结婚吧，别的事儿不用你操心！"

李义被逼到墙角，点头。

杨欣笑着剜了李义一眼，说："你别跟吃多大亏似的。就你这样的，大龄离异，有子女，无房无车无存款……上电视征婚都征不上我这么合适的。"

李义心事重重地笑了笑，显然没心思跟杨欣斗嘴。他憋了一会儿，忍不住问："那咱结婚，光领一张证，不就是走一个形式吗？"

"谁说光走一个形式?"

"我姐那人……"

"谁说要住你姐那儿了?"

"那住哪儿?"

杨欣一乐。

李义见杨欣这神情,倒吸一口气:"你不是说那个什么吧?"李义猜到杨欣是要去跟马文商量,当即语无伦次。

杨欣理直气壮:"那你说怎么办?买房租房,咱都没钱,咱也没什么有钱的亲戚能借,你好不容易有一个嫁过有钱人的姐,还看我不顺眼,那咱们可不就得将就点凑合点,先住我那儿呗。"

李义只好咽下本来想劝杨欣等等的话,转而改口说:"那我再跟我姐说说,看能不能先住她那儿。"

杨欣马上接口:"我不爱求你姐姐,跟她商量,还不如跟马文商量呢。"

李义不吭声。

杨欣忽然火了,她强压着,对李义说:"我跟你说明白了吧,咱们要么分手要么结婚,没什么等等、缓缓、再琢磨琢磨一说。你别以为我是跟你说着玩的,我说的也不是气话,是实话心里话,我岁数不小了,我可耗不起……"

李义听着不是味儿:"不是我想耗着……"

杨欣斩钉截铁:"不想耗着,就听我的!"

05

马文一早起来,杨欣马虎都走干净了。他一看表,又迟到了。

马文其实已经习惯每隔一段时间,就做做杨欣的"情感导师"——他眼见着杨欣相亲失败就不是一回两回。头天晚上,李义不接电话,手机关机,马文按照常规推理,肯定是杨欣的又一次"情感滑铁卢"。马文不知道为什么,他心里吧,既盼着杨欣能找一个男人成家,让他放心;又担心杨欣找得不靠谱,受了骗吃了亏遭到伤害什么的。杨欣跟李义如火如荼的时候,他多少也有点难受,但还是说服自己:也好,难得杨欣遇上一个自己喜欢的,这总比跟半老头子将就强吧?现在李义不搭理杨欣了,他居然更替杨欣难受。想想杨欣当年,也是不缺追求者的。这也就是十多年吧,倒追倒贴白给人家男的,人家都要考虑考虑。马文内心深处替女人难过——还是当男人好。看他马文,整天二十多岁的小姑娘屁股后面追着。

远的不说,就说近的。林惠,马文他们公司的行政助理,二十四岁,外地孩子,大学毕业就在北京漂着,漂着漂着就漂到马文他们公司了,一个月挣小两千,住在五环以外,合租的房子,每天上班下班扔在路上就得仨小时。在到马文公司之前,林惠差不多半年换了五个工作,但自打到了马文他们这儿,还就呆住了。一来是她也换烦了,天下乌鸦一般黑,想靠换工作换到好单位好领导好年薪,那几率跟摸六合彩中大奖差不多;二来是她觉得跟马文做同事特有意思,尤其是每天听马文耍贫嘴,跟马文逗闷子,让她觉得特过瘾。怎么说呢,如果用一句酸酸臭臭的文艺腔说,马文点亮了她孤独寂寞无助贫寒没有爱情只有向往不名一文的青春……

不过,林惠内心孤独归孤独,只要在马文面前,她就是装也要装得大大咧咧满不在乎。比如，林惠有的时候会口无遮拦地问马文一些说敏感也敏感说不敏感也不敏感的"大众情感话题"——像"男人喜欢什么样的女人"。

马文遇到这种情况，一般都是一眨巴小眯缝眼，反问林惠："你是想问男人会娶什么样的女人吧？"

林惠说："这有什么区别吗？"

马文说："区别大了。如果不用负责，男人可以喜欢各种各样的女人，春兰秋菊各有各的味道。可是，你说这喜欢了，就得娶回家来，而且从此还就得这一个，不能沾别的了，那咱就不能光注重娱乐功能，得讲个综合国力。"

林惠就追着问："那你们男的觉得什么样的女人就算综合国力还行？"

马文说："太丑了肯定不行，不会挣钱没本事也不成。"

林惠嘴一咧："嘁，人家女的要是又漂亮又有钱找你们干什么？"

马文那话接得叫一个快："那我们男的凭什么就得找一个又丑又穷的呢？找媳妇也不是扶贫啊。"

"你们也太势利了吧！"

"这叫势利吗？哦，越长得困难越什么本事都没有的我们越喜欢越抢着娶回家，那我们不是缺心眼吗？"

有一阵，马文跟林惠一上班就开贫，俩人都不厌其烦。但最近马文开始有意识地躲着林惠了。理由很简单：第一，他跟林惠差太远，马文毕竟比林惠大了一轮，不是说马文没有跟那么小年纪的姑娘约会过，但林惠不一样，林惠是办公室的同事，兔子不吃窝边草，这是马文的原则；第二，马文的小兄弟宋明显然对林惠有意思，马文犯不着蹚这趟浑水；第三，多少跟杨欣有点关系。马文总幻想着，即便将来自己成家，找到一个自己喜欢的人，这个人得大度懂事，不能妨碍他和杨欣来往。但林惠那姑娘，马文一看就知道，跟杨欣绝对处不到一块儿去。

马文他们办公室属于公司的"特种部门"——忙起来没日没夜，闲起来就整天喝茶聊天。这阵正属于"淡季"。马文迟到也就迟到了，没人跟他较真。不过，林惠还是挺乖巧的，自己一来上班就帮马文把电脑打开，造成一种马文人已到，只是暂时不在座位上的假象。所以，当马文赶到办公室，看自己电脑已经开着，就冲林惠笑笑，说了声："谢了啊。"

林惠抿嘴一乐，问："怎么谢？"

马文也一乐，说："你说？"

林惠眼也不眨："请我吃饭。"

宋明在边上叫了起来，对林惠说："哎哎哎，我一早上就在你这儿跟你忙活你的电脑，怎么也没听说你要谢我啊？"

林惠说："你忙活好了吗？"说完，冲着马文就嚷嚷："马文，你给我看看，我这电脑怎么回事啊？"

马文过去，敲了两下，说："成了，你先凑合着用吧。等我有时间给你重装一遍系统。"

林惠一看电脑能用了，特兴奋特活跃，张嘴就说："行，那我到时候好好谢你。"

宋明开起玩笑没轻没重，见缝插针地挤进去一句："怎么谢？不是'以身相谢'吧？"

林惠冲着宋明大叫："去你的！"

宋明哈哈大笑，对林惠说："你要真想谢马文，就给他介绍一媳妇，他现在最需要的就是这个。"

林惠认真地看着马文："你真没女朋友？"她其实就想确认一下。

马文不想让林惠抱有任何不切实际的幻想，所以故意说："我没媳妇。"

宋明赶紧在边上跟林惠解释："马文不缺女朋友，人家缺媳妇。那媳妇跟女朋友能一样吗？"

林惠瞪着眼睛问宋明："媳妇跟女朋友有什么不一样？"

宋明说："一个是过的，一个是玩的。玩的就随便了，玩腻了换人，过的就得挑拣挑拣了……马文是吧？"

就在这个时候，杨欣她妈的电话打了进来，马文一接，张嘴就叫了声："妈！"

杨欣她妈在电话里说电脑坏了，上不了网。杨欣她妈话说得客气："你什么时候有空，给我来瞅瞅就行。"马文一听，立马说："我这就过去。"

马文挂了电话，一边收拾电脑包一边叨咕着："我岳母的电脑也坏了，今天不是国际病毒发作日吧？"

林惠一脸迷糊："你有岳母？你没媳妇哪儿来的岳母？"

马文赶紧找补："前岳母。"

马文前脚一走，后脚宋明就跟林惠说："你知道马文怎么回事就给人家张罗女朋友？"

林惠拖了长音："知道。不就是媳妇跟他离婚了，他自己还瞎惦记着，老等着人家回心转意？你们男的就是贱！越对你们铁石心肠，你们越觉得人家金贵，越要追！"

宋明赶紧贴上来："你懂什么呀？这叫'永不言败'！是男人都得这样，哪里跌倒就得哪里爬起来。"

林惠"哧"了一声，问："你呢？你在哪儿跌倒的？是不是还想在原来的地方爬起来？"

宋明忙拍胸脯表决心："我？我不一样，我是哪里跌倒，换个地儿爬起来。"说着往林惠这边凑凑，很显然林惠就是他要换的那个新"地儿"。林惠稍微闪开了一点，林惠又不傻，她能感觉到宋明对她的那点"意思"，但她有点躲宋明。她内心里，似乎还是更喜欢马文一点。说不上为什么。她总觉得马文逗，而且马文有能力。比如说她有个什么事儿吧，跟宋明就半天都掰扯不明白，跟马文一说就清楚。就跟她的电脑坏了，宋明鼓捣一上午，也出力了也出汗了，不得要领，人家马文，往电脑跟前一站，也就动了动手指头，得，好了！

06

马文一到前岳母家,就知道所谓电脑坏了就是一借口,其实杨欣她妈是想找个茬跟马文说说"心里话"。杨欣她妈别看有些事儿喜欢弯弯绕,那是她没想清楚没想明白。一旦她琢磨清楚了,她就非得一竿子扎到底。

她直截了当地问马文:"是不是有其他人了?"这倒把马文问不好意思了,马文赶紧说:"您有什么话就直说吧。"

杨欣她妈故意卖关子,说:"你要是已经有了人呢,我这话就不说了。"

马文笑笑:"您想哪儿去了。"

杨欣她妈见直着问不出来,只好剑走偏锋:"马文啊,我问一句你隐私,你可别介意。"

马文笑着,一边收拾他的电脑包,一边敷衍:"我这人有什么隐私?那高级玩意得是名人才配有。"

"那我问啦?那个,如果杨欣还乐意跟你过,你们还能过一块去吗?"

马文一怔,不知道应该怎么接。

杨欣她妈一见马文这样,心里有了数,索性自己硬着头皮接着说:"算了,算我什么都没问,我也知道好马不吃回头草,我这女儿自作自受,活该!"

马文心下一阵高兴,以为是杨欣想和自己和好,但又不好意思说出口,转而让自己亲妈说。尽管马文并不想那么快就和杨欣复婚,但杨欣有这么一个服软的态度,他还是高兴的。再说,他也不能把自己的后路断掉,毕竟杨欣是他孩子的亲妈,也一起过了十几年,以后再找,能不能找到这么合适的,难说。所以,马文模棱两可地说:"什么回头草不回头草的。人这一辈子哪能每件事都是对的?"

杨欣母亲眼睛一亮,尽管马文没有明确表示可以复婚,但一个人活到杨欣她妈这岁数，就懂得什么时候什么地方应该装糊涂。老人家立刻笑得合不拢嘴，对马文一连声说："就是就是！我早跟杨欣说了，马文不是那种小肚鸡肠的男人，再说，你们不是还有马虎吗？有什么过不去的！杨欣这孩子吧，倔，好面子，煮熟的鸭子肉烂嘴不烂，她早悔得肠子都青了。我回头说说她，让她给你认个错。你们就是年轻，拌两句嘴，说离就离了。当时要是让我知道，我说什么也不能同意。杨欣就是那种糊里糊涂根本不知道什么叫好歹的女人……"

马文到家的时候，心情好极了。过瘾，美……

他本来想在外面吃点再回家，离婚以后，他基本就没在家吃过，吃也是方便面。但一想着杨欣可能已经到家，就赶紧打上车奔巢而去。居然还有点归心似箭的意思。

进了门，果然杨欣已经到了。而且和往常不一样，往常即使早回来，也根本不搭理马文，遇上不得不说的话，也一定是板着脸。要么就是冷嘲热讽。今天杨欣居然满面春风。马文一点都没有想到，杨欣之所以一反常态，是因为接下来她要跟马文谈的话题必然是不愉快的。

照马文平常的路子，要是见杨欣这么早回来，一准儿会吊儿郎当地调侃一句："哟，没约会啊？"但今天马文没这么着，一来想着杨欣可能跟李义已经完事，他不愿意落井下石给人伤口上撒盐，二来是有杨欣她妈这么一铺垫。马文一面换鞋一面不见外地跟杨欣说："去了一趟你妈家。她说电脑坏了，去了，什么毛病没有，就是她装东西太多了，内存不够，得换个内存条。"

杨欣假客气："我跟她说过，别老麻烦你。"

马文一边说着"咳"，一边顺手拿过一桶方便面。

"别吃方便面了。"杨欣用眼睛示意桌上的红烧肉，对马文说，"锅里有米饭。"

马文内心一阵温暖，更加误会了杨欣。以为杨欣母亲已经快马加鞭把"复婚"的喜讯传递给了杨欣。马文心说，这复婚可不能是你想复就复。哪儿那么合适，都按你的想法来。不过，既然是你想修好，那咱就得好好说道说道。咱也不能说复婚就复婚，咱能先"试复婚"吗？这现在有试结婚的，试离婚的，复婚也应该先试试吧？要不，冲动之下，乍一复，再后悔，还再离啊？

马文心里把这些话想好，就等着杨欣服软呢。他哪里知道杨欣脸色潮红，根本不是要和他复婚，而是在琢磨着怎么跟他开口提再婚的事！杨欣再大方，也不好意思跟自己的前夫说，自己要结婚了，而且要和下一任丈夫住在曾经跟马文共同生活过的房子里！

马文见杨欣难说难笑难开口的，还以为是"爱你在心口难开"呢。他一面大口吃肉，一面给杨欣找台阶。

马文把话头给杨欣递过去："你妈今天问咱们为什么离婚来着。"

杨欣听了，直眉瞪眼地说："我妈问这干什么？"

马文事后回忆起这一段，总觉得自己跟个二百五似的。他当时居然打着哈哈，怕杨欣尴尬，紧着说："我哪儿知道啊。我跟她说我也想不起来了。她说她总忘了咱们已经离婚了，老觉得咱们还一块过呢。"

杨欣不搭茬。马文以为杨欣是一时伤感，"竟无语凝噎"，赶紧接着说："你妈还说，这过日子哪有马勺不碰锅沿儿的。我现在想想好像也是，你说咱们当时为什么离的啊？是为一条短信吧？反正一生气说离就离了，挺意气用事的哈。"

杨欣感叹："现在说这些还有什么用？"

马文也跟着感叹："有用啊，失败是成功之母嘛。以后像咱们这样的，再结婚就不犯这些毛病啦，就容易比别人幸福。"

杨欣有点激动，对马文脱口而出："你知道我又要结婚了？"

马文一口饭噎在嗓子眼，眼泪都快憋出来了。

杨欣忽然意识到马文误会了，瞬间，她的脸上写满歉意。

马文对着那一脸歉意，勉强把饭咽下，内心里恶骂了自己一句"傻逼"，但表面上还是故作镇定，强装轻松，使劲儿把自己搞得特自然地笑着问："是和李义吗？"随即，一阵不平衡，没等杨欣接茬，就忍不住轻蔑地"哼"了一声，说："李义还真是没记性啊，结那一回还没结够。"

杨欣的脸上不太好看了，但她拼命忍住，没发火。她也觉得自己有点理亏。

马文吹了一声口哨，尽管遭受如此巨大而突然的打击，但他仍然竭力要表现得根本就不在乎。

杨欣看透马文的难受，但又没办法，她坐在那儿，欲言又止。

马文就受不了杨欣这种"高姿态"，明明是你整天装可怜，一副弃妇的样子，到头来你先喜结良缘，把我扔半道儿上！可这话马文是说不出来的，他能说出来的只能是："咱们离婚了，没关系了，你爱跟谁结婚跟谁结婚，没必要告诉我。"

杨欣极其诚恳而平静地说："是没必要。但我觉得还是先和你说一下的好，免得到时候大家尴尬——结了婚，他就可以搬过来住。"

马文叫起来："搬这儿来住？！"

杨欣被马文吓住了。短时间的沉默，马文压着火："杨欣，咱们可是有言在先：谁也不许带人来这儿！"

杨欣说："你不是一直要求改来着吗？"

马文勃然："不改了！"

杨欣反倒更加平静，不急不恼："不改李义也可以来。结婚了，李义就是我丈夫，我们就是受法律保护的合法夫妻，他就可以名正言顺地来这儿跟我住。"

马文咬了咬嘴唇，问："杨欣，你有没有搞错？这是我省吃俭用好几年才买上的房子，这个房子的首付还是我们家支援的呢！"

杨欣不卑不亢不紧不慢："也不光你省吃俭用吧？我也省吃俭用来着吧？这房子首付是你们家支援的，那装修可有我们家我妈的贡献吧？再说，这也是咱们的婚后财产……"

马文眯起眼睛看杨欣，直接截断杨欣的话："是婚后财产，你懂什么叫婚后财产吗？这是咱们俩的婚后财产，那李义凭什么住进来呢？"

杨欣被逼急了，她一急说出的话就跟刀子一样，非得见血封喉："对不起，我也不想这么做。我们也是有难处。再说，这个房子多少也有我一份。我那一份我爱跟谁住就跟谁住！"

马文气得脸色煞白："我告诉你杨欣，不要欺人太甚！你要结婚，我不拦你，也没权利拦你，可是请你远离这套房子！你没有权利在这个房子里结婚！"

杨欣拧上了："我想我有这个权利！"

马文冷笑："咱别谈什么权利不权利的，咱先说说这李义是什么东西，他娶得起老婆娶不起老婆？娶不起就别娶！他怎么有脸进这个门？！对了，他根本就不要脸！！臭不要脸！！！"

杨欣也急了："你能不能冷静点？理智点？成熟点？咱们能不能心平气和地谈谈这事？你昨天不是还跟我说你可以支持理解配合的吗？"

马文音量一点儿没减："这是可以支持理解配合的事吗？你告诉我，我怎么才能冷静点理智点成熟点？我这还不够冷静理智成熟吗？心平气和，你说我应该怎么心平气和？我是不是应该一听说这事儿，立刻高兴得跟中500万彩票似的？我告诉你，这事儿没门儿！不成！"

杨欣狠下心："我今天就多余跟你说这事！我就是要在这儿结婚，你能把我怎么样？"

马文气得无话可说。杨欣站起来，回自己房间。马文冲过去，一面用手撑着门，一面对杨欣嚷嚷："那家伙要是一个男人，他就应该自己买房子娶老婆，住在女人家算什么？"

杨欣恢复了冷嘲热讽的本色，她笑笑，对马文说："李义再不是男人，也找到老婆了。你呢？你要是个男人，怎么找不着一个女人肯跟你过？你倒是也住女人家试试看啊，你看人家让你住吗！"

马文被噎住，扎透、戳穿。浑身一软，手上的劲顷刻泻掉。杨欣就势把门关上。马文一个人留在客厅里，仰面长啸，胸脯起伏得如同怒涛汹涌。马文虽算不上脾气温良，但很少失控。他平常看电视看报纸看到那种因为家庭纠纷而大打出手的还会挖苦几句："至于的嘛？不会好好说话啊？说不通不会不说啊？"但现在，他不但是至于，而且是极其至于，几乎丧心病狂歇斯底里，挥起拳头就砸门，也就是刚砸了那么一两下，杨欣刷一声拉开门，一副女英雄的样子，临危不惧铁骨铮铮，一对眼珠子像出膛的子弹，呼啸着射向马文。

马虎就是这个时候回来的。他算是"战火"中成长的孩子，对父母的争吵火拼虽然还做不到习以为常，但多少也有点见怪不怪。他一见马文杨欣那阵势，立马满脸不耐烦，连掺和都懒得掺和，直接把书包一放，打开电脑就玩游戏。

杨欣那屋的门敞着，马文和杨欣一个门外一个门里，怒目而视，一言不发。俩人都在极力克制自己。他们再怎么性情中人，在儿子面前，还是需要维持必要的做父母的形象。片刻之后，马文压低声音对杨欣说："咱们出去说。"

杨欣不动，跟雕塑似的。马文调匀呼吸，放松脸部肌肉，丢下一句："我在上面等你。"

马文所说的"上面"就是他们家楼顶。他和杨欣尽管当着马虎的面也吵过闹过，但他们能避免的时候还是尽量避免。比如说他们知道什么事可能会引发争吵，他们就会上楼顶。而很多当着马虎的面发生的"冲突"，用军事术语说叫"突发事件"，谁都有情绪，本来没想吵架，但说着说着就吵起来，然后完全失控。比如说真离婚那次，本来朗朗乾坤风清月白，大礼拜天晚上，一家人从杨欣老妈家回来，吃饱喝足，马文歪在沙发上，杨欣让马文帮着换一换床罩，马文不想动，杨欣就跟马文掰扯，扯着扯着就扯到自己最好的十年都给了马文，马文当即回了一句："那我给你的就不是最好的十年？"杨欣说："那我还给你生孩子了呢！"马文嬉皮笑脸："什么叫我还给你生孩子了呢？合着天下就你一个女人会生孩子？我娶别的女人，就断子绝孙啦？"

杨欣急了，上了"刺刀"。杨欣一上"刺刀"，马文也上了"刺刀"，俩人起初还属于"友谊赛",点到为止,点着点着,就真刀真枪殊死拼杀非要把对方生吞活剥了一般。马虎在边上,开始还觉得好玩,看热闹,看着看着只听杨欣一声断喝:"离婚!"

马文立刻报以更高分贝:"离就离!"

"好,谁不离谁孙子!"杨欣不甘示弱。

"行,明天一早,谁不离谁孙子!"马文宁折不弯。

杨欣当即就号啕起来。这要是搁在刚结婚那阵,杨欣别说号啕,就是一皱眉,马文就会赶紧把杨欣揽怀里。但这结婚十多年了,马文早烦透杨欣这一套了,尤其烦杨欣当着马虎的面这样,成何体统!杨欣哭,马文阴个脸,东船西舫悄无言,最后马虎说了一句:"你们离婚吧。"

马文上了楼顶,脑子里乱糟糟的。既愤怒又悲凉。挫败、屈辱、受人愚弄——他一直觉得杨欣是离不开他的,没想到杨欣不仅离开了,而且还跟人家要成两口子,不仅要成两口子,而且还要光天化日光明正大地住进来!而他,竟然几个小时之前,还在做梦,以为杨欣会求着他复婚!

杨欣并没有马上跟着马文上来。她刚才跟马文唇枪舌剑的时候,李义给她发了一串短信。现在她一条一条地看,一边看一边想着怎么回复。

杨欣正琢磨着,马虎说话了:"妈,爸今天怎么啦?"

杨欣没心思,敷衍一句:"他不欢迎李义叔叔上咱家来住。"

"那李义叔叔为什么要上咱家住呢?"

杨欣一时半会儿答不上来。她张了张嘴,采用了她的惯用伎俩,岔开话题,以攻为守:"马虎,妈问你一个事儿。"

"别又问我喜欢不喜欢李义叔叔。"

"好,不问。这次问你,愿不愿意李义叔叔和我们住在一起?"

"那得看对我有什么好处啦。"

"你要什么好处?"

"我要一双耐克。"

"没问题。"

杨欣对儿子还是有把握的,马虎不认生,基本上谁对他好他就对谁好。所以,只要解决了马文就一切都解决了。

杨欣下定决心跟马文敞开了好好谈一次。

杨欣特意在镜子前涂了点口红,又在耳朵后边点了香精。她照着相亲的规格倒饬好自己,上了楼顶。马文家的顶楼沿边缘砌了一圈膝盖高的台子,马文就在那儿坐下。杨欣知道马文的习惯,他只要是烦了,就爱上顶楼转悠,转悠累了,就坐在台子那儿抽烟。杨欣原来老担心马文一个闪失掉下去,但马文是那种你越劝他他越来劲的主,杨欣也就懒得多说了。

杨欣有点恐高,所以她没有往马文身边走。这让马文不舒服。马文以为是杨欣故意要跟自己拉开距离。

杨欣早就打好腹稿。她原本盘算的是,他们这个房子一月按揭是3800,马文付一半,就是1900,而实际上却只能住10平米的一间,还不如租一套一居。杨欣打听过,就是她妈住的那种一居室,红砖老楼,旧是旧了点,但好歹也有五六十平米。杨欣虽然料想到谈判的艰难,但是她总觉得自己的盘算也是合理的,马文并没有吃什么亏。可是,见马文一个人坐在楼顶边缘,萧索、孤单、凄凉、欲哭无泪,杨欣就张不开嘴了。她下了好几次决心,最后说出口的竟然是:"你要实在觉得,我和李义在这儿结婚,你不舒服,我们可以再想想别的办法……"

马文极目远眺,非暴力不合作。半天,说了一句:"我无所谓,只要你舒服就行。"

杨欣觉得马文有点给脸不要脸,再说她和马文十来年夫妻了,她还没有跟马文低声下气过呢。杨欣加强语气敲打马文:"我这可是跟你好好说呢。"

马文笑笑,说:"那我也跟你好好说,行吗?"

杨欣点头,神情专注。马文转过头,盯着杨欣,故意特平静地说:"我怎么娶了你这么一个东西?"

杨欣听了,不仅不生气,反而"嘿嘿"一笑,说:"特后悔是吧?当初你追我的时候,我可问过你,将来会不会后悔,你说什么来着你还记得吗?"

马文饶有兴致:"我说什么来着?"

杨欣波澜不惊:"你说:将来后悔说将来的。"说完,杨欣转身下楼。把马文一个人晾在上面。

杨欣回到房间,马虎还在玩他的游戏。杨欣本来想问一句作业写了没有,但实在有点心力交瘁。她想算了,还是跟亲妈商量吧。杨欣最不愿意的就是跟亲妈张口,但事情到这一地步,也只有如此了。让妈搬过来,暂时跟马虎住,她和李义搬过去住妈的一居室,也不失为一个解决方案。杨欣拎包走了,临走不想说不想说还是对马虎说了一句:"作业写了没有?"

马虎一个人在房间里玩游戏,玩得正开心。杨欣走得急,手机丢在家里,不停地响。马虎懒得接。电话是李义的,他见杨欣不回短信,心里毛了。生怕杨欣闹出点什么意外。李义这么想着,就赶紧往杨欣家赶,出租车到楼下的时候,还是司机说了句:那哥们儿怎么挨那儿坐着?不会有什么想不开吧?

李义伸出头一看,靠,马文!

也是做贼心虚。当时李义就想肯定是杨欣把马文逼急了。李义了解杨欣的脾气,气人的时候特别气人,几乎是不计后果。他甚至担心马文一怒之下,把杨欣给怎么着了。他经常看电视,老公把老婆杀了而后自杀的事情比比皆是。李义二话不说,报了警。

马文根本没想到,自己就那样成了新闻人物。第二天晚报社会版头条就登了出来:"本市一男子为情跳楼酿成交通堵塞十小时",午间新闻晚间新闻地方新闻综合新闻,都转播了马文"坠楼"的镜头。马文在一连串的惨叫声中,掉到一个大气垫上,那是专门用于地震火灾的逃生设备。马文运气不太好的是,他掉到气垫的边缘,弹起来之后,滚落到了地上,造成左臂骨折。

医院里,医生护士都同情地看着马文,马文巨撮火,跟他们一一解释:"我没跳楼,我就是上楼顶散个心。"

后来杨欣赶到医院,一看马文没大事,还紧着跟人家说自己不是真想跳楼,当即气不打一处来,对马文说:"行了,别说了,再说,人家该送你去精神病院了!"

马文浑身长嘴也说不清了。他只记得自己正坐顶楼台子那儿发呆,就见下面围了一群黑压压的人,还有人展开了那个大气垫,当时马文真没往自己身上联想,直到身后出现了警察。警察在上来之前,已经跟马虎聊过,大致掌握了马文跟杨欣吵架的原因以及吵架的激烈程度。

警察叔叔一脸假装轻松的紧张,如临大敌如履薄冰,半天没张嘴,生怕哪句话没说利落马文一头扎下去。马文一看警察那样就乐了,他这一乐,警察更毛了。马文一想,得,也别吓唬人家警察了,就对警察说:"我就在这儿坐会儿,不犯法吧?"

警察一听,松一口气,嘴一咧,一口京片子,说:"哥们儿,咱找个别的地方坐成吗?"

马文点点头,站起来,结果也是该着,起猛了,没站稳,腿下一拌蒜,直接掉下去了……

07

马文手臂上挂着绷带,冲镜子里的自己咧嘴一乐。没人相信马文是一不留神掉下去的——连杨欣的亲妈也不相信。她在电视上看到马文的"跳楼"转播,当时就心脏病发作了。所以,杨欣这几天一直在她妈跟前儿照顾着,马虎一去上学,整个房子就剩马文自己。

平常,杨欣那间屋子都锁着门,自从马文出事儿之后,杨欣不知道是不好意思,还是事儿太多没顾上,总之,再没锁过。马文推开门,平常,他最多是站门口跟杨欣说两句,现在他几乎是充满好奇心地走了进去。房间里干净整洁,床还是数年前居然之家的那张,两米四的特大床。当时,马文嫌贵,但当着热情女店员的面,马文不好意思说贵,只说担心不结实。那女店员是一中年闷骚型美妇,颈上一颗黑痣,一双桃花眼乌溜溜地罩住马文和杨欣,似笑非笑地说:"这床还不结实?!你们要干什么呀?"

马文在床边坐下,床头柜上除了电话还有一帧水晶相片。相片里的杨欣涂脂抹粉穿着旗袍。那一年王家卫拍了《花样年华》,满街的女人都疯了,全以为自己穿上旗袍能跟张曼玉一个样儿。杨欣就是那会儿照了那么一套"旗袍装"。照完,杨欣让马文帮着挑一张做成水晶,马文根本连看都懒得看,敷衍着说都好。后来杨欣自己选了一张立领的做了,拿回家来摆在床头,马文天天上那张床,从来就没有认真看过一次。现在,马文躺在床上,伸手把杨欣的"花样年华"拿过来,好好地端详了端详,还真有点"盗版张曼玉"的意思。马文感觉自己有点困了,闭上眼睛,平常马文还有点失眠,没想到这回俩眼皮那么一合,竟然就迷糊着了,而且还极踏实沉稳,有点梦里不知身是客的意思。杨欣电话打进来的时候,马文正睡得晕头转向,估计那会儿要是有人问他姓啥,他都得想一阵。马文很久没这么睡过了,所以根本不想接,但架不住杨欣固执,反复拨打,马文只好伸手在床上一通乱摸,原本他想着摸到就关机,但等摸到了一看来电显示"前妻",赶紧接了。

还没等马文说话,杨欣那边已经是"黄洋界上炮声隆",一通嚷嚷,把马文的耳朵震得嗡嗡的。马文刚开始还没闹明白,杨欣怎么一上来就没头没脑劈头盖脸地扫过一梭子:"你有完没完?有意思吗这样!"

愤怒谴责歇斯底里神经质。

马文听了一阵,直到听到"小报记者"四个字,马文才知道杨欣究竟是为什么。马文忍不住坏笑。没错,是他干的。他自打从医院回家,家里电话就没消停过,这帮记者也真厉害,竟然能知道他家电话。当然这也没什么稀奇的。他从哪座楼掉下去的,找物业保安一打听,就打听出来了。谁给你保密啊?马文开始还有耐心跟记者们解释:"我真不是跳楼,我是上去散心。为什么散心?散心用得着为什么吗?我跟前妻,对,我们是发生了争执。为什么事儿争执?靠,我凭什么跟你说啊?!"三问两问,马文就烦了,烦了以后再接电话,就跟人家说:"马文不在"。但世上的事就怕"认真"二字,架不住人家记者"敬业",你说不在,人家就问什么时候在?你是谁?然后第二天报纸上就会出现这样的报道:"本报记者打通马先生(为情自杀者)宅电,一男子声称马先生不在家。据悉……"据悉之后,就可以胡编了。

马文头一回领教了"人言可畏"。但他生来具有自嘲精神,所以也不至于怎么样。只当是看别人的故事。不过,后来有一天,马文一个人在家呆得烦了,正好有记者打电话来,马文就动了坏心眼,心说:"凭什么我这么背,摔骨折了不说,还得整天应付小报记者?让人家随便编排?"他一犯坏,就把杨欣手机号给了人家。反正给一次也是给,索性那次之后,凡是电视台的八卦广播的街头小报的,一律全给。

杨欣觉得奇了怪了,怎么在老妈家这一两天,手机就没消停过。开始她没回过闷儿来,后来她急了,跟一记者嚷嚷,问人家怎么知道这个号码的。那记者就说是先打了马先生家电话,一男的接了电话告诉他的。杨欣一听能不火吗?当即挂了电话就给马文拨了过去。她在电话里咬牙切齿警告马文:"你信不信,我把你手机号贴到路边的小广告上去!"

马文躺在那张居然之家买的结实而柔软的大床上,懒洋洋地说:"行啊,我不反对。"

杨欣本来语言就贫乏，一生气就更贫乏，这人语言一贫乏就容易骂街，杨欣破口大骂："你要脸吗你？"

马文任由笑骂，不急不恼："这话该我问你吧？"

"你怎么不嫌乱啊？"杨欣恼羞成怒。

"我怎么不嫌乱，我不就是上楼顶溜遛弯散个心，怎么警察就来了？谁打的110？你怎么不说那打电话报警的孙子不嫌乱呢？"马文直接把杨欣给顶了回去。

杨欣没词儿了。她跟马文一没词儿，一般就会狠呆呆地骂上自己一句："我当初怎么瞎了眼会嫁给你！"这一套马文早已耳熟能详，所以杨欣刚一咒自己"瞎了眼"，马文就在那边接过去，说："别老是说'瞎了眼'，来点新鲜的，哪怕是'瞎了狗眼'呢！"杨欣一听，当即把"马文"列为"拒接电话"。马文反复打，反复拒接。马文气得笑起来，想当初，杨欣哪儿懂什么"拒接功能"？还不是马文手把手反复教会的她！

杨欣的妈躺在里屋的床上。杨欣在厅里给马文打电话，杨欣她妈虽说听得不真，但也听明白是真吵。而且杨欣她妈根本不用问，就知道女儿是跟马文嚷嚷。杨欣跟别人说话都淑女着呢，就跟马文，整个一泼妇。

杨欣挂了电话，调整一下呼吸，进了卧室。杨欣她妈靠在床上，一脸愠怒。

杨欣赔着个笑脸，没话找话："妈，您吃个苹果吧？"

"不吃。"

"那您睡一会儿？"

老太太面沉如水。不搭腔。

"您别这样，什么大不了的事儿啊！"杨欣说。

"我年纪大了，不像你们，能没皮没脸地活着，该吃吃该喝喝，没心没肺不嫌寒碜。"老太太气不打一处来。

"是，马文那人就那样，唯恐天下不乱。"杨欣就着老太太的话茬说。

"我说的是你！"老太太怒了。

杨欣脸色讪讪，不敢再吭声。老太太不说话是不说话，一说话就如江河决堤前赴后继："我怎么有你这么一个闺女?！你跟我说说，你图他什么？一个三十多岁的男人，要什么没什么，房子房子没有钱钱没有，你脑子进水了？你跟着他是他养活你还是你养活他啊？"

杨欣烦了："我怎么就非得要他养活呢？我自己挣钱养活自己不行吗？"

老太太冷笑："行行行，太行了！你这么有志气，别上你妈这儿来张嘴啊！"

≈49

杨欣软了，她一软，脸上嘴上舌头上就都跟抹了蜜似的。

杨欣说："我这不是跟您商量吗？您看您上我们那儿住，跟马虎一起，也有个照应。您电脑要是坏了，马文还可以随时给您修。再说，我们也不会在您这儿住太长时间，最多一年，我们就买房子了。"

"怎么就不能现在买？！"

"昨天不是跟您说了吗？都是期房，现在买现在也住不上。再说房价不是还得落吗？"

"那你们怎么就不能等？！"

"这不是三十如狼四十如虎嘛！"

"你什么时候变得这么……没有廉耻？！"老太太到底是大家闺秀书香门第，即便怒了，说的话还是书面语。其实她想说的"不要脸"，但话都到了嘴边，拐一弯，换成了"没有廉耻"。

马文"跳楼"的事闹得满城风雨的那几天，林惠刚巧出了一个差，什么都不知道。她知道还是听宋明说的。她是行政助理，电脑里本来就存着马文家地址。当即调出来，不等下班，抱着一大束百合十万火急地跑去了。

梆梆梆一敲门，马文在里面问："谁呀？"林惠在外面大大方方答："林惠。"

马文本来正躺在那张硕大的床上，立马坐起来，以为自己听错了："谁？"

"林惠。"

林惠一进门，就开始忙活。先是四处找花瓶，最后找到一个喝了一半的大可乐瓶子。林惠把那半瓶可乐直接倒进马桶，然后找把剪子，几下子就把大可乐瓶修成一花瓶，再然后那一大束百合就被摆在客厅茶几上，怒放着，清香四溢。

再再然后，林惠又上卫生间刷马桶，一面刷一面对马文说："可乐比洁厕灵好用多了。"

马文见林惠从一进屋就跟鱼戏莲叶似的，鱼戏莲叶东，鱼戏莲叶西，鱼戏莲叶南，鱼戏莲叶北。看着那叫一个闹心。虽然马文胳膊骨折了，有理由坐在沙发上啥也不干，但这么眼睁睁地看着林惠穿来穿去，脚不点地儿的，他也不自在。说来也奇怪，这要是杨欣这么忙活，他就心安理得，换了林惠，他就觉得比自己干活还累。

林惠刷完马桶，喊马文过去。马文顶烦这个，但又没办法，人家干了半天活，让你视察一下你还推三拖四，太说不过去了吧？马文硬着头皮走进厕所，伸头做视察状。

林惠问："怎么样？"

马文不想搞得太肉麻太直接，只好说："没想到你还会干这个。"

林惠骄傲起来："那当然，我会干的多了。"

马文本来要接一句"说来听听"，但话到嘴边生给咽了回去。他不想跟林惠这么你一句我一句的。所以，他只是笑笑，算是回应。

投桃报李。见马文冲自己笑，林惠也还之以一笑。林惠的笑比较舞台化，一笑，露出八颗牙。这主要得益于林惠的妈妈。林妈妈是南方小镇一县曲艺团的台柱子，打小就训练女儿"笑"。人家林惠那笑容，是嘴里含一双筷子训练出来的，格外喜庆，极具迎宾效果。

林惠笑完了，直奔冰箱。马文想拦还没得及拦，林惠就已经把冰箱门打开了。马文心里叫苦不迭，心里说：靠，这些姑娘都是一个老师培训出来的？怎么上男人家都奔冰箱去？又不是上我们家竞聘小时工！

马文想起当年杨欣也是这样，不知道从哪儿借了个小煤油炉，欢天喜地地拎到他宿舍，俩人又上街买煤油又上自由市场买鸡蛋买调料，折腾一下午搭半个晚上，双双尘满面鬓如霜跟一对卖炭翁似的，这才吃上。后来杨欣再倡议自己动手丰衣足食，马文就赶紧劝住。还不如压马路看电影躲小树林里卿卿我我呢。

马文觉得"田螺媳妇"那是干一天农活的长工对美好女性的渴望。累得贼死，又下不起馆子，一身臭汗，可不就指望进门有一个姑娘把饭做好了衣服洗干净了？而且还都是免费的?! 可现代社会了，哪个男人还会把吃上一口热的当做选媳妇的标准？要真那样，社会上最抢手的姑娘就应该是厨娘了！

马文也不是烦姑娘给他做饭。甚至做的时候他在边上打个下手他也乐得，陪着说话聊天也不困难，难的是要时刻准备回答各类让马文头疼的"问题"。比如姑娘会问："我好吗？"你怎么说?! 人家挥汗如雨给你埋锅造饭，你好意思说人家不好？但你要说了"好"，后面就该轮到你"大汗淋漓"了。天下哪有白吃的午餐？你以为吃一顿姑娘做的饭那么容易，人家一个问题接一个问题，逐渐增加难度，一个台阶一个台阶上去直到登峰造极问出："爱我吗？"你总不能前面都是肯定答复，就到这个节骨眼上掉链子吧？那不是找人家骂你臭流氓不要脸吗？

马文是铁了心了，今天宁肯饿着，也不吃林惠做的饭。饿死事小，失节事大，犯不着让人家姑娘最后又哭又闹指着鼻子骂这骂那的。所以，别管林惠从冰箱里往外拿什么，马文都会说："这不行，这是我前妻的。"林惠不知道是缺心眼还是较劲，蹲在冰箱跟前，一样一样翻腾。

"别动别动，那肉是我前妻的。"

"这肝呢？"

"也是她的。"

说着说着，马文自己乐了。林惠看着马文傻乐，不明就里。马文跟她解释，说："这要是有人在门外听着，肯定觉得瘆，非报警不可，说这儿有一变态杀人狂！冰箱里都什么乱七八糟的，前妻的肉，前妻的肝……"

林惠哈哈大笑。笑得前仰后合花枝乱颤。忽然，像按了DVD的暂停键，林惠一个"急刹车"，笑容收住。

马文哪见过这个呀，一时有点手足无措。

林惠的目光中渐渐有了难过，然后，这种"难过"逐渐弥漫，就像刚刚在房间里喷了"枪手"，气味从无到有由弱变强逐渐浓烈。马文感受到了，林惠是在为他难过。他如果是蚊子，林惠的"难过"如果是"枪手"，他现在肯定已经中招。但马文快四十了，他不想当"蚊子"。所以他装傻，故意问林惠："怎么啦？"

"这冰箱里什么是你的？"林惠的语调中不仅透着"难过"，还添了一层"心疼"——一种女人对男人的心疼。

"还真没有。"

"那你平常在家吃什么？"

"方便面。"

林惠咬了咬嘴唇，显然马文的反应没有达到她的预期。马文表现得过于没心没肺，缺乏必要的顾影自怜，这让她无机可乘。哪怕马文抱怨一句，或者做悲伤状，她也好就势偎依到他怀里，然后相机行事，说出："让我照顾你吧好吗？"

林惠重新调整战术，她再次露出招牌笑容，八颗牙的，含了两双红木筷子的那种，问马文："你今天晚上想吃什么？"

马文不敢轻易接招，干笑着打岔："你请我？"

"我给你做！"林惠直奔主题。

"做多麻烦呀。"马文避实就虚。

"不麻烦。莲藕炖排骨。吃什么补什么……"林惠举重若轻。

"我没骨折，就是伤了点筋。"马文以退为进。

"那就喝牛筋汤。"林惠一锤定音。边说边走到门口，伸手就拧防盗门。结果不仅没拧开，反而给锁上了。马文家的门一旦从里面锁上，就得用钥匙开。马文伤了一条胳膊，再说，就是没伤一条胳膊，马文也不乐意跟林惠挤在门锁跟前。男女授受不亲。马文把钥匙给了林惠，站在林惠身后，口授机宜："往左拧，到头。对，拔出来，然后拉上面的那个，对，开了吧？"

林惠打开门，直接把钥匙揣兜里，扔下一句："你睡会儿吧，我回来自己开门。不劳驾你。"

一小时之后，杨欣和林惠狭路相逢。那天杨欣是够背运的，先是从一早开始就被各路记者电话骚扰围追堵截，接着又被老妈一通训斥直至轰走。杨欣灰头土脸地回家，一进小区就碰上拎着大包小包的林惠。林惠属于那种只要自己有困难，就会毫不犹豫寻求帮助的女人。她见杨欣过来，就故意走得离杨欣很近，并且在杨欣看她的时候，抓住时机，一面苦笑一面说："累死了。拿不动了。"

林惠就有这么个本事。一点不认识的人，只要她想认识，并且想让人家搭把手，她总能弄得特自然特贴切特天衣无缝。

杨欣尽管心情不好，也不认识林惠，但人家跟自己主动说话，按照杨欣的脾气性格教养，她还真不好意思装没听见。所以，杨欣接一句："怎么买这么多？"

林惠说："咳，没想到这么沉。其实，我家就前面那栋，没几步。"

话说到这个份儿上，杨欣却不过面子，只好说："我帮你拎点吧。我也住那楼。"

林惠立马笑逐颜开："哎呀，太谢谢了。你住几层？"

"十层。"

林惠更亲热了："那咱们是邻居。我也十层。"

说话间就把两兜子沉甸甸的肉啊蛋啊交到杨欣手里，自己就留了点葱姜蒜和几根黄瓜芹菜以及一小瓶日本清酒。杨欣有点不自在了，但又不好太计较。俩人进同一楼门，按同一层电梯，出了电梯，林惠自然地走在前面，边走边对后面跟着的杨欣说："这边这边……"

杨欣心里已经猜个八九不离十。她心说马文你真是闲不住啊，我这才去我妈家几天，你就把人招家里过日子了！还把钥匙给了人家！林惠开了门，转身对杨欣一面说"谢谢"一面接过肉啊蛋啊。马文刚巧在上厕所，匆忙结束战斗，推门出来，正撞见杨欣不动声色地跟在林惠后面进来！

马文的脸上，依次掠过"吃惊""尴尬""难堪""好奇"，但这只是短暂的"序幕"，很快"正戏"开始，"吃惊""尴尬""难堪""好奇"迅速被"得意""虚荣""威风""炫耀"替代。是那种中年男人在前妻面前，拥有一个年轻小姑娘的感觉。那种感觉里面尽管多少有点小别扭，但总体感觉巨爽——就仿佛苦练十年终于击败夙敌一举成名的那种过瘾解恨。

杨欣尽量平静，好像一切很正常。她换上拖鞋，进了洗手间。她用肢体语言告诉林惠，她司空见惯。你不过是马文的一个女人而已。我见得多了！

林惠也不是省油的灯。她一面妖娆地系上围裙，一面问马文："好看吗？"

马文笑笑，配合地说"好看"。他竟然产生了一种莫名的兴奋——就像海燕，在暴风雨来临之前，展翅高飞，用高尔基的话说，那是在渴望"让暴风雨来得更猛烈些吧。"

马文现在就有这种渴望。

他的胸膛中涌动着"砸碎一个旧世界，建立一个新世界"的万丈豪情。

杨欣从厕所出来的时候，林惠已经系好围裙挽好袖子。她就跟故意似的，当着杨欣的面，冲马文贱兮兮地一笑，问："你知道我最拿手的菜是什么？"

马文显然很受用，故意说："西红柿炒鸡蛋？"

"去你的！"林惠嘴上刁蛮，脸上可是蜜糖一般的笑容。

杨欣当然知道马文跟林惠如此这般是带有强烈的表演性质，如果缺乏她这个观众，马文未必肯演得这么卖力！杨欣在卫生间就已经想好了对策——她要给马文做一个榜样。她要优雅大度温文尔雅彬彬有礼。所以，杨欣从卫生间一出来，脸上就挂着淡淡的笑容，她提醒自己一定要给马文一个微笑，可是她发现，她根本没这个机会。马文根本不往她这看！不管她是开冰箱也好，走来走去做出找什么东西的样子也好。

杨欣有些无趣。这就跟你在办公室整天起早贪黑早来晚走挣表现，结果领导压根啥都没看见，那得多郁闷？杨欣索性回了自己屋。外面林惠跟马文打情骂俏，艳阳天春光好百鸟声喧。

林惠娇滴滴地问马文："知道这道菜的名字吗？"

"猪耳朵拌猪舌头。"

"一点不浪漫。"

"那浪漫的叫法呢？"

"悄悄地说给你听。"

"什么？"

"悄悄地说给你听。"

马文有点脸红，但还是凑上去："为什么非得悄悄地说给我听？"

林惠哈哈大笑,说:"你大脑短路啦?这道菜的名字就叫'悄悄地说给你听'!"

马文也被逗乐了。

芍药开牡丹放花红一片。

杨欣在自己房间里,对着镜子,画眉画眼线上胭脂涂口红。隔着门,外面姹紫嫣红桃红柳绿。杨欣知道马文是故意跟林惠闹出这么大动静。她已经决心决不生气——无论如何也不生气。但她最终还是没有控制住自己。

当她看到她那张"盗版张曼玉"被扔在床上,而床上又有一个清晰可见的人印!

"马文!"一声断喝,潇潇雨歇。

马文应声进去,一见杨欣那样儿,赶紧将门在身后轻轻掩上。

杨欣满脸悲愤,怒不可遏,指着床上的"人印",声儿直哆嗦:"你们居然在我的床上,不要脸!"

马文知道杨欣误会了,他这人有一毛病,人家是急中生智,他是慢工出细活。越急他越不成,包括在床上。所以,马文搞不了一夜情,他最怕遇上的就是那种一进房间门还没关严就要的女人,准阳痿。现在马文就"阳痿"了——他想跟杨欣解释明白,也知道杨欣误会了,但就是结结巴巴不得要领,再加上神色慌张更让杨欣觉得他是做贼心虚。

偏巧林惠还在这当口添乱,她在外面叫:"马文——"

叫第一声第二声,马文没动,叫第三声第四声,马文答应着出去。

林惠举着日本清酒,要马文打开。

东风吹战鼓擂,当今世界谁怕谁。杨欣笔直地走到林惠跟前,盯牢林惠;林惠毫无惧色,回视杨欣。剑拔弩张旌旗相望。沧海横流,方显英雄本色。一直不怎么言声的马文陡然干咳一声:"我还没给你们正式介绍过呢吧?"

"免了。马文,我警告你,以后少带人回来,尤其不许在我的床上。现在的女人真够贱的。"杨欣一向短兵相接刺刀见红。

"是,够贱的,离了婚还住人家房子。"林惠毫不含糊。

杨欣被激怒了,但她即便在狂怒之下,也提醒自己绝对犯不着跟林惠一般见识,她不能掉这个价。杨欣转过脸对准马文:"这房子是咱们共同财产,我搬出去也行,你把钱给我。这房子咱们买的时候,5500一平米,现在能卖12000,你自己算算你应该给我多少钱。别欺人太甚!"

说完，杨欣哐当一声摔门而去。

杨欣一走，马文整个人就萎了。任凭林惠百般哄劝，马文还是提不起精神来。

林惠觉得委屈。她认为自己有资格有权利跟马文掰扯。

"你生我气了？"

"没有，你来看我，给我做饭，我干什么生你气啊？我有那么不知好歹吗？"

"我是看不惯她这么对你，她凭什么呀？都离婚了！"

"我知道，你是路见不平拔刀相助。"

林惠一点都不傻，她半开玩笑地说："得了吧。你其实想跟我说：'以后我的事你少管。杨欣再怎么对我不讲理，那是她对我，跟你有什么关系？用得着你掺和吗？'"

马文被说中。的确，他就是这么想的，只是他不忍对林惠这么说。何苦伤人家女孩呢？更何况人家不也是为自己出头吗？再说，林惠之所以敢蹬鼻子上脸，不是也跟他一下午的怂恿鼓励假戏真做有关？

林惠见马文不言声，也不言声了。

马文一看，这叫什么呀？赶紧主动找话。

马文说："哎，对了，上次你说要给我介绍一媳妇，什么样啊？人靠谱吗？"

林惠听了，更加不愉快。

马文见林惠这样，心里有点发毛。这明摆着是等着他哄她呢！

马文眉头一皱，计上心来，忽然大叫一声："哎哟，这都六点多了！我儿子该回来了。"

林惠满脸惊诧，拿眼看马文，眼睛里飞出无数的问号。

马文硬着头皮厚着脸皮对林惠解释："那什么，特别不好意思啊，我不愿意让我儿子看见你。怕他误会。"

林惠轻轻地把筷子放下，默默地停顿一会儿，问出一句："你觉得她哪点好？"

马文装糊涂："谁啊？"

"你前妻。"

马文停了停，对林惠说："你觉得宋明哪点不好？"

"他哪儿都挺好的。"

"他哪儿都挺好的，对你也挺上赶的，你怎么就偏对人家那么爱搭不理的呢?"

林惠赌气:"所以说,我贱呗。"说完,站起来,找手机换鞋拎包。

马文见状有点过意不去,刚要再对林惠说点什么安慰的,林惠那边已经先说了:"你不用安慰我,我没什么,我最多就是自作多情呗。"

马文极其诚恳地:"不是,林惠,我觉得你特别好,我配不上你。"

林惠一笑:"你本来就配不上。"

说完,走到门口,这次,林惠顺利打开门。林惠本来已经下决心不再说什么,但她毕竟年轻,实在是没忍住,脚已经迈出门去了,身子却回转过来,对马文说:"我知道你刚才跟我那样,是故意做给你前妻看的,你怕你儿子误会,怎么不怕你前妻误会?你是巴不得她误会,巴不得她吃醋呢吧?"

马文被说穿。他张口结舌,看着林惠,林惠一笑,八颗牙,招牌笑容。随即,像收伞一样,笑容刹那收得干干净净。接着,"砰"的一声,门被带上,林惠的高跟鞋,一路敲着走廊的地砖,负气而决绝。马文守着一桌子菜,出了一口长气,竟然有一种解脱的感觉。他知道按道理按常规于情于理他都应该追出去,至少追到电梯口,但他就是坐着没动,一是他懒得动,二是他觉得还是这么着最好,免得拖泥带水夹缠不清。

08

李芹本来一整天一整天没什么事儿,除了美容桑拿温泉打牌看碟就是在家闲着。自从李义跟她提了要娶杨欣,李芹可就有事儿了。只要李义在家,她就在李义边上跟他"谈心"。其实,李义听来听去,早听烦了。李芹的车轱辘话来回来去就那么几句,无非是杨欣岁数大,转眼就四张了,有的女人更年期早,四十就绝经,你娶她干什么?她还有一个儿子,你放着自己的亲女儿不好好疼,倒给人家儿子当后爹,你神经啊?你图她什么?能图她什么?

李义自然不好跟李芹说他图她什么。他是男人,杨欣是女人,男人能图女人什么?当然年轻漂亮聪明能干的女孩子谁都喜欢,李义也喜欢,但李义跟那些女孩子在一起就是找不到感觉,总觉得自己巨傻无比。再说,李义是一个图安稳的男人,你让他跟流浪狗似的,没有明确的目标和对象,饥一顿饱一顿有今没明的,他受不了。当然,还有一个现实因素,李芹没有考虑在内。对于年轻女孩子来说,如果要找一个李义这岁数的男人,那就得有房有车,李义这一离婚,房子、车都给了孙容,要啥没啥,人家姑娘凭什么啊?自己没结过婚,找一个比自己大好多,还离婚有孩子的男人,而且这男人还不是什么大老板有钱人,连房子、车都没有,何必?如果要找差不多的呢,那就也都是二婚离异,条件跟杨欣也差不多。有的还不如杨欣。

当然,假如杨欣没有催得那么急,李义也不着急结婚。他自己也没有想出一个充分而必要的结婚理由。所以每到李芹问他为什么就非得那么着急结婚的时候,李义都极其烦躁。李芹说话:"你们都是结过婚的人了,不是没结过,怎么就急成这样?你们这么着急结婚不是有什么事儿吧?"

李义心说,不结婚怎么办?他和杨欣是一个单位的,混到现在这个份儿上,尽管没有公开，但谁不知道？这几天，杨欣妈心脏不好，杨欣连着请了好几天假，刘如直接就来找李义，明着跟李义说："杨欣最近事儿多，你多辛苦点。反正你们俩的项目，不是你多干就是她多干。再说，她无所谓，她是一女人，好办，大不了靠男人，你是男人，你得让人家靠。"

如果不是赶上马文跳楼这么一出，李义可能还有办法慢慢跟杨欣磨，说服杨欣等一等，可是让马文这么一折腾，杨欣就油盐不进了，根本听不得什么"缓缓""等等"之类的话。那天李义刚开了个头，杨欣就窜了："你什么意思？什么叫等过一段？等过哪一段啊？等咱手头钱宽裕了，经济适用房排上队了，你女儿我儿子长大了，咱们再一块过对吧？我告诉你，我不等，我等不了！"说着，眼泪花在眼眶里直转圈。

李义慌了，大街上人来人往的，李义是个要脸的人，赶紧提醒杨欣："你别动不动就急。"

杨欣提高嗓门："我急了吗?！谁急了啊?！"

其实，李义静下心来想想，也能理解杨欣"逼婚"。杨欣的理由很简单：马文把事情闹这么大，我每天还回去，跟没事儿人似的，和他住一块?！就是你李义不跟我结婚，我也得搬出来，自己个儿找房子单住。

杨欣跟李义甚至直截了当地说："干脆这么着吧，算你帮我一忙，反正我怎么都得租房子，你就当是助人为乐舍己为人，替我付一半房租成吧？这钱你别觉得花得冤，你要是觉得冤，咱别结婚别过日子，最省钱！"

李义赶紧解释："我没觉得这钱花得冤。我是觉得就这么结婚，太仓促，太委屈你。"

杨欣追着就是一句："那你不觉得不跟我结婚，咱们黑不提白不提的，不是更委屈我？"

李义没退路了。

他离婚本来就是净身出户，虽然有点积蓄，但去年老妈住院，又开刀又化疗折腾一溜够，虽说大头是李芹出的，但李义是孝子，也争先恐后倾囊而出，几十万跟打水漂一样。再加上平常，他那个宝贝女儿李离，别管是学钢琴啊还是学英语，孙容截长不短地就跟李义要钱，所以真不是李义不大方，而是他确实没那么富裕。他住在李芹那儿，李芹一分钱不跟他要，他如果跟杨欣一起租个房子，那房租、水电再加上他每月还要给孙容的抚养费，李义想想就头大。

李义琢磨来琢磨去，还就只有跟李芹张口。本来李义不找李芹，李芹还得追着给李义上课，如今李义主动找上门来，李芹能放过这个教育他的机会吗？

李芹开门见山语重心长："我不是不愿意借给你钱买房子。我是不愿意看着你往火坑里蹦！"

李义和颜悦色低眉顺眼："她不就比我大三岁，怎么就是火坑？"

李芹推心置腹诲人不倦："她比你大三岁，她比你知道男人要什么，尤其是你这种男人……她那种女人，我看一眼就能看明白，仗着自己有点姿色，想结结想离离，她要是跟你过着过着过烦了，再给你领回一个男人，再跳楼的就是你了！"

李义不言声了。人在屋檐下，不得不低头。

李芹见李义不说话，反而更加斗志昂扬。李芹有个口头语，一般在说难听的话之前，先加一句"说句你不爱听的话吧"。她那一晚上至少说了不下十句"说句你不爱听的话吧"，而每一句都是由好几十句不爱听的话组成的段落。李义终于在李芹再次说"说句你不爱听的话吧"的时候，脱口而出："姐，别说了。你都说了好多句我不爱听的了。"

"那也不差这句了。我问你，杨欣到底因为什么离的婚啊？"李芹目光炯炯。

"这不重要，都是历史了。"李义含糊其辞。

"历史不重要，大学为什么要有历史系？"李芹咄咄逼人。

李义又不言声了。他本来就不是一个话多的人，而且，要是一件事情没想清楚没想明白怎么回事，他宁肯不说。李芹了解李义，打小他就这样，凡是他不想回答的问题，你怎么问也没用。

李芹叹口气，转一圈，又把话转了回来："你怎么就为什么非得娶她呢？"

李义闭着嘴，皱着眉，一言不发。

李芹只好自问自答以把"谈心"继续下去："我知道，你跟孙容过的这几年，受了好多委屈，她比你小，什么都得你让着她；杨欣呢，比你大，能哄着你让着你把你伺候舒服了……"

"姐，你到底要说什么呀？我今儿还得赶一活儿呢！"李义尽管好脾气，但他的耐心也是有限的，李芹这么无休止地东拉西扯一扯好几个小时，李义感觉自己快要崩溃了。

李芹完全不着急，照旧慢条斯理轻声细语地说："我是要说啊，这男人对女人的要求是会变的，你经历过孙容，你就觉得杨欣懂事儿，会体贴人，可是，等过两年，可能都用不着两年，你可能就又后悔了，那时候你再离？"

李义重又陷入沉默。任由李芹苦口婆心也好，疾言厉色也罢，总之就是不说话。李芹一看，得，她这弟弟是铁了心了，只好一声叹息，让步了。对李义说："我知道你嫌我烦，别说你烦，我都嫌自己烦。算了，反正我该说的不该说的，都说了。你自己看着办吧。你是我弟弟，你真要结婚，我也拦不住你。我想好了，你们去挑一套价格差不离的房子，首付我借给你，月供你们自己还。"

李义本来低垂着头，满脸不耐烦，一听李芹松口，立马眼放异彩，一对耳朵啪嗒挺了起来："姐，我，我给你写借条。"

李芹正色："我还没说完呢。你们得先做婚前财产公证。这是你的婚前财产。你还得跟她再签一个协议。将来，你们要是过不到一起了，这房子她不能赖着住，她的儿子也没有这个房子的继承权。"

李义眼中的光芒弱了下来，一对耳朵也回到原位。

李芹接着说："不论你们过没过到头，这房子将来只能给你自己的孩子。"

"我们不打算再生孩子。"

"我说的是你和孙容的孩子，李离是你的房产的唯一继承人。"

这一次，李义眼中彻底没有光彩。李芹注意到了，故意问他："怎么啦？"

李义敷衍："没怎么，我明天跟杨欣商量商量。"

李芹一听李义这话，当即气不打一处来，也是恨铁不成钢，冲口就说："不是商量，是告诉她！就这条件，爱答应不答应。"

李义的担心不是没有道理的，杨欣一听是这么一个借款条件，果然反应强烈。她冷笑着说："你姐也太变态了吧？让我签这种混蛋协议！"

李义尽管有的时候也觉得李芹过分，不近情理，但轮不到杨欣发飙。李义说："我姐借咱们钱，作为债权人，总有附加条款吧？"

杨欣反问："你觉得她这附加条款合理吗？钱是咱俩借的，得咱俩一起还，月供也是咱们半儿劈，完了，房子还是你的婚前财产，如果咱们离婚了，我带着马虎就得流落街头，就算咱们真过到老，你先走一步，这房子还是你女儿李离的！难怪你姐单蹦儿，谁能跟她过到一起去？"

李义脸色难看了。他说："你别这么说我姐，她挺不容易的。"

杨欣是知道李芹婚姻不幸的，也知道他们姐弟情深，她不乐意惹李义不高兴，但杨欣就是那么个脾气，心里的话不说出来不痛快。不过，考虑到李义的接受能力，杨欣多少收敛了些。她跟李义嘟囔："你姐不容易谁容易？她离婚好歹还得着一大房子，我离婚得着什么了？她离婚她还得着一大笔钱，这辈子花都花不完，我离婚还得自食其力，谁也指靠不上。"

杨欣没想到，这么几句大实话，伤到了李义，也为自己今后的生活埋下了隐患。杨欣离婚，确实什么都没得着，这跟李义没关系，可是杨欣说自己离婚还得自食其力，谁也指靠不上，就让李义不痛快。这不是明显在抱怨李义没本事，指靠不上吗？但李义没吭声，他本来就心思密，轻易不愿意说出自己的想法，遇上不痛快的事，也是先搁在肚子里，不会跟杨欣似的，有什么说什么，说到哪儿是哪。李义知道轻重缓急，他没必要在这节骨眼上跟杨欣掰扯，当务之急是把钱从李芹那儿借到手，免得夜长梦多再有别的周折。

李义对杨欣说："要不，咱们先答应我姐吧？"

杨欣气愤之下反而口气随和了："随便你。"

"怎么能随便呢？咱们说话就要结婚了。"

"咱们不是说好了吗？以后鸡毛蒜皮的小事你就别跟我请示。"

李义："这算鸡毛蒜皮吗？"

杨欣笑了："你说呢？"

杨欣是一个说恼就恼，说笑就笑的女人。她对李义属于软硬兼施，硬的时候硬，软的时候，她会很软很软。

接下来的几天，杨欣一个人四处去看房子。李义得在班上盯着，他们机场的项目已经接近尾声，所有的人都很焦虑，都在极力找新项目。因为万一没有新项目跟进，他们就得呆着，如果呆的时间够长，公司就会找他们的茬，让他们呆不下去呆不舒服呆得难受，然后他们自己就会提出辞职。

杨欣一点没有想到，刘如走马上任以后，会第一个拿她开刀。刘如虽说不上是她的好朋友，但毕竟俩人是同一年到公司的，要不是杨欣那阵整天就是围着老公孩子转悠，现在有刘如什么事儿？

刘如让办公室秘书通知杨欣到她办公室去一趟，杨欣拿起本笔就去了。穿过走廊的时候，碰到刚出差回来的老田，老田笑眯眯地问："什么时候请我们吃糖啊？"

杨欣大大咧咧，说："该请您吃的时候就请您吃啦。"

杨欣就这样，开始她不愿意公开，一方面是照顾李义脸皮薄，另一方面也是怕人说闲话。但后来马文的事儿一出，杨欣就索性爱谁谁了。她还跟李义说："你离婚我离婚，咱们都是单身，在一起是合理合法的，有什么必要偷偷摸摸藏着掖着？咱们又没有什么见不得人的地方！"

话是这样说，但李义还是不习惯跟杨欣在公司出双入对，他总觉得这种事情能低调还是低调一些，虽说他们也没碍着别人什么，但太高调总是容易招致别人反感，即便不招致别人反感，但让人家不舒服也是不好的。

杨欣一进刘如办公室，就吃了一惊。李义竟然已经在屋里了。有什么事儿，刘如要找他们一起谈？杨欣本能地有一种不祥的感觉。但她还是随随便便冲刘如像姐们儿似的打了个招呼："领导，是找我还是找我们俩？"杨欣拉把椅子挨着李义坐下，杨欣明显地感觉到，她一坐下李义就浑身不自在。可能是嫌自己坐得离他太近了吧？

刘如笑笑，问杨欣："听说你们要结婚，有这回事吧？"

"有这回事啊！您要送我们红包？"

"送送，一定送。"刘如沉了一沉，道："杨欣呀，刚才我已经跟李义谈过了，按照公司规定，夫妻俩只能有一个留在公司工作，所以……"沉吟片刻，仔细措辞："要不你们俩商量一下……"

杨欣李义表情各异。李义是一个谨言慎行的人，不想好了不说话。

杨欣则口无遮拦，沉不住气，当即大叫："这什么规定？这不是鼓励同居吗？"

李义赶紧在桌子下面踢杨欣，杨欣转过头对李义："你别踢我。"李义脸上一阵尴尬。

刘如不急不恼，对杨欣说："你不要这么情绪化，这规定也不是针对你一个人制定的。这么着，你们俩回去好好想想，想好了，给我一个答复。"

杨欣"腾"地站起来："我现在就想好了，我辞职，今天就辞职，现在，马上，立刻！"说完，扬长而去。

杨欣哼着小曲就回了办公室，新来的实习生一见杨欣进来，就对杨欣说技术部让杨欣回个电话。

杨欣直截了当，说："我不回。他们有事儿找刘如吧。"

老田了解杨欣的脾气，过去劝她："别赌气。领导也有压力，让头儿呲儿两句不是很正常吗？该回电话还是得回电话，除非咱不干这份差事了对吧？"

杨欣宣布："我就是不干啦……我辞职了！"

老田以为听错了，说："什么时候的事儿？"

"现在几点？"

"两点五分。"

"两点的事。"

"为什么呀?"

李义这时候回来了,大家纷纷看李义,李义有点不好意思,过去帮杨欣收拾东西,杨欣盯着李义,李义默默地把书啊本啊字典啊什么一样一样归拢,装到纸箱子里。杨欣忽然上去,一把将纸箱子抱起来,直接丢到走廊的垃圾箱,拍拍手说:"我要这些干什么,我又不在这儿上班了。"

杨欣辞职,李芹第一个反应就是:"杨欣是有两下子",她对李义说:"现在你不娶她都不成了,人家为了让你留下,连工作都不要了。"

李义听了,非常不快,嘴里也没什么新鲜的:"姐,你对人家就是有偏见。"

"我对她没偏见,是你被她灌了迷魂汤。"

"大街上这么多人,她怎么不给别人灌,专给我灌呢?"

"你这话吧,你前姐夫也跟我说过。你们男人,就这样,老觉得一个女人要是给你们灌迷魂汤就是爱你们。"

"那实际上呢?"

"实际上,有的女人就是骚货,她们天生就喜欢给男人灌迷魂汤,男人呢,还就吃这一套。"

李义知道李芹是借题发挥,主动闭嘴。但还是晚了,李芹对李义说,她好好想了想,觉得李义还是暂时先不要着急买房。第一,现在房价太高,估计再过一段肯定会降,现在买不划算。第二,鉴于杨欣目前没工作,他们将来的按揭全靠李义一个人,显然吃力,不如缓缓,等杨欣找到工作再说。第三,他们要结婚,与其买房租房不如先暂时住在李芹这儿,李芹的房子够大,楼上楼下。李芹的意思是,先同居,住个一年半载,没问题,再做长期打算,这还怎么着都没怎么着,就先弄一处房,房子是不动产,又不像存折,掖兜里就能走。李芹还举例说,现在杨欣还跟马文住在同一屋檐下,不就因为这个原因吗?

得,绕了一大圈,回到原点:还是上李芹家住。

只不过,这次跟杨欣一说,杨欣连嗑绊儿都没打,就同意了。

09

　　杨欣要买房那阵，每天趾高气扬的，还带着马虎去看过几套房子，结果热闹半天，人家又说先不买了，先就这么住着吧，买房将来再说！靠，这不是大涮活人吗？这还没结婚呢！这要是结了婚，那还不得想怎么捏估就怎么捏估？

　　马文替杨欣难过，一个心气儿那么高的女人，居然能为结一个婚答应这么丧权辱国的条件！

　　马文哪知道，女人到了杨欣这岁数，要么是特沉得住气的，要么是特沉不住气的。沉得住气的，比如杨欣的女朋友黄小芬，自己开一律师所，有房有车有钱有儿子，人家就不着急。恋爱该谈谈，约会该约约，合适就来往，怎么都成，上家里上酒店一起旅行度假全没问题，不合适，咱就把话说开，再见还是朋友。杨欣曾经问过黄小芬，再飘个几年，人老珠黄，哪个男人还要你？黄小芬反问："你以为真嫁了，到人老珠黄，你嫁的那个丈夫还会要你?！我告诉你，男人除非是玩够了，身子空了，钱包也空了，他才能老实挨家呆着！可是，咱凭什么要找一个玩够了身子空了钱包也空了的男人伺候着？"

　　杨欣有一阵也曾经想以黄小芬为榜样，但很快，她就发现自己不成。人家黄小芬离婚离得早，野化训练训练得好，首先人家自己一个人呆得住，其次人家有一份所谓的事业，第三，人家有钱。女人一有钱，就可以购物美容 SPA 做头发，总之，可以很有意义很有品位地打发时间。杨欣不成，自己一个人呆着会难受，又囊中羞涩，最多只能买点恐怖片连续剧什么的。她也想过要好好干事业，可是，这事业就跟姻缘一样，也不是说你啥时想干，就啥时摆在你面前，等着你干！现在不要说事业，就是工作也难找啊。

　　杨欣也不是说辞职就辞职，她还真没这么意气用事。她只是心里面清楚，自己人近中年，在单位做一份谁都能干的工作，性格又好强，偏偏当初的同事现如今全蹭蹭蹭做了她领导，她即便说服自己给人家心平气和地打工，但赶上像刘如这样的，也不能让她呆舒服了。人家凭什么让一个昔日的对手兼战友且知道自己一切根底的女人在自己眼皮子底下混日子？人家干吗不要俩新毕业的大学生，赏心悦目不说，工作不讲条件，待遇没有要求，让加班加班，让出差出差，还把她当恩人当女皇当再造父母伺候着孝敬着哄着拍着？杨欣自己也清楚，换了是她，她也宁愿用新人，欺老不欺少嘛！

离婚以前，杨欣经常把马文马虎挂在嘴边，一口一个"我老公""我儿子"，搞搞自我安慰，好像工作就是找个事儿做做，女人的幸福就在"我老公""我儿子"上。现在这离了婚，她就连这点口舌上的"幸福感"都没有了。她也曾经想过，像黄小芬似的，咬咬牙，把精力集中到工作上，可这事儿也不是由你说了算的啊！工作就这么多，谁多干谁多挣，你想多干，你就得跟别人争！一个萝卜一个坑，您想占人家的坑，那人家凭什么把坑让给你啊？再说，你早干啥去了？你早一脸幸福美满的小娘们儿德行，现在你想跃马扬鞭建功立业就有功有业有马有鞭地在那儿候着等着您？

当然，刚离婚那阵，人们还是同情杨欣的，尤其是刘如，还给杨欣介绍过对象，但自从跟李义好上以后，杨欣就明显地感觉到周围的冷淡，甚至是敌意。杨欣的办公室以妇女为主，有刘如这样的，也有大龄未婚的，还有离异的，没杨欣这档子事之前，大家对刘如有看法，但现在杨欣跟李义闹了个姐弟恋，她就成了众矢之的。杨欣那性格就跟弹簧似的，越压越有劲。她还就索性昂着头迎着众人的目光在公司里走来走去，不解释也不回避，那表情分明是说："我爱跟谁好跟谁好，又没碍你们的事儿，有本事你们也找去啊！"不过，她心里也清楚，如果倒过来，是刘如跟了李义，她也会觉得是刘如怎么着了。女人对女人总是更苛刻的。

杨欣看上去大大咧咧胸无城府，其实也不是一点脑子没有。她就是想明白了，与其被刘如一点一点收拾，还不如来一个干脆利索的。只是她之前一直没有找到机会，直到刘如找她麻烦，杨欣想，成，就这样，长痛不如短痛，辞职走人。杨欣寻思过，这么辞职，再找工作也好找，毕竟这是一个说得出去的理由，公司规定两口子不能在一个单位，她杨欣这也算是为爱情失去工作，总比到时候人家说你能力不成把你炒了要好吧？

不过杨欣没有想到的是，李芹竟然在这关键时刻"出尔反尔"。李义都没好意思当面跟她说，而是给她发的短信。按杨欣的脾气，肯定是不依不饶破口大骂的，但这次她忍了。她很快回发："听你的，别为难。"

杨欣再没心没肺我行我素，还是懂得轻重主次的。以她现在这个状态，有什么谈判地位可言？她唯一能拿来说事儿的就是跟人家掰扯，说你李芹怎么说话不算话，说好借钱给我们又不借了？但人家李芹那边一句就能给顶回来："我有钱凭什么非得借给你？我以前是说要借给你，现在我不借了。这不犯法吧？要不你到法院告我，看法院怎么判！"

杨欣认为对于她自己来说，现在最重要的事情就是"李义"，她要不惜一切代价嫁给他，跟他正式结婚，结为夫妻。她离婚以后，见的男人也不少，还真没有李义这么顺眼的。而且最重要的是，李义是唯一一个让她有"感觉"的男人。也有人给杨欣介绍过经济条件比李义好很多的男人，有一个退休的老干部，子女都在国外，住一海大的房子，杨欣去过，老干部身子还硬朗，对杨欣客气、周到，也同意杨欣带儿子马虎过来，反正房子大房间多。杨欣相亲完了，老干部让司机开车送杨欣回家，杨欣一路忍着，到家进门扑床上就哭了，哭得惊天地泣鬼神，马文不知道谁欺负了杨欣，问了半天问明白了来龙去脉。马文丈二和尚摸不着头脑，说："哭什么？他又没怎么着你！不喜欢回了就得了呗。"

杨欣哭得落花流水，半天说不出话来。她是觉得绝望，人家老干部哪儿都好，那么好的房子那么好的人，可是，杨欣跟他没感觉！不仅是没感觉，甚至她隐隐地闻到他的口气——杨欣能闻出来，他其实刚刚刷过牙，但牙膏显然压不住那股老年牙周炎的味道。

杨欣一想，假如就为了一个房子，一个住在哪儿的问题，跟李义闹翻，她就太不值了。毕竟她已经不年轻了，她这个年龄，物质条件固然重要，但如果让她挑选，一个是有房有车有司机的牙周炎老干部，一个是没房没车但年轻有体力的大帅哥，她还是会毫不犹豫地选择后者。

马文看着杨欣整天呆在家里，把该打包的打包，该装箱的装箱，心里极不是滋味。他自打离婚以后，还没有跟杨欣正儿八经肝胆相照地聊过，有什么话都是冷嘲热讽夹枪带棒说的。现在杨欣真要搬走了，而且可能从此之后"侯门一入深似海"，彼此还能不能见着，见着还能不能说话，都是个事儿了，马文就觉得他必须要跟杨欣深入地聊一次。

杨欣忙里忙外，一头的汗，马文一条胳膊还打着石膏，也不方便，而且即便就是方便，人家杨欣没有请马文帮忙，马文也不好意思抻茬。李义不怎么过来，他们有事儿就发个短信，短信说不明白的就打个电话。马文知道听人家讲电话不地道，但统共就这么大一地方，也不能杨欣一打电话，他就捂耳朵吧？其实那些电话，马文听个两耳朵，再加上他的经验值，基本就猜个八九不离十，更何况杨欣还是一个喜怒全形于色的主儿。所以，马文很快猜到他们是有变化了——而且这个变化绝对不是小变化。要不然，杨欣为什么成天在家呆着？而且看他们那意思，新房也不买了，结婚以后就在李芹那儿住，这究竟为什么？按说这些全跟马文没关系，但马文老琢磨这事儿，越琢磨越想知道，就挑了个马虎上学不在家的时间段，踱到杨欣那屋的门口，杨欣当时正敞着门，把床单啊枕套啊什么的，叠了装箱。马文就站在门口没头没脑地说了句："你这都好几天不上班了，是请假啊还是往后都不上班了？"

杨欣本来想顶马文一句："我用得着向你汇报吗？"

但话都到了嘴边，还是给吞了回去。杨欣说："我辞职了。"

马文顶了一句："当全职太太？"

杨欣不吭声。马文一见杨欣这表情，就得寸进尺了。他直接进了杨欣的屋，坐在杨欣对面，问杨欣："怎么回事？说说！"

杨欣轻描淡写大致说了一下，马文听了，面色凝重，过了一会儿，忽然大骂："是爷们吗？让女人辞职，什么东西！"

杨欣从马文的语气中，听出对自己的那份关心，心里生出了些小感动小感激小感情，但表面上却不动声色，不仅不动声色，还故意更加漫不经心，息事宁人地说了句："跟李义没关系，本来我就不想干了。"

马文听了，有点自讨没趣，只好忍住不往下说，但忍了一会儿，终于忍不住，对杨欣说："我不是挑拨离间啊，搁我，我就做不出这么卑鄙的事！"

杨欣笑了："我知道。你除了有点小心眼，小算计，别的毛病还真不多。"

"您这算夸我吗？"

杨欣叹口气："你看你这人就这样，没法跟你聊。"

马文了解杨欣，杨欣对李义是怎么迁就都成，对他可没那么好脾气，能说翻脸就翻脸，说不聊就不聊。马文赶紧忙着给自己往回找补："我改我改，咱接着聊。咱们离婚以后就没这么聊过。眼看你现在要结婚了，走向新生活，按说我应该为你感到高兴，可是我这心里呼扇呼扇的，总也高兴不起来。我不是嫉妒啊，也不是吃醋，我就是老怕你这一步再迈错了。你岁数也不小了，任性不起了。咱们犯错的时候，我是指咱们的婚姻啊……咱们那会儿都年轻，年轻不怕失败，将来还有机会，可你跟李义，将来要万一后悔了……"

马文这番话言辞恳切，杨欣真有点感动了，但很快这点感动就被旧仇新恨压了下去。杨欣可不是好了伤疤忘了疼的人。杨欣心说，你现在说这些有屁用。难道我能跟好莱坞大片似的，穿上婚纱站在教堂就等套结婚戒指了，您马文跑进来，一通胡说八道，然后我就能把李义撂一边，提溜着婚纱跟着你就跑？我也太不值钱了吧？不过，这番话杨欣没有说出来，理智告诉她，她现在要做的是尽量跟马文客气，就像当年马文和她刚离婚那阵，跟她客气一样。大家客客气气的，好合好散。所以，杨欣斟酌了斟酌，说了句："将来后悔说将来的。"

马文当然知道，这句话是自己当初对杨欣说过的，那时候他非要娶杨欣，杨欣问他："你将来要后悔了怎么办？"他豪迈地说："将来后悔说将来的。"

十多年后，再从杨欣嘴里听到，而且是杨欣要再嫁他人的时候亲口对自己说出来，马文不免感慨万端，心结成一个死结，也不疼，就是解不开。

马文叹气，连叹好几声，最后悠悠地说："什么叫将来后悔说将来的？有的事儿真到了将来，就晚了，这世界上哪有后悔药卖啊？"

杨欣笑了笑："我是怕现在不结婚，将来也会后悔。"

马文连连点头，跟遇到知音似的，连连说："对对对，没错，我当初就是这么想的，我觉得不娶你吧，没准儿以后更后悔，什么时候想起来，什么时候觉得，哇，那么一个大馅饼砸我脑门上，我怎么就没张嘴呢？"

杨欣见马文重提旧事，"咣叽"冷下脸，马文立马赔上笑脸："咱说别的说别的，哎，你们怎么又不买房了？"

杨欣最不愿意说的就是这事儿，她敷衍："先在她姐那住呗，她姐也挺可怜的。"

马文截断："可怜之人必有可恨之处。农夫与蛇的故事听过没有？你看着蛇可怜，把它抱怀里，它缓过来，第一口咬的就是你。她是一可怜女人，她肯定恨你，李义又厌头厌脑的，到时候真委屈的是你，还有咱们家马虎。再说，马虎住那儿，怎么上学你想过吗？"

杨欣有点心虚："我们这也是权宜之计。"

马文深吸口气，说："既然是权宜之计，你就在我这儿权宜也一样。"

杨欣看着马文，感到他的转变太大，一时不知道怎么接马文的下茬。

马文叹气："咱们说到底也不是仇人。你带着马虎住在别人家，寄人篱下，多少得看人脸色，你现在又没工作，经济上也不富裕，你就在这儿结婚吧。等你手头稍微宽裕点，将来买了房子再说。"

"我们住这儿，你不别扭？"

马文故作豁达："咳！我就把自己当你娘家大舅子，李义要是欺负你，我还可以替你说说话，咱家马虎在我眼皮子底下，料他李义也不敢怎么样。"这段话，马文虽然说得玩世不恭，但透着情真意切。杨欣听了，既高兴又有点内疚。这事儿最后就这么定了。

定了这事之后，杨欣觉得自己有必要关心关心马文，她就问马文："今天没人自告奋勇给你来做饭啊？"

马文牛逼起来："你当什么人想来给我做饭就来给我做饭哪？那得提前半个月申请，申请没批准不能随便想来就来。"

杨欣不跟马文绕弯子，直接问："那天那女孩谁呀？"

马文揣着明白装糊涂："哪女孩呀？"

"就是那个号称把猪耳朵跟猪舌头拌一块叫……叫那个……'悄悄地说给你听'……就那女孩。"

"啊，怎么啦？"

"我觉得你跟她不合适。"

"怎么就不合适呢？"

"她太年轻了。"

"年轻有什么不好？"

"我嫁给你的时候就是她那岁数，你落什么好了？"

马文被噎住，内心感慨，一时无语。

杨欣和李义的婚礼办得极其简单，单位同事一个没请，就两家人一起吃了顿饭。马文通过杨欣结婚这事儿，又明白一个道理——血浓于水。杨欣她妈，老太太开始多强硬啊，恨不能捶胸顿足寻死觅活，对杨欣说只要她敢嫁给李义，就断绝关系，从此不相往来；慢慢的，这话就改成：你爱嫁就嫁，以后别上妈这儿来哭。到最后，临嫁之前，老太太上马文这儿来给闺女布置新房，刚一见马文，老太太还有点害臊，也就是那么一小会儿，就自然了，跟马文一点不见外地数落杨欣，好像马文跟她还是一家人似的。老太太絮絮叨叨地说："我就不明白杨欣她到底图什么？工作工作没了，岁数岁数又不小了，就靠李义一个月那几千块钱够干什么的？再说，那个李义还比她小，过两年……"

马文不接茬，也没法接茬。他心说你不明白你养的闺女？！

等老太太说够了，没话说了，马文才蜻蜓点水地说："这事您着哪门子急，杨欣自己都不着急。"

"这世界上有几个人跟她那样缺心眼的?!"

"您别瞎操心了，其实，李义还行，他们认识好几年了。"马文这话到是实话。他也觉得杨欣这岁数能找到李义，也算老牛吃嫩草了，而且李义能娶杨欣，也说明李义还真是老实。马文打离婚之后，就没消停过，但真没一个女人有过让他想结婚的念头。也有女人逼他，要死要活，但他最后都闪了。有一个大龄小娘们儿闹得最凶，马文怎么解释怎么说都没用，她跳着脚指着马文的鼻子又哭又闹说你马文就是想白玩臭流氓一个！马文被逼急了，说："我是臭流氓你是什么？你是女臭流氓！都是成年男女，谁流氓谁啊？"

马文其实心里挺烦杨欣她妈的，他给她们家当女婿的时候，老太太就整天拿着一个劲儿，好像马文占了她姑娘多大便宜似的。现在她这姑娘二婚，按道理找一李义这样的，也说得过去了，老太太还是觉得她家姑娘吃了亏！她知道不知道当前的形势？多少二十七八的大龄剩女一回婚没结过的都找不到对象？当然这些话马文是不会说出口的，再说也犯不着跟老太太掰扯。所以，马文就忍着听着尽量不发挥主观能动性，相当于打牌的时候，当一牌架子。

那天，杨欣正好跟李义去取婚纱，只留马文和老太太在家，马文本来也想躲出去，但伤筋动骨一百天，马文一"残臂"，去哪儿都不方便。又正好是周末，上办公室也不是不行，可马文不愿意去。有一回大周末的，他跟杨欣吵了架去办公室，结果正撞见他们中心主任跟新来的实习生。人家俩倒是一点不尴尬，还问马文，你也加班啊？马文只好说，啊，不是不是，我东西丢这儿了。我取一下就走。从此，马文就记住了，周末啊节假日啊，能不去办公室就不去。

马文跟老太太有一搭没一搭地敷衍了几个来回之后，到底听明白点意思，老太太之所以跟他这儿哭天抹泪的，是为了求他给杨欣找份工作。老太太那弯子绕得有点大！把马文绕得晕头转向心烦意乱。好在周末马虎没课，中午跟同学踢了场球，三四点钟一身臭汗就回来了。要不，马文还真抓瞎，你说一个过去你跟她叫妈的人在你跟前说自己的闺女不争气不懂事把好好的日子过成这样以后可怎么办，说着说着，眼睛里就有了眼泪，你说你怎么办？你劝还是不劝？你只能答应她以后她闺女万一有个什么事儿，你不会袖手旁观。

老太太正那儿跟马文哭哭啼啼着呢，马虎回来了。马文赶紧让马虎叫"姥姥"，马虎这声"姥姥"还没叫完整，老太太那边应声落泪。

马虎童言无忌，问："姥姥，你哭什么？"

马文赶紧打岔，对马虎说："你们老师没教过你成语，喜极而泣？高兴极了就会哭。"

马虎说："老师没教过这个成语，老师就跟我们说过'乐极生悲'。"

老太太听了，连连说"呸"，不吉利！

马文就在老太太的一连串"呸"中，知道自己到底是外人，杨欣到底是老太太的亲闺女，老太太从内心里还是巴望女儿这桩婚事幸福如意的，至于对马文说点杨欣的不是，那也是为了笼络马文，说长远点，是替女儿的将来留条后路。实在不成，还是一门亲戚呢，马文也不是什么坏人。

杨欣一直在强努着高兴，其实，从商量拍婚纱照那天，她就不痛快。李义的意思是不拍，不过李义一向表达婉转，不会像马文似的，直截了当说"不"。杨欣跟马文刚结婚的时候，俩人穷，没拍。后来有条件拍了，马文还是不拍，他说拍那玩意干什么？有病啊？！你要拍你拍，爱跟谁拍跟谁拍，反正我不去，丢那人现那眼。你瞅瞅都谁去拍婚纱，人家都是如花似玉小美妞风流倜傥小帅哥，咱俩拍，俩老不正经的！

杨欣跟马文吧，特怪。马文说不拍，她也就算了，尽管心里也不痛快，但李义说不拍，她就且费劲呢。她跟李义软磨硬泡，说："咱们结婚，也不旅行也没酒席，我也没要金要银，就要一套婚纱还不成吗？"

李义皱眉："怎么你们女的都爱拍那个啊？"

杨欣不乐意了："什么叫你们女的？我还一次没拍过呢！"

李义拿眼睛看杨欣，杨欣就知道他是想知道为什么她跟马文没拍过。杨欣也是快人快语："我真没拍过！马文不爱拍，说拍那玩意又俗还傻，死活不肯。"

李义心说，噢，马文不爱拍，你就不拍，你怎么就没问问我爱不爱拍？我也不爱拍！

当然这些话李义没说出来，他本来就不是一个爱说话的人。李义一不说话，杨欣就会觉得紧张。杨欣用手碰碰李义，半讨好半撒娇地说："怎么了你？我知道你跟孙容拍过，就不能再跟我拍一回吗？"

李义心里更加不痛快。跟孙容是跟孙容，那是结发夫妻，孙容后来对自己再怎么不好，但当初那感情也不是你杨欣现在可以随随便便指手画脚的。更何况，李义心里多少还觉得有点对不起孙容。

杨欣见李义还是不吭声，以为他是怕花钱，干脆说："这钱我出。"

李义虽然也是怕花钱，但听杨欣这么一说，就愈发不得劲。他吭吭哧哧地说："拍完了，挂哪儿？"

杨欣不假思索："挂墙上啊。"

李义又不说话了，杨欣一想，明白了，就问李义："你是怕马文出来进去看见别扭吧？你放心吧，他没那么小心眼。再说，咱挂的是我那屋……"

李义听了，嘴角像触电一样，歪了一下，杨欣就知道又说错话了，慌忙改口，把"我那屋"改成"咱那屋"。杨欣知道李义在乎这事儿！

李义停了片刻，直勾勾地甩出一句："那什么，我姐都把房子空出来了。"

杨欣一愣，这几天李义没少跟她磨叽这事，她想了想，小声说："你姐家太远。马虎每天上学来回得好几个小时呢。"

李义叹气，觉得杨欣是在找借口。杨欣见李义叹气，又赶紧解释，说："我开始没想到马虎上学。这事儿怪我……"

李义说："要不，还是租房？"

杨欣咬咬牙，说："这我也想过，中介我也打听过了，人家都要年付，可现在我没工作，你股票又都套着，咱能租得起的房子，不是太远就是太差，我倒是无所谓，租一地下室也成，主要是马虎，我不乐意孩子跟着受委屈……再说，越租房越买不起房，还不如攒攒，攒够个首付，也就是一两年的事。"

杨欣赔着小心说了这些话，李义听了，什么都没说。但什么都没说，不代表他没想法。他只是觉得说了也没用。他是男人、大人，杨欣是女人，马虎是孩子，他不能跟女人孩子计较。他对自己说，反正住杨欣那儿，自己也不吃亏。离上班的地方还近，不用像住李芹家，每天光路上就扔掉几个小时。李义就是这么一个人，遇到事情，实在绕不开，就尽量往有利于自己的那一面想。按说这也是一个好品质，只是，这种品质也会带来问题，就是越是这种人，越容易日后翻旧账，而且翻起旧账的时候，他就忘了当初自己占便宜的那部分，光想着是自己让步了妥协了委屈了，然后越想越亏越想越难受。

新婚之夜。杨欣那屋的门上，贴着一个大红双喜。马虎睡到马文房间，跟马文挤在单人床上。马文的单人床是一米四宽的，比双人床窄，但比一般的单人床又宽。当时之所以买这张床，是为了杨欣她妈。新房不给老太太摆张床吧，说不过去，可是统共一百平米的房子，单给老太太置办一张吧，又觉得浪费。最后还是杨欣说，我妈这人独惯了，你不给她买床，她挑礼，你给她买了，她不见得来。干脆咱买一张大点的，平常马虎住，老太太来，就跟马虎一起住，也说得过去。

　　马文现在就躺在这张当初算计来算计去算计出来的床上，那会儿他跟杨欣的日子是要算计着过的。尽管现在他们也不富裕，也没有大手大脚到想买啥就买啥，但那会儿是有商有量真心过日子，一张床也要在心上过好几个来回，哪像后来，什么都懒得说，一商量就是你看着办。有一次杨欣跟他说洗衣机不好用了，是换一个新的还是修一修接着使。马文说："你看着办。"杨欣就说："修也不便宜，得四百多，换零件，还得等，人家厂家说零件要从外地运过来，咱们这洗衣机是老款，零件都不生产了，只能上库里调。还不如买一个新的，咱以旧换新多花不了几个钱。"马文点头，说："行。你看着办。"杨欣又说："那咱们哪天一起去大中转转？"马文摇头，说："你自己去看哪个好，定了就成。"杨欣有点搂不住火了，说："那么多洗衣机呢，我总得有个人商量吧！"马文说："商量啥，你看着办呗。"杨欣大怒。现在马文理解杨欣为什么会大怒——买床的时候，他们一起跑过多少家具城？到换洗衣机的时候，大中就在他们家边上，步行不超过十分钟，饭后一溜达的事儿，他都懒得去！日子怎么会过成这样，闹得一点心气儿都没有！马文从来没有检讨过自己，他觉得男人就是视觉动物，视觉疲劳了，心气可不就降低了？心气一降低，不要说激情啊什么的，就是床上那点事儿，都提不起精神。

　　杨欣再婚，马文脑子里乱哄哄的。一会儿觉得欣慰解脱，一会儿又觉得郁闷失落。跟坐过山车似的，忽上忽下一会儿巅峰一会儿深渊。之所以欣慰解脱是杨欣总算有了着落，马文不用再惦记她了；但杨欣这么快就有了着落而且嫁掉了，又让马文极其不爽——如果杨欣能跟她亲妈似的，这辈子就不嫁了，马文虽然也会不安，甚至内疚，但要比现在好过得多。一个女人，跟你做了十一年夫妻，离婚也就一年多点，说嫁就又嫁了！马文不禁感慨，说到底，女人还是比男人狠啊！

　　马文本来担心马虎，怕马虎接受不了。他甚至还想过，马虎跟李义怎么称呼——尤其当着他的面，难道管李义也叫"爸爸"？结果，这些事儿还真不用大人操心，马虎叫马文"爸爸"，叫李义"叔叔"，挺好。而且，最出乎马文意料的是，亲妈再嫁，马虎不仅不难受，反而兴奋得一塌糊涂，躺在马文边上，不停地问这问那，好多问题让马文哭笑不得。

　　比如马虎会问："爸，你什么时候结婚啊？"

　　马文说："你盼着爸爸结婚啊？"

马虎说:"那当然。"

"为什么?"

"你要找一个有钱的阿姨,让她开车送我上学。"

马文苦笑:"爸爸不认识有钱的阿姨啊。"

马虎想了想:"我们班李玫晨的妈妈就很有钱,你追她吧。"

"哦,那李玫晨没有爸爸?"

"李玫晨当然有爸爸,他爸爸更有钱,老带着她妈妈和她去国外度假,法国啊英国啊荷兰啊,李玫晨哪儿都去过。"

马文啼笑皆非:"那我还瞎追什么?"

马虎立即特严肃地教导马文:"爸,你这人吧,我得批评你两句,缺乏竞争意识!女人不喜欢没有竞争意识的男人。"

马文咧咧嘴,想乐没乐出来。他的确没有竞争意识,不仅没有,还特别反感那些把自己当做篮球,让男人争来抢去的女人。马文的想法是,我喜欢你,你要喜欢我,你就答应我;你要是没想好,你就再想想;你横不能让我给你当保镖,一天到晚为你冲锋陷阵两肋插刀,抬高你自己的价码,末了跟不跟我还单说!

这一夜,李义跟杨欣也没睡安稳。

李义不停地翻身,杨欣问他:"怎么啦?择床啊?"

李义憋了半宿了,直接说:"这么住着,你不别扭?"

杨欣说:"那有什么办法?除非马文能找一个家财万贯良田万顷的老婆,搬出去。"

"还真是……哎,马文到底有没有对象啊?"

"你怎么忽然关心起这事了?"

李义若有所思,杨欣猜到李义的心思,说破他:"你是不是想知道他那对象有没有房子?"

李义马上撇清:"我没那么算计。"

杨欣说:"那你操那心干什么?"

"我不是怕他还惦记你吗?"李义说着,盯着杨欣看。杨欣推了李义一把,李义压上来。

杨欣对着李义的耳朵:"轻点。"

"这还重?"

杨欣声音更低了:"我是说小声点。"

杨欣还真是以身作则，几乎没出声儿。这反倒让李义更新鲜更刺激更来劲了……

完事儿之后，杨欣躺在黑暗中，她有个习惯，每次完事儿，都得上趟厕所，冲干净了，才能回来踏实睡觉。以前马文特烦她这个习惯，觉得她事儿多。尤其是马文睡觉轻，刚迷糊着，杨欣就湿乎乎地回来了，夏天还无所谓，冬天就太难受了，有时简直不可容忍。李义好像不大所谓，他一般速战速决，完了，呼呼大睡。杨欣爱干啥干啥，他一般都不知道。当然杨欣也在意很多，尽量悄没声息，尽量等李义睡熟一点，尽量不开灯。

杨欣听着李义起了小鼾声，才轻轻起来，摸黑下床，开门，快到厕所的时候，被凳子绊了一下。杨欣忍着，才没"哎哟"出来。马文本来半迷糊着了，一听外面有动静，直接跳下床，跑出来开灯。杨欣正疼得龇牙咧嘴，乍一开灯，眼睛还有点睁不开。她见出来的是马文，头一低，钻进了卫生间。十多年的夫妻，马文能不知道杨欣是要干什么？这又是人家的新婚之夜！马文觉得自己很没劲，转身回了房间，点根烟，抽了两口，又鬼使神差地出来，把刚才绊着杨欣的凳子，挪到沙发边上。刚挪好，李义也披着衣服出来了，俩人互相看了一眼，都有点尴尬，李义率先退回到屋里，马文也觉得自己不合适在厅里呆着，赶紧钻回自己房间，客厅里的灯就一直开着，等杨欣洗了澡出来，还是杨欣关掉的。

杨欣忽然有那么丁点小小的兴奋。莫名的。

她当然知道是马文把那个绊着她的凳子搬开了！如果她没有再婚，如果没有李义，她能猜到就她刚才绊的那一下，马文才不会下床呢，不仅不会下床，还很可能骂骂咧咧，骂她不小心有病嫌她吵了他！刘如说得对，书非借不能读也，男人也一样。你是他老婆，你就成了他书架上的书，他有时间也懒得看你，反正你跑不了，他什么时候想看都可以看，结果就是什么时候都不想看；倘若你是别人的老婆，在别人的书架上，如果别人再不肯借他，而他又听说你是本极有意思的书，那他就越发想翻翻，而且只要逮着就爱不释手。

10

林惠在电脑前发呆,已经到了中午吃饭时间。宋明过来招呼林惠:"吃饭去啊。"

林惠没反应。宋明走到她跟前,伏在她跟前,说:"想什么呢?"

林惠皱眉:"讨厌。"

"绝食啦?"

"我就不明白,马文怎么会为那样一女人跳楼?"

"想不通吧?要我说就是活该。"

"你这人怎么一点同情心都没有?"

"什么叫没同情心啊?你知道马文有多少女朋友?糟践过多少良家妇女?那些哭着喊着要嫁给他,对他好的,他放心上吗?有一姐们儿差点为他喝了敌敌畏,他跟人家说什么你猜,他说你喝也是白喝,我就不值得你喝!所以说,恶人就得恶人磨,他跟杨欣那就是棋逢对手将遇良才。我看,且完不了呢。"

林惠有点不乐意了:"马文不像你说的这样吧?"

宋明反问:"那你觉得他是什么样的?"

林惠像下决心似的,忽然对宋明说:"他爱什么样什么样,跟我又没关系,你请我吃饭吧。"说完看着宋明。宋明喜出望外,立刻答应。

宋明请林惠吃饭,在公司附近的上岛咖啡。俩人都要的是牛排,三成熟的。林惠闷头吃,吃完了,刀叉一放,对宋明说:"我做你女朋友怎么样?"

宋明听了,手一哆嗦,餐刀掉到地上。

林惠粲然一笑:"算我没说好了。"

宋明赶紧语无伦次地说:"那怎么成,说了就是说了。"

林惠看着宋明，一乐。她二十五岁，才不一棵树上吊死呢。马文不成，那就宋明。她总不能耍单儿。有一句话怎么说来着？如果确定不了到底爱谁，那就先恋爱；如果确定不了是否恋爱，那就先同居。
　　一顿饭吃完，结账出来，林惠很自然地就挽起宋明的胳膊，宋明受宠若惊。
　　林惠见宋明这副样子，笑了，问宋明："你没谈过女朋友？"
　　宋明赶紧说："谈过。你呢？"
　　林惠笑着斜看他："你是希望我谈过呢还是不希望呢？"

　　恋爱对有的人来说，是一个很好玩的游戏。林惠自从跟宋明恋爱以后，她对付起马文来就游刃有余了。首先，她不那么把马文当回事儿了，其次，她发现了马文很多让她看不起的地方。比如说，马文在办公室里求爷爷告奶奶地央求别人给杨欣找工作，那叫一个低三下四卑躬屈膝。马文呢，也感觉到林惠对自己态度的改变，他心虚，知道自己理亏，一般都退避三舍。而且他还找过机会，跟林惠解释，道歉，但刚开一头，林惠就冷笑着说："你是不是觉得你要是不能跟哪个女人好，那个女人就得遗憾难过半辈子啊？"
　　把马文堵得半天说不出话来。后来，宋明跟林惠同出同进了，马文才觉得林惠那小姑娘真厉害，这几乎就是一转身啊，他这胳膊上的石膏还没拆呢，她就挎上宋明的小膀子了！不过，林惠对宋明，那基本就是呼来喝去，高兴了描眉画眼勾肩搭背出双人对，不高兴，小脸一抹飒，任凭宋明一溜小跑地跟着，愣是不理。下了班，径直自己个儿就走了。手机不接，短信不回。
　　宋明总觉得有情况，其实宋明的感觉是对的。林惠并没有闲着，她也忙着相亲见网友呢。倒不是她脚踩好几只船，而是她总觉得跟宋明差那么点意思。宋明不浪漫，也不会逗她开心，俩人在一起，聊一会儿就没话了。林惠喜欢中年一点的成熟睿智男，可是这种男人，除了在电视上电影上能看到，就她现在的生活圈子而言，根本接触不到，稍微靠近一点的，也就是马文了。
　　本来，宋明可以理直气壮地去质问林惠，但林惠来一个先下手为强，根本就不搭理宋明，这让宋明就找不到突破口了。宋明一晚上没打通林惠手机，一早到办公室，林惠绷个脸坐在那儿，收邮件发邮件忙得不亦乐乎，宋明凑过去不管问什么，林惠就一句话："上班呢！"
　　宋明没招儿，只好把马文拉到公司会议室。马文这几天一直在给杨欣找工作，根本没心思搭理宋明，所以当宋明问他林惠有什么异常情况没有，马文连磕巴都没打，张嘴就说："她是你女朋友，我注意得着吗？"

宋明脸色哧溜就变了，那叫一个挂不住。

马文见状，挤兑宋明："你有点出息没有？"

宋明说："不是我没出息，你说吧，她要是不跟我好，明说，我也不死缠烂打。她现在这叫什么？想对我好就对我好，那叫一个好，那叫一个热，转脸就不是她了，连解释都不解释，你说她为什么呀？不想对我好，成啊，明说分手不就得了！你说她是考验我啊，还是觉得这么着特有意思，耍我呢？"

"这事儿你问她自己去。"

"你看她嘟的那张脸，我能问吗？问了她能理我吗？"

"你把我叫这儿来，就说这事？"这时，马文手机响，马文赶紧一边接，一边用手势告诉宋明等等。电话是马文一哥们儿打来的，马文前两天求人家给杨欣安排一活儿。所以，马文一接电话，倍儿热情，说了半天，千恩万谢，到最后一打听，敢情人家一个月才给一千三百块！

马文挂了电话，气得呼哧带喘，跟宋明抱怨："就一千三一月还要英语？还要本科学历？有没有搞错？！"

宋明看着马文那样儿，知道他是给杨欣找工作碰了钉子。马文这点烂事儿，办公室没有不知道的。宋明学着马文刚才的腔调，以牙还牙："你有点出息没有？"

马文面不改色："我就这点出息。"说完，要走。宋明赶紧拉住马文："哎，我有一哥们，是干 HR 的，人力资源总监……"

马文听了，站住，一回头，给宋明一张特夸张特灿烂的笑脸，嘴角直接咧到耳朵根儿说："中午想吃点什么？我请。"

宋明一激灵："马文，你这脸变得也忒快了点吧？"

马文不理他的反应："说正事儿，你哥们儿那儿靠谱吗？"

"前一阵他们公司正招公关主任，让我给推荐人呢。"

"公关主任？杨欣干得了吗？"

"马文，我一直不明白一个事儿啊。你离婚时间也不短了，一直瞎混着，也隔三岔五地整个女朋友，怎么就总迈不过去杨欣这个坎啊？"

"你别瞎说啊，她现在已经是别人老婆……"

"那你怎么就这么没出息，非得上杆子给她帮忙呢？再说，她不是有老公了吗？她那老公是干什么的？"

"我这不是看她可怜，没着没落的？她那新老公，就是一老实巴交干活儿的，没什么路子，你赶紧的，给你哥们儿打电话，不一定非得是主管，只要有一工作干就成。一千三一月可不成啊，怎么都得三四千吧？"

"我知道了。我那事儿呢？"

马文奇怪："什么事……"随即做恍然大悟状，连说："林惠是吧？哎，得，你先把我那正事儿办了……"

宋明乐了："就你那叫正事儿？"

马文连忙点头，对宋明："行行，先说你的事儿也成。这人吧，都贱，尤其是女人，你越上杆子，她越淡着你。你淡着她两天，她就着急了。你对林惠，就是太好了，整个一'辛丑条约'，她就是列强，你就是丧权辱国任人宰割的清朝政府。那哪能成啊？"

"那我应该怎么办？"

"怎么办？硬气一点。她不理你，你就不理她，再找几个漂亮女孩上单位来找你，看她急不急。"

"她要是不急呢？"

"那就正好哇，说明她心里压根儿没有你，长痛不如短痛。"

"你别害哥们儿。"

"我害你干吗？对我有什么好处？对了，你赶紧给你哥们儿打电话啊，问问他那公关主任找着了没？"

宋明回过神来："我怎么觉得你在害我呢？你对杨欣怎么就这么上杆子呢？"

马文："所以人家跟我离婚了。你得吸取我的教训。"说完，伸手拍拍宋明肩膀。马文这话倒真是肺腑之言经验之谈。

那天中午，宋明到底还是跟林惠吃的饭。

当时，宋明已经跟他那干人力资源的哥们儿打过电话，那哥们儿说要来就今天下午来，他想办法给杨欣夹一塞儿。宋明赶紧上马文办公室来跟马文说，让马文赶紧通知杨欣。马文其实已经给杨欣拨了好几个电话，但杨欣那会儿正积极应聘呢，没顾上接。后来马文给杨欣发了短信，让杨欣回电，杨欣只简单地回了一个"忙，勿扰"，把马文给急得一脑门子汗。

马文好面子，不愿意跟宋明说实情，只好打马虎眼说："咱先吃饭，我请你。回头再说。"

宋明急了："还是先说吧。赶紧的，她到底去不去？去，我就给我哥们儿打电话，别好不容易给她安排了面试，她又不去，让我哥们儿坐蜡。"

马文赔笑:"你哥们儿那儿也得吃饭吧?不能一边吃饭一边面试吧?"

宋明急了,说:"我可告诉你,除非你马文开公司,当董事长,那能由着杨欣的性子,爱什么时候面试什么时候面试,不面试直接来也行,这要但凡换个人,杨欣还真是一点竞争力没有,你说她都大嫂级的了,还有什么竞争力啊?这还是我跟人家瞎编了半天,说她什么都干过,经验丰富,比那些小姑娘人情练达,人家这才答应给一面试机会。"

没等马文搭腔,林惠从自己桌子后面站起来,冲着宋明,甜甜脆脆的一声招呼:"宋明,吃饭去。"

宋明几乎以为自己听错了。林惠催道:"你走不走?不走我走啦。"

宋明赶紧一连声:"走!走!"又对马文:"你抓紧给我信儿。"

林惠已经走到门口,宋明一溜小跑跟上。

还是在上岛,还是宋明请,但林惠可没上回那么好脸儿,不等宋明问她,她先兴师问罪,问宋明为什么一上午不搭理自己。

宋明忙说没有的事啊。一早就到您工位上给您问安啦。您不是不理睬我嘛。再说,昨天那么多短信电话您都没回,我知道您咋回事啊?

林惠就说我手机没电了,充电器忘办公室了。

宋明松口气:"那你跟我说一声嘛,让我着那么半天急。"

林惠一笑:"我还生气呢。"

宋明忙问:"生什么气?"

林惠说:"你不会上我们家找我来啊?我这是手机没电,要是煤气中毒呢?"

宋明赶紧道歉,表示下次一定只要联系不上,就上林惠家去找她。但林惠何等厉害,不依不饶,非要宋明把今天早上的事儿说明白。林惠的意思是,她不高兴生气是有道理的,宋明凭什么呢?

宋明先是抵赖,说根本没的事。实在抵赖不过,又说那不是误会吗?林惠说不完全是误会,她本来打算发完邮件就跟宋明解释的,但等她忙完手头的活儿,宋明都没影儿了。再然后,宋明到他们办公室来,也是只跟马文说话,连看都不看她。林惠威胁宋明:狡辩和抵赖是没有用的,她林惠的眼睛是雪亮的。

宋明就说:"就算我不搭理你,那也是你先不搭理的我啊。"

林惠撇着嘴:"我对你什么态度,跟你对我什么态度有关系吗?"

宋明尽量理解:"你的意思是,你对我可以爱怎么样就怎么样,但我对你就必须始终如一地热情洋溢,碰了钉子,也跟中了六合彩似的?"

"你做不到吗?"

"做得到做得到!"

"那今天上午到底怎么回事?存心气我是不是?"

"今天上午不是一直忙着马文的事儿吗?"

林惠放慢语速:"说实话!"

宋明委屈地说:"我没说谎啊!"

林惠跟收伞似的,啪哒一声,满脸表情瞬间收个干干净净。宋明一看这阵势,赶紧说:"我说我说我说,我跟你说实话还不成吗?"

宋明这边全招了,马文那边还啥都不知道呢!他在办公室一面心急火燎地等杨欣电话,一面泡了方便面心不在焉地吃。宋明跟林惠吃完上岛回来,林惠昂首阔步挺胸抬头特高调地走到马文跟前,笑眯眯地问马文:"是你让宋明故意淡着我的?"

宋明根本没料到林惠会来这一手,当即恨不能找一地缝儿钻进去。

马文措手不及,反问:"我说了吗?"

林惠看宋明,宋明皮笑肉不笑。马文就明白了,他不能指望宋明救自己,除了自力更生生产自救以外,没别的出路。

马文语无伦次地找补:"我那意思吧,是说小别胜新婚,距离产生美。"

林惠掷地有声:"以后你少出馊主意!"说完,大步流星回到自己座位上,打开电脑,该干什么干什么。

宋明看看马文,尴尬地转移话题:"你跟杨欣说了吗?那公关主任的事?"

马文吁一口气,知道宋明是想缓和气氛,同时给自己内心减压,找个台阶。

"还没说啊?这有什么呀,你把她电话给我,我跟她说。"宋明伸手管马文要电话。

林惠叫宋明:"宋明,给我到楼下买个速溶咖啡。"宋明连忙答应着,去了。

林惠走到马文边上,对马文说:"你知道我最看不起的男人是什么样的吗?"

马文没打磕巴:"就是我这样的呗。"

林惠被噎,但随即以肯定的语气说:"对,就你这样的。你想找个女人刺激你前妻没关系,但是你不应该玩弄别人的感情,你明明知道别人对你有好感,还利用别人,把人家弄得跟个傻子似的。"

马文诚恳地说:"林惠,那件事情我已经跟你道过歉了,而且不止一次……我当时不是有意的。"

林惠追问："是无意的就可以吗？"

马文想了想，直说："林惠，宋明是我哥们儿，他喜欢你，路人皆知，说老实话，我挺看不惯你这么对他的。"说着，拿起电话，对林惠说："对不起，我要打个私人电话。"林惠讨个没趣，回到自己座位上。马文给杨欣拨过去。杨欣电话占线。再拨，通了，但没有人接；马文持之以恒，最后杨欣终于接了，杨欣很不耐烦地问马文什么事儿？马文就问你工作找怎么样了？杨欣说我正忙着呢。"啪"挂了。把马文给气得，恨不得抽自己一嘴巴。

杨欣当时还真忙。她一上午面试了三个地方，全是跟骗子似的单位。都得先交5000元买产品，然后把产品卖掉的那种工作。杨欣肯定是不干的。本来杨欣不想求熟人，但这一个多月下来，不求不成了。杨欣想起来的第一个人是黄总。这人有阵儿特巴结杨欣，求着杨欣给他们找活儿。后来慢慢做大了，还让杨欣帮忙给找项目主管，那口气特别大，一张嘴就是只要是人才能干活，尽管开价，年薪三十万四十万都成。

马文找杨欣的时候，杨欣正在黄总办公室，跟人那儿套瓷呢，哪有工夫接马文电话，回马文短信。这不是马文接二连三地打，最后杨欣想别是马虎有什么事，就接了。结果马文偏还哪壶不开提哪壶，上来就问杨欣工作找怎么样了，杨欣能有好脸儿吗？当然就是一句"我正忙着呢"，挂掉。

黄总跟杨欣边说话边看表，杨欣察觉到了，问："您一会儿有事儿吧？"

黄总："啊，是。没关系没关系，让他们等等。咱们老朋友了，先办你的事。直说吧，什么事？你大忙人，总不会平白无故来跟我聊天吧？"

杨欣一听，眉开眼笑："那我直说啦？"

"直说直说！"

"您公司还需要人手吗？"

"一般的人就不需要了，除非是您亲自来，我们还能考虑考虑。"

杨欣："就是我。"

黄总本来正举着杯子喝水，差点一口没呛出来。

宋明给林惠买了速溶咖啡回来，一手接手机一手拿速溶咖啡，嘴里说着："好，好，我这就给您回话。一分钟。"说完，进门，冲着马文就一句："哎，怎么着啊？联系上你家大奶奶没有？人家催我呢，问我有谱没谱。"

马文咬咬牙硬着头皮给杨欣再打过去电话。电话没有人接。发短信，不回。

宋明在边上看着，说："好心当成驴肝肺了吧？"

马文咬牙切齿说："我怎么就这么贱。以后我要是再管她的事，我就不姓马。"林惠在自己座位上，笑出声。杨欣电话刚巧这时打进来，问马文："你到底什么事儿？快说！"

马文立刻犯贱，说："我有一个哥们儿公司要找一公关主任。我跟他们一说你，他们都觉得特合适。让你今天下午就去面试。"

宋明跟林惠在边上听着，都觉得马文太可乐了。有这么巴结的吗？

杨欣："今天下午不行，黄总说他一哥们儿公司，缺一副总，让我去见个面呢。"

马文把自己闹一烧鸡大窝脖，喃喃地说："噢，哪个黄总啊？他哥们儿那公司靠谱吗？成，你先去看看。啊，挂了。"

宋明在边上冷笑，看着马文挂了电话，说："又白操心了吧？！"

没有人能理解马文，连马文自己也无法理解自己。杨欣是他老婆的时候，他没对杨欣有多好，这现在杨欣成了别人的老婆，他倒是见不得杨欣受委屈。比如说，他就极看不惯李义，杨欣在家闲一个多月了，也没见李义着多大急，该上班上班，该回家回家，还成天板着张脸，难得有个笑模样，啥啥都不干，买菜做饭全是杨欣，连早点都是杨欣跑去买，还真把杨欣当一家庭妇女来使唤了！当然，更让马文难受的是，杨欣还真任劳任怨。有的时候，马文都想说说杨欣，您也是一个受过教育有理想有知识有文化的妇女，怎么就能把自己当成一老妈子自觉自愿地把伺候人当天职当使命当乐此不疲的伟大事业来干？最让马文看不惯的是，有的时候李义加班，半夜回来，到家脚都不洗直接往床上一躺，杨欣就巴巴儿地打一盆洗脚水给李义洗脚擦脚。话说回来，现在人家是两口子，杨欣爱干爱巴结，你管得着吗？一物降一物！可是，马文还是难受还是不舒服，最让他受不了的是，他尤其见不得李义见天往前妻家跑，他那宝贝闺女一个电话，他就跟接了十二道金牌似的，一刻不停快马加鞭地飞驰过去。马文就替杨欣不值，就想劝杨欣还是多为自己着想，别到头来，人家还是一家子，你还是外人！这种事儿，马文见多了，远的不说，就说他自己一亲姑妈，丧偶之后改嫁，虽说是半路夫妻，那也是二三十年的半路夫妻，从三十七八到六十七八，伺候了小三十年，男人得了绝症，她也是跑前跑后，风里来雨里去，男人走了，尸骨未寒，男人前妻的闺女拿着老爸遗书马不停蹄地找她来了，她得净身出户啥啥都不能带走。遗书是公证过的，重大存款早就交给了闺女，现在闺女是来要房子的。马文亲姑呼天抢地啊，合着这小三十年，她就是一免费保姆！即便是一稍微厚道点的人家儿，对保姆都不能这样吧？马文就怕杨欣到头来，辛辛苦苦二十年，人家血浓于水回头是岸，她落一他亲姑的下场！

有天马文加班，公司规定，过了晚上7点就可以打车回家，马文那天特意加到7点10分，然后打了辆车。刚一进小区，就见李义边走边急着招手打车，马文就知道李义这会儿能出门肯定又是去前妻家。

也是那司机利欲熏心，一见李义招手，二话没说，连跟马文商量都没商量，一脚刹车就把车停下了。

马文说："我这还没到呢。"

司机说："你不就前面那楼吗？两步就到。"边说着边抬表："前面没法调头。就这儿吧。咱互相理解一下？"

马文正要跟司机理论，李义从老远跑过来，不等马文下车，伸手拉车门就坐进了后排，李义压根没看清坐在前排的是马文，他屁股还没坐稳就对司机说："东润风景。"

前排的马文回头，对李义说："您别这么急行吗？我这儿还没下呢！"

李义发现是马文，尴尬，有点口吃，想说什么又说不出来，结巴地说："对……对……对不起啊。"

马文说了句："我这倒霉催的。"下车。

马文回到家，大概是8点多快9点了，杨欣一个人坐在客厅吃方便面，厨房里摆了一摊子做了一半的饭，一根葱一半切成葱花，另一半扔在那儿，刀就撂在案板上，一看就是"烂尾了"。

马文一边换鞋一边问："这叫怎么个茬？"

杨欣心里不痛快，她本来好好地做着饭，结果孙容来一电话，直接打到家里的。杨欣接的电话，孙容连客气都没客气，直眉瞪眼地就说："找李义。"

杨欣窝一肚子火，但又不好说什么，她喊了李义过来。孙容火气那叫一个大，训李义训得跟个三孙子似的。李义直跟孙容解释，说自己不是故意关机，是下午公司开会，要求必须关机，后来就忘记开了，是真的。他记着呢，今天应该给孙容两万元钱。李义问明天行不行，明天一早他就打到卡上。

孙容说不行，明天一早，她就得把钱交上去。

李义迟疑，他也是好几天都没在家正经吃饭了，今天好容易早点回来，杨欣高兴得什么似的,从冰箱里往外拿这个拿那个,他这又要出去,他有点说不出口。

孙容直截了当,说:"你要是没工夫的话,我就让李离过去取一趟。"

李义被击中,心里狠狠地疼了一下,说:"还是我过来吧。"

"几点?"

"我这就出门。"

放下电话,李义见杨欣一脸不痛快。李义只好硬着头皮过去,对杨欣解释:"李离要参加一钢琴大赛,得交两万块钱,连报名费带食宿费,明天一早就得给人家。"

杨欣嘟囔:"你们离婚,你不是什么都没有要吗?怎么她还跟你要钱?我就不信她兜里缺这两万块。"

"我不是男的吗?能跟她计较这些个事吗?别不高兴了啊。"

"我没不高兴,再说,我有资格不高兴吗?她是你前妻,你这不是都跟我说清楚了吗?你女儿要参加一钢琴大赛,好事啊,你赶紧去吧,给人送钱去啊。别让人家孤儿寡母的寒了心。"

李义听出杨欣话里有话。前两天,杨欣跟李义一起去看李芹,路上马文打过一电话,让杨欣赶紧准备一份简历给他。杨欣挂了电话,跟李义主动解释,说是马文在帮她联系单位。李义笑笑,没说什么。杨欣就怕李义这种笑笑不说话,让她摸不着底。杨欣就晃着李义的胳膊,问:"不高兴了?"

"我哪儿不高兴啦?再说,我有资格不高兴吗?他是你前夫,又是帮你找工作,我凭什么不高兴?"

现在,杨欣把这句话还给了李义——作为现任,在前任问题上有不高兴的资格吗?

杨欣希望李义处处理解她和马文,她总对李义说,马文已经过去了,历史了,翻篇了,她不指望李义跟马文成朋友,但她希望李义能理解,她之所以不愿意对马文赶尽杀绝,是因为他们之间曾经有过感情,她希望李义能尊重她的历史以及曾经的付出。但换到自己这边,她就受不了,尤其受不了孙容的杀手锏——孙容动不动就抬出李离来。那就是一把剃骨钢刀,直戳李义心尖子。

李义见杨欣醋溜溜地提到"资格",只好干笑着假装没听出来。其实他肚子里想的是,你杨欣多好,前夫就在跟前,天天照面,还有一个现任丈夫陪你过日子,孙容可比你难多了。李义也不知道为什么,这离开孙容了,反倒觉出孙容的难能可贵。

有句话:"男人不坏,女人不爱;女人不骚,男人不招。"这话李义头一次听说,还是李芹闹离婚那阵。那时候李义还在上大学,李芹爸爸妈妈也都硬朗着,劝李芹退一步海阔天空,李芹偏不,说王大飞能跟那么个女人上床,简直是丢脸堕落,那女人就是一荡妇!李芹的爸爸就叹口气,说了那句不朽的名言:"男人不坏,女人不爱;女人不骚,男人不招。"

李义当时没太弄明白,等他自己过了而立之年,遇到杨欣,他才明白啥叫"女人不骚,男人不招"。杨欣比起孙容,那会来事儿得多。他还记得他和杨欣的头一次,出差杭州。那次是谈个什么项目,他喝多了,回酒店狂吐,杨欣守了他一夜,后来他酒醒了,睁开眼,坐在床边的是杨欣,杨欣拿那种湿漉漉潮乎乎的眼睛看他,确切地说,是凝望着他,一直凝望着他,一言不发,脸颊微微发红,一只手放在李义的手边。

李义能感觉到那只手的渴望。当然啦,之前他们就有很多铺垫,一起吃个饭啦,时不时发个短信啦,工作顺利的时候彼此祝贺啦,工作不顺的时候相互鼓励啦,所以到了这会儿,孤男寡女的,又是异地,又是酒店,又是同病相怜,就算是就坡下驴。李义后来想,如果当时他要是没有握住杨欣,而杨欣又没有那么就势就倒进他怀里,那应该就不会有现在这些事儿了吧?男女之间的事情就是这么微妙,跟高速路出口似的,您要是该上床的时候没上床,那您再想找回这个出口,您且得往回兜呢!所以好些男女,一旦混成哥们儿姐们儿,就只能当哥们儿姐们儿了。李芹曾经断定他们之间绝对是杨欣主动,李义为杨欣辩护,说是自己主动。他要是不伸手握那一下子呢?李芹当即嗤之以鼻,说废话,她大半夜的不好好地在自己房间呆着,在你床边坐着,那不就是等着你主动吗?李义说我不是喝多了吗?人家不是照顾我呢吗?李芹说照顾你用不着把自己照顾到你床上去吧?你总不会说你强奸她来着吧?

李义想了想,还真是,要照李芹的理论,他跟杨欣还真说不上谁更主动,反正他一握,她就跟没长根似的,然后一来二去就滚到了他怀里,李义平生头一次知道什么叫"投怀送抱"。跟杨欣比起来,孙容多被动啊。在床上就跟一瓷娃娃似的,冰冰凉,全得李义忙活。所以有了那次,李义整天脑子想的就是杨欣,杨欣一个短信一个电话,李义拔脚就走,他也觉得对不起孙容,但没办法,心里就跟长了草似的。可现在,他真跟杨欣结了婚,反倒孙容一个电话一个短信,他就呆不住了。

李义在门口换鞋，正要出门的当口，屋里电话又响了。杨欣接的，电话是李义的女儿李离打过来的。

李离口气生硬冰冷："李义走了吗？"

杨欣气得满脸通红："你谁啊？"

电话里拉长了声音："李——离。"

杨欣不能跟孩子置气，对正要出门的李义说："你电话。"

"谁的啊？"

"你女儿。"

李义一脸羞惭，连鞋都没顾上换，踮着脚尖跑进来，接了电话，点头哈腰地说："马上马上，爸爸这就来。"挂完电话，李义根本不敢看杨欣的脸，只低低地说一句："我走了。"走了。杨欣整个人像被抽了筋一样，厨房里坛坛罐罐就那么一扔，也懒得收拾，自己找包方便面泡上，百无聊赖，给老太太打一电话。她把马虎送到老太太家了，今天是第一天，也是好说歹说，老太太才答应。

老太太一接杨欣电话，就跟杨欣叨唠，叨唠着叨唠着就说："你说你们这叫什么事儿？大人一个个都不肯委屈自己，让孩子受委屈！"

杨欣一听话茬不对，赶紧说："妈，马虎跟着您怎么叫受委屈呢？"

老太太火了，说："好好的，不跟自己亲爹亲妈一块过，跟我一个黄土埋半截的老太太相依为命，那不叫受委屈叫什么？！"

杨欣一想，自己这是干什么呀？本来一肚子委屈想找一出口，结果还让老妈数落一通。杨欣赶紧三言两语挂断电话。

马文回家，一进门，客厅里黑乎乎的，连灯都没开，马文就知道，杨欣肯定是心烦。他跟杨欣搭话，杨欣起身就进了自己那屋，还把门关上。

马文在门外，很绅士地敲门，杨欣开开门，面容严肃："请问您有事吗？"

马文也彬彬有礼："请问咱家儿子马虎呢？"

"送我妈家了。"

马文一愣："送你妈家？"

杨欣不耐烦："你不是嫌他睡觉打呼噜吵着你了吗？"

马文确实说过这话，他承认，但马文反戈一击："他再打呼噜再吵着我，也是我儿子，你凭什么把他送你妈家啊？"

杨欣火了："你这人讲理不讲理？"

"我怎么不讲理了？"

"那你去接，把他接回来。狗咬吕洞宾，不识好人心！"

"我凭什么去接啊？谁送的谁接！"

杨欣说："我明天去接成吗？"见马文不说话，改换口气，说："我今天累了。你行行好，啊。"说着，把门关上。

马文很少做饭，但那天晚上，他给自己结结实实地炒了一蛋炒饭，然后一边故意吧唧吧唧地吃，一边哼着气人的小曲《爱上一个不回家的人》。杨欣板着脸出来，给他一叠各种费用的单子，要他给钱。马文边吃边跟杨欣掰扯水费电费煤气费："凭什么我得出一半的水电煤气呢？"

"咱们不是一直平摊的吗？"

"对，咱们是一直平摊，但你不觉得这对我一直就是不公平的？我，一个大男人，从来不用吹风机，也不用电熨斗，很少泡澡，一般都是淋浴，五分钟完事儿，还有我很少在家吃饭，在家也就是方便面蛋炒饭，但念在咱们夫妻一场的份儿上，我没说过什么。"

杨欣截断："你没说什么？你没少说什么！"

"这不是少说多说的问题，这是自觉不自觉的问题。赶上自觉的人，我就不说了。问题是李义也太不自觉了，他就这么住进来了？黑不提白不提的？也好意思。你们一家三口，我一个人，可是钱却是分成两份，你们家一份我们家一份，平摊，这公平吗？"

"你要真觉得吃亏，下次可以一分钱不出。"

"干吗下次啊，这次我就一分不出。"

"你有本事你就别住在这儿。"

马文不愠不火慢慢吞吞地说："我凭什么不住在这儿？这房子的首付还是我爸给我的呢，他姓马。你要不是因为嫁了我，这房子跟你一点关系没有。"

杨欣气得变了脸，说："马文，这房子跟我有没有关系，你说了不算。我给你做了十一年老婆呢！"

"那我还给你做了十一年老公呢！"

"一个女人有几个十一年？"

"那男人呢？男人就有好多好多个十一年？"

杨欣停了片刻，说："咱们把房子卖了吧，卖多少钱，一人一半，你看怎么样？"

"你别做梦了。噢，你们是俩人，你拿着一半的钱，跟李义一凑，凑出一套房子来，我呢？我拿着那一半的钱，我够干什么的？也就够买一鼻牛那么大的房子，你够狠的呀你。"

"咱俩彼此彼此，谁也别恭维谁。"

杨欣说着，去厨房收拾她那一烂摊子。

马文看看表，问杨欣："今天你们家李义不回来啊？"

杨欣板着脸，不搭理马文。

马文说："我不是故意气你啊，我是跟你说一事。我今天下班回来，打一车，那车还没站稳呢，就被一爷们给拉开了，一屁股坐在后座上，跟奔丧似的。你猜那爷们是谁？"

杨欣说："李义。"

"你现在是他老婆，你得管管他，他干什么去了？"

"能干什么去啊？给前妻送钱去呗。"杨欣不等马文说话，就以嘲讽的口气接着说："人家有情有义，离婚了，房子、钱都给了前妻，前妻有事找，该去还去。不像有的男的，白跟他夫妻一场，倒头来，一心想把你轰出去！"

马文也不着急，说："你是不是特羡慕李义的前妻？"杨欣懒得搭理他，自己耷拉个脸接着干活。

马文嘿嘿一乐，大声说："谁难受谁知道！"一边故意整出特别大动静，去冰箱里拿啤酒，哧拉一声拉开，特爽地喝。

杨欣冷眼旁观，说："你觉得你跟我们住这儿有意思吗？"

"你呢？"

"你怎么就不能好好地找一个人，重新开始生活呢？"

"因为我不够没心没肺！"

"马文，你别敬酒不吃吃罚酒！"

"什么叫敬酒？什么叫罚酒？"

杨欣运一口气，跟马文以商量的口吻说："咱们把房子卖了不是挺好的吗？这么挤在一起多别扭啊。"

"我不别扭。"

杨欣冷冷地盯着马文看，看一会儿说："成，你不别扭就成。"

马文故意一脸坏笑，问杨欣："你别扭？"

杨欣本来已经变脸，但随即计上心头，一脸坏笑，扭身进自己房间了。马文反而摸不到头脑了。他撮了一下牙花子，自己对自己来了一句："是福不是祸，是祸躲不过。"说完,从冰箱里拿出一瓶啤酒,牙一咬,啤酒瓶盖开了。马文本来是怕杨欣难受想不开,她新嫁的男人整天往前妻那儿跑谁受得了啊?结果话说着说着就说岔了,不但说岔了,而且还把杨欣惹急了!马文感觉到杨欣肯定要整自己,但没有想出会怎么整。马文不知道为什么,每次跟杨欣这么唇枪舌剑之后,都会获得一种小小的快感。以前他特别讨厌杨欣跟自己一点小事儿掰扯起来没完,但他现在特别喜欢跟杨欣就一点小事儿掰扯半天。马文能明显地感觉到,杨欣其实挺在意李义的,李义只要不在家,杨欣就在自己房间里呆着,而且马文觉得杨欣之所以把马虎送到姥姥家,也不是出于让他好好休息,一个人睡觉踏实,而是为了讨李义高兴,给李义创造一个相对来说更宽松的环境。马文也不是非要跟杨欣这么没完没了,他心情挺复杂,一句两句也说不清楚。如果非要一句两句说明白,那就是他还是希望杨欣能过得踏实,可是在他看来,杨欣过得并不踏实,不仅不踏实还提心吊胆。

其实,杨欣整马文的办法很简单,就是故意跟李义在房间里闹出很大的动静。反正马虎不在家,杨欣就更加肆无忌惮。这也是一举两得。一方面气气马文,另一方面也加强她和李义的夫妻感情。男女之间,最简单最经济最立竿见影的加深感情办法,不就是这个吗?

马文也算身经百战,真的假的他还是分辨得出来的,但人就是这么怪,他明知道杨欣是在气他,他还就真生气。有一次,马文实在忍无可忍,直接就上杨欣那屋敲门去了。

马文边敲边叫门:"李义,开门……"

杨欣把门打开,站在马文面前,平静地看着马文。马文本来非常生气,见杨欣这样,反而不生气了,他冲杨欣似笑非笑,说:"我跟你爷们儿说话。"

"我们家我说了算,你跟我说吧。"

"你们这么大呼小叫的,你们不嫌寒碜,我还嫌呢。"

"你嫌得着吗?我们是合法夫妻,我们爱怎么着就怎么着。"

"你们是合法夫妻呀?我还以为你们在看毛片呢。"

"就是看毛片,你也管不着。"

"我是管不着,我就是给你提个醒,戏太过了吧,就假了。"

"没错,我们就是故意要你听,你要知趣的话,赶紧滚蛋,你要是乐意赖在这儿,你就赖着,反正谁难受谁知道。"杨欣特解恨地甩出"谁难受谁知道"——这是马文曾经挤兑过她的,马文认为杨欣嫁给李义就是给自己找罪受。

杨欣就是这么一个睚眦必报的女人。她说完,冲马文呲呲牙,然后故意拧持着小腰,把门徐徐地关上。马文气不过,本能地用手撑住门,杨欣也不恼,说:"你想看啊?想看就看呗。"索性把门大开着,回身对李义娇滴滴地叫了一声:"李义……"

李义一开始吧还没觉出杨欣的存心,他只是觉得杨欣要得也太勤了点,而且有的时候也忒主动。不过那段时间,孙容找他也找得勤了点,所以李义就把杨欣的如狼似虎理解歪了。女人嘛,总是用这种事情来验证男人是不是爱自己。李义觉得孙容就比较不开窍,跟他一有矛盾,就生闷气,一生闷气就不让他碰她,杨欣就不这样,杨欣反而是越有矛盾越迎刃而解。其实,李义哪里知道,杨欣之所以懂得这套,是因为她吃过这方面的亏。杨欣离过一次婚,吃一堑长一智嘛!杨欣跟马文的时候,也拿捏着呢,也把床上这点事儿当做一个要挟的法宝。只要你马文对我不好,让我不爽,你想在床上好了爽了,门儿都没有!这种事儿可不就这样,开始是男人求女人,后来不就成了女人求男人?如果女人生性刚烈,铁骨铮铮,咬紧牙关打死也不主动,一次两次还行,久而久之,男人就觉得没意思了。此处不留爷自有留爷处,这又不是建国之后改革之前,男人娶了老婆,再跟别的女人有点什么就算耍流氓,生活作风问题,赶上严打,还得赔上性命。现在,你做老婆的搞闭关锁国,人家直接就与世界接轨了。

不过,后来杨欣搞得太夸张了,再加上马文又抗议了那么两回,李义就有点不舒服不愉快了。他总觉得杨欣对马文多少还是有点感情的。而且他也感觉出来杨欣气马文的那层意思,虽然杨欣解释为是要把马文气走。但李义觉得不完全是,这一个人对另一个人还有感情,才会使出浑身解数让他不痛快。否则,何苦?

11

马文是真扛不住了。

他怎么也想不到，他的老婆，生活了十一年的老婆，跟他在一起的时候多坚贞多正派多规矩啊，在家里夏天永远是大背心，冬天永远是秋衣秋裤的杨欣，现在居然能穿那种衣袂飘飘薄纱似的低胸绣花吊带睡衣。他跟她每次那什么的时候，她多安静啊，有的时候他问她感觉，她竟然像问她国家机密似的，那一脸坚毅！现在换了一个男人，她居然变成一活生生的荡妇！大呼小叫的，排山倒海的，电闪雷鸣的，马文想这他妈的哪儿是刺激我，这分明是在向我示威，跟我说：马文，你不成！你从来没有让我快乐过！！我跟你离婚算是离对了！！！

开始的时候，马文还能稳坐在电视前，把电视声音开得一浪高过一浪，后来，马文就不成了。他越来越后悔怎么就脑子一短路，让杨欣跟李义住了进来。他想他当初还给杨欣讲农夫和蛇的故事，现在自己整个扮演了那个老农民的角色！马文悲愤万分，耻辱啊耻辱，他还生怕杨欣会受委屈，替杨欣着想，担心她这担心她那，想着仁至义尽，扶上马送一程，结果人家对他却是手起刀落快刀乱麻。马文提溜着酒瓶子，摇摇晃晃跌坐在马路牙子上，他在喝了一整瓶二锅头之后，悟出一个真理：女人这种动物，谁搞定了她们的X，她们就对谁有感情！她们对你有感情的时候，你让她们给你舔脚指头她们都兴高采烈心甘情愿，她们对你没感情的时候，你就是把心给她们掏出来也没用！

马文没什么朋友，能跟他一起喝酒说话的也就宋明了。所以，他一烦就给宋明打电话，拉宋明出来喝酒。宋明就边喝边数落马文，让马文长点志气，搬出来得了，怎么就非得摽在一起？

马文愤愤然："你以为我喜欢摽在一起？是我没别的地儿可去！"

"那怎么可能？再找一房子不就完了？"

"哎哟，兄弟，我这前半辈子全部积蓄，还加上我们家老头老太太的养老钱才买了这么一处一百多平米，而且到现在还欠着银行一屁股债……我再弄一住处，你当买房子是买白菜呀？"

"你可以把房子卖了再买啊。"

"少爷，您知道现在的房子是什么价儿吗？"

"那你可以先租一个啊。"

"我每月还交着月供，还养儿子，还这还那，我再租一房子？我还过不过了？"

"也是，要是你搬出去，租一房子，他们就更不走了。"

宋明每次陪马文喝酒，都是喝到半夜。林惠已经跟宋明同居，烦马文烦得要死，尤其烦马文半夜给宋明打电话，叫宋明出去喝酒，宋明每次还都去，林惠跟宋明翻脸。宋明就跟林惠说马文挺惨的，离婚了，没地儿去，还得跟前妻住一块儿。林惠说那是他乐意他活该他罪有应得。林惠对马文的态度，让宋明觉得没必要，大家是同事，抬头不见低头见，何必呢？不就是说了一个"辛丑条约"吗？还真记仇啊？

林惠不依不饶，说："什么叫就说了一个'辛丑条约'？咱俩的事轮得到他说吗？他管得着吗？你当他真是为你好给你出主意哪？"

"那你说他是为什么？是专程为了拆散咱俩？拆散咱俩对他有什么好处？"

"他那种人，就是喜欢伤女人的心，伤得越多，他越平衡越满足越觉得自己怪不错的，心里阴暗！我现在算知道，他老婆为什么非跟他离婚了。要我，我也离。你对他好吧，他不放在心上，还沾沾自喜，觉得自己有魅力；等你对他不好了吧，他又拼命追你，就是那种男人，贱！"

"他再贱也是跟他老婆，不对，他前妻那犯贱，他又没跟你这儿犯贱，你生什么气！哎，你不是说要给他介绍女朋友吗？"

林惠恶狠狠地说："让他去死吧！"

宋明以为林惠对马文的情绪，就是来源于马文给他出了那么一回"馊主意"，他哪儿知道，林惠恨马文，是另有缘由的。这也不怪宋明，宋明比马文小了一轮，他根本就不会想到林惠追过马文。在他看来，马文已经算是中老年人了！

马文喝多了出事那天晚上，给宋明打了二百多个电话，宋明在林惠的严加看管下，一个都没敢接。最后，大概是半夜 12 点多了，宋明趁着林惠洗澡，偷偷给马文回拨了一个，马文倒是接了，但神志不清舌头已经大了，话都说不利索了。宋明挂了电话，坐立不安。林惠从洗手间一出来，宋明就跟她交代了，林惠听了，阴个脸不吭声。

宋明就叨叨唠唠地说："他最近状态特别不好，我怕他出事，他都跳过一回楼了……"

林惠打断他："他那不是假戏真做吗？"

宋明赶紧说："你听他那么说。他是好面子。哪个男人好意思承认自己为一娘们儿跳楼！"

其实，宋明没费多少口舌，林惠就跟他上了车。宋明大概知道马文喝酒的地方，也就是他们家附近的几个小破馆子。宋明跟林惠到的时候，马文已经喝大，人事不省，只能直接送医院洗胃。

马文折腾了一夜，大概凌晨三四点的时候，马文手机响，林惠一看，存的号码是"前妻"。林惠就有点存心了。她跟杨欣正面交锋过，那次她属于轻敌，主要是错误地估计了马文的立场。林惠觉得复仇的机会到了。她大大方方接了电话："你好，请问你哪位？"

杨欣一愣，随即问："这是马文手机吗？"

林惠："是，他现在不方便接电话，您哪位？"

杨欣："哦，我想问一下，他今天晚上还回不回来？"

林惠故意问："回哪儿呀？"

杨欣那头咣叽挂了电话。林惠那叫一个开心。宋明刚巧去上了趟厕所，回来瞅见林惠一脸傻兴奋，有点奇怪，问："怎么啦？没事儿吧你？大半夜的傻乐什么呀？"

林惠就告诉宋明刚才杨欣来了个电话，劈头就问晚上回去不回去，完全是老婆对老公的口气。宋明听了，说："所以，男人要是遇上杨欣这类型的，那就算栽了。"

林惠觉得奇怪问宋明，难道在男人眼里，杨欣算美人吗？

宋明说这事儿吧，跟长得好看不好看有关系，但关系没那么绝对。

林惠饶有兴致，大眼睛忽闪忽闪的。宋明被煽乎起来了，觉得自己特渊博，他故意卖了一个关子，问林惠："我问你，戴安娜和卡米拉谁漂亮？"

林惠:"是,这事儿我一直没想明白。"

"有什么想不明白的?卡米拉多肯在查尔斯身上下工夫啊。只要工夫深,铁杵磨成针。"

林惠听了,若有所思。宋明推了她一把,问她困了吧?林惠说不困。宋明打一哈欠,让林惠躺下,枕着自己的腿睡会儿。林惠说她不困,宋明要睡就睡吧。宋明没客气,也是实在撑不住了,躺在医院走廊的椅子上,睡了。

林惠看着宋明睡得那叫一个狼狈,哈喇子都流出来了,忽然有点烦躁。她现在每天都跟宋明在一起,但每天都很烦。宋明也没什么爱好,说话也没什么意思,就是上班下班上网下网,而且宋明极懒,从来不收拾房间,林惠第一次去宋明家,地上到处是脏袜子和脏短裤。林惠都想不到,一个人能邋遢成这个样子。林惠一想到自己要跟这么个男人在一起一辈子,就觉得绝望。她也不知道为什么,虽然马文很多地方让她看不起,甚至反感至极,但有的时候马文出差,好几天听不到马文的声音,她还会挺想的。她想也许是她工夫没下到家吧?

马文酒醒是第二天早晨,一睁眼先看到的是林惠,马文吃一惊,完全不知道自己怎么回事,问林惠:"你怎么在这儿啊?"

林惠:"你真不知道?以后别干这种亲者痛仇者快的事!"

马文是喝断篇儿了。他啥啥都想不起来了。

马文回到家的时候,李义已经去上班,杨欣一个人在家。马文一进门径直去了卫生间,在里面"哗哗哗"地洗澡,完事儿,腰上围一条浴巾就出来了。杨欣当然知道马文是故意的,是挑衅。她本来想问问马文,昨天晚上在哪儿过的夜,为什么找一小娘们儿来接她电话,但一见马文这样,她就算了。马文不知道,他昨天一夜没回来,杨欣跟李义都没睡着,俩人还很认真地吵了一架。他们俩给马文打了无数个电话,马文都没接。那会儿马文已经喝高了,根本接不了电话。李义就有点害怕了,担心马文会出事,这么一担心,就埋怨起杨欣。杨欣心里虽然也慌,但嘴硬,说:"能出什么事儿啊?咱们也没怎么着他啊!"

李义就说:"你还打算怎么着他啊?杀人不过头点地。你这招够毒的啦。"

杨欣一点没想到,她在床上鞠躬尽瘁死而后已,而她讨好的男人竟然会这么说!

杨欣愣了一愣,之后,迅速反击:"废话!不这样,怎么把他轰走?我这不是为了咱们嘛!"

李义听了,也愣了一愣,片刻,悠悠地说:"你可千万别有一天这么对我!"

"怕了？"

"不怕。"

在说了"不怕"以后，李义想，要是孙容像杨欣这么对他，他非得疯了不可。李义内心深处忽然对杨欣生出了点小小的"排斥"，不过，男人很多时候是下半身动物，当下半身愉快的时候，即便面对的女人不善良不高尚不勤劳甚至不孝顺，他都是可以容忍的。所以，娶了媳妇忘了娘是很正常的。娘如果要想胜出，只有打持久战，等儿子跟媳妇进入审美疲劳，娘就有机会了。

杨欣熬到夜里三点多，见马文还没回来，心里有点毛了，毕竟之前马文从来没有这样过，即便是离婚之后，马文夜不归宿，也会事先跟杨欣说一声，最起码也是发一短信。不像这回，电话也不接，短信也不回。别是真出了什么事儿吧？杨欣悄悄从床上爬起来，到厅里打算给马文再拨一回电话，刚把手机拿到手里，李义就开了灯。李义看一眼挂在墙上的钟，问杨欣："马文还没回来？"

杨欣点头。

李义有点上火了，数落杨欣："说老实话，你就是烦他不想让他在这儿住，也不能这么弄。"

杨欣辩解："他知道我是在演戏给他看。"

李义翻杨欣一眼，这一眼把杨欣翻得这叫一个难受，似乎是说："噢，原来你们是知己知彼啊。一个演戏，一个知道在演戏。"

杨欣想解释，但又不知道从哪儿说起。李义的目光就在这个时候落到杨欣手机上，道："你再给他打个电话吧。"

杨欣怕李义心里不痛快，说："打什么打，睡吧，没准儿去女朋友家了。"

李义问："他有女朋友吗？"

"他看着挺热闹的。"

李义不动声色："那叫虚假繁荣，越看着热闹的，越没戏。你有没有那些跟马文来往比较密切的女人的电话？"

杨欣有点儿急了："你说什么哪，我能有吗？"

"那怎么就不能有呢？孙容就知道你所有的电话，包括家庭住址。"

杨欣激动起来："我跟孙容不一样啊。我是离婚了就离婚了，干干净净，我不管他的事儿，他也别管我的事儿。我就烦那些缠夹不清、没完没了的，有劲吗？"李义听出杨欣是在借题发挥，指桑骂槐，但故意装没听出来。杨欣看看李义，李义说："怎么啦，你看我干什么？"

杨欣说:"我看你怎么装糊涂。"

"我没装糊涂。"

"哎,我跟你说好一条啊,前妻就不是妻,以后孙容再找你什么事,你让她找我,跟我说。"

李义最烦杨欣跟自己说孙容,他转移话题,让杨欣赶紧给马文再拨一个。杨欣拨了,这个电话恰巧就是林惠接的。杨欣挂了电话,脸憋得通红。李义看着杨欣那样儿,歪歪嘴,乐了。杨欣心里就觉得李义是在笑话她吃醋,连忙追一句:"我说不用瞎操心吧?人家有地儿去!你还非让我打。"

李义本来想说什么叫我非让你打,你不打一个你能踏实睡觉吗?但李义厚道,不愿意伤杨欣,再说他也好奇,所以他问杨欣:"谁啊?你认识吗?"

"认识。他们办公室一姑娘。"

"有戏吗?"

"肯定没戏!"

李义用眼睛看杨欣,等着杨欣说为什么。

杨欣还真就没心没肺地说了:"马文那人吧,当一朋友,情人,蓝颜知己都没问题,而且绝对合适,尤其是陪小姑娘,说话呀吃饭呀逛街呀,挺在行的,但要是谈婚论嫁……"说着摇头。

李义听着,不言声。

杨欣受不了这么安静:"你倒是说句话啊!"

"你让我说什么啊?我又不认识,知道怎么回事……再说,人家有戏没戏你着哪门子急啊?"

"我当然着急。我巴不得他赶紧结婚走人,哪怕我倒贴点钱,都成。他这整天跟这些不靠谱的小姑娘眉来眼去的……到什么时候是头儿!"

12

马文一上班就跑到宋明工位那儿，问他哥们儿的公司上回要公关主任的那家到底招没招到合适的。

宋明皱着眉头，问："你这是又给谁帮忙啊？"

马文有点心虚："我就问问。"

"又是杨欣？她不是说好几家公司哭着喊着请她去当副总吗？"

"她那人，就是单纯，人家跟她那么一说，她还就真信了，完了，巴巴地在家等人家三顾茅庐，最后呢，等来等去等着急了，打电话过去问，人家先是拖着，实在拖不过了，就说不记得跟她说过什么副总经理的事。"

宋明乐了："这叫单纯吗？这叫自我感觉良好加缺心眼加缺根筋。"说完，又反过来教训马文："奇了怪了，天下女人这么多，怎么你就非跟杨欣耗上了？"

马文反唇相讥："天下女人这么多，你怎么就跟林惠耗上了呢？"

"咱俩情况一样吗？林惠要是别人老婆，我绝对不惦记。"

"我这也不叫惦记吧？"

"叫助人为乐？"

"对。"

"对什么对，最多叫助'前妻'为乐。"

马文本来还想接着跟宋明贫两句，结果发现宋明情绪低落心不在焉，明显不在状态，马文不用问，就知道肯定是林惠又折腾来着。马文说："怎么啦你？脸色这么差？没睡好？"

宋明郁闷："没睡好？根本就没睡！"

马文开玩笑："没睡？不会吧，一战到天明？"

宋明没心思跟马文逗，说："哥们儿，你能有点同情心吗？我那叫失眠！"

"吵架啦？"

"吵架还好。她是那种压根儿不跟你吵，不高兴了，就不搭理你不跟你说话也不跟你解释为什么，问她她就说跟你没关系，她想一人呆着，你说这是什么毛病？"

"那你就让她一人呆着，呆够了，她就找你了。"

"我受不了啊。"

"你受不了也没人逼着你受是不是？还是你乐意。"

"没错，我就是自找。"

"你们就是年轻，跟我和杨欣那会儿一样，谁都不肯给谁台阶，干什么呀？你就不能大度点？"

宋明虎着一张脸，不吭声。马文说："这么着吧，我请你们俩吃饭，上回你们俩把我送医院，我还没谢呢。就今天晚上吧。"

宋明不置可否，但马文看出来，他心里还是乐意的。只是嘴上不愿意服软而已。

马文跟林惠在 MSN 上两下就敲定了吃饭的事情，结果没想到，出妖蛾子的是宋明。

宋明说："我不去。"

马文奇怪："你不去我张罗哪门子饭局呀？我可告诉你，我这可是为了你……"

"我觉得没劲。"

"你们就闹吧。"

"不是我闹，是她闹……我真不去。"

马文服软了："你就算给我一面子……"

宋明想了想，跟马文说："实话告诉你，晚上一女孩约我。"

马文惊得目瞪口呆："这，这都哪儿跟哪儿啊，也太快了吧？"

宋明笑得有点小得意："我总不能跟你似的吧，跟杨欣耗到现在，还扯不清呢。怎么着，我也得给自己弄一备胎吧？"

马文不干："我们早扯清了啊。"

宋明讪笑，说："扯清扯不清只有自己知道。对了，晚上我那事儿，你先别告诉林惠。"

"我缺心眼啊。"

"你就跟她说你请我了,我晚上恰巧约了一客户……"片刻之后,对马文,"我这也得跟她欲擒故纵一下吧?"

马文叹气,说:"你就折腾吧。"

马文跟林惠是赶着饭点儿去的,饭馆挤满了人,他们只能拿个号在门口排队。马文没话找话,再次对林惠那天晚上送他去医院表示了感谢。林惠笑了笑,想起上次在医院的时候杨欣来过电话的事,她一直没跟马文说过,这会儿闲着也是闲着,她就跟马文说了,说完了,还特意跟马文补充了一句:"对不起。"马文说这有什么对不起的?林惠说没早告诉你啊。马文说一辈子不说也没什么,又不是重大历史机密。

林惠听了,就笑眯眯地盯牢马文,问:"你说她听到我的声儿,心里怎么想?"

"谁心里呀?"

"你前妻呀?"

"我累不累呀?她爱怎么想跟我有关系吗?"

"我知道你心里是怎么想的。"林惠把重音落在"你"上,说完一双眼睛忽闪忽闪地看着马文。

马文看看林惠,等林惠说下去。林惠一乐,说:"你心里巴不得她吃咱们的醋呢吧?"

马文"喊"了一声,说:"她,你太不了解她了,她巴不得我赶紧找一个老婆滚蛋呢。"

"那你为什么不找呢?"

"我找了,我看上的,人家跟防贼似的防我,我没看上的,人家跟盯贼似的盯我。"这话刚一说完,马文就觉得不妥帖。林惠的眼睛像一把剜刀,狠狠地剜了马文几眼,那意思似乎是说:你骂谁跟盯贼似的盯你?

马文赶紧转移话题,对林惠半真半假地说:"哎,上次你说要给我介绍一女朋友,我还等着呢啊。"

"我不想害人家。"

"怎么介绍给我就是害人家呢?"

林惠不紧不慢:"你想啊,介绍给你,你还跟你前妻住一块儿,你无所谓,人家女孩受得了吗?"

马文立刻接上:"所以,我上回说什么来着?那女孩得自己有钱,有钱这就不是事儿,有钱她可以买房子,我可以倒插门啊。"

林惠乐了,说:"谁稀罕你倒插门?你这叫吃软饭。"

马文说:"噢,许你们女的傍大款就不许我们男的吃软饭?"

林惠听了,笑得前仰后合。她发现跟马文在一起,她就话多,就愉快,就觉得有意思。但马文恰巧完全相反,他跟林惠的这顿饭就吃得比较累。林惠跟他面对面地坐着,很少动筷子,问她,她说减肥。搞得马文很无趣。马文埋头苦吃,他特别不愿意抬头,因为一抬头就会不可避免地撞上林惠的招牌笑容,那么一丝不苟!这种笑容让马文浑身冒汗如坐针毡。尤其当林惠什么都不说的时候,就那么笑着,露出八颗牙,眼睛不错珠地盯着他,整个一"尽在不言中",马文就更抓狂。

马文心想,人家妈为了练女儿这招牌笑容,搭了多少心思费了多大工夫,那得寄托多高的理想啊。总不是就为了让女儿找他这么一个离婚有孩子一把年纪连房子都没完整一套的二手男人吧?

林惠问:"你后面还安排了事儿?"

马文不假思索:"没有。"

林惠装疯卖傻:"那你送我回家吧。"

马文吓一跳。以为自己听错了。他看看林惠,林惠笑得更妩媚了。马文点了棵烟,等烟抽到一半的时候,马文很平静地说:"我这人吧,什么话都喜欢说开了,不喜欢藏着掖着。不管你跟宋明怎么着,我都不想掺和。我送你回家可以,但是吧,我不喜欢把简单的事情弄得复杂,没意思。"

林惠看了看马文,笑起来:"我听宋明说,你交过好多女朋友,你是单对我这样,还是对那些女孩都这样?"

"都哪样啊?我怎么不懂?"

"就是那种让女孩觉得你特知心特有意思而且对自己特有好感,然后就心动了,然后你就掌握了主动权,然后你就可以借着这么一种主动权,以一种居高临下的口气跟人家说,'我不喜欢把简单的事情弄得复杂'……"

"照你这么一说,我简直是一'情高'。"

"什么?清高?"

"情场高手。"

林惠笑了,笑完了,接着装疯卖傻地问马文:"哎,我问你一事儿啊,要是没有宋明，你可能会考虑我吗？"

马文没笑："你知道兔子为什么不吃窝边草吗？"

"为什么？"

"因为吃了窝边草，窝就露出来了，那样对于兔子来说，就生活得太被动了。"

"你又不是兔子。"

"那连兔子都懂的事儿，我不能不懂吧？我好歹比兔子进化得完全点吧？"

林惠真心实意地叹口气："其实，我自己也对自己说，干吗不找一个对自己好，爱自己的人呢？可是我跟宋明在一起，老有一种特绝望特无聊的感觉，特没意思。有的时候吧，他越对我好越关心我，我就越烦。"

"那是你跟宋明的事。再说，你们都这么年轻，大不了再找呗，有什么了不起的。"

"我发现你这人挺绝情的。"

"是吗？"

"而且特别自私。"

马文："我请你吃饭，是为了答谢你，不是为了来听取群众意见的啊。"

林惠："什么叫群众意见啊？你以为你是谁？党和国家领导人？"

马文伸手，喊："服务员，买单。"

服务员把单送过来，林惠伸手接过，三下五除二把单买了。

马文张口结舌。林惠带笑不笑地说："你不就喜欢吃软饭吗？"

马文狠狠地吐出一口烟，说："你知道男人喜欢哪种女孩？"

林惠故意跟马文呛着："男人喜欢各种类型的女孩。"

马文被林惠噎得无话可说。过了一会儿，咳嗽一声刚要说什么，林惠抢过去："你要是想说，林惠，你是一个好女孩，但我配不上你，我离过婚，心灵受过伤害，有儿子，生活负担又重，我怕委屈了你，你这么年轻，又这么漂亮……你要是想说的就是这套，你就别说了。"

马文有点委屈，说："我怎么着你了？"

"你没怎么着我。"

"那你，我好好地请你吃饭，谢你，倒被你抢白一通，我有病啊？"

林惠说："是我有病。"过了一会儿，对马文说："那天早上，就是那天，送你到医院那天，宋明跟我说，一个女人只要肯为男人付出，肯为男人花心思，这个男人早晚会被感动，他说要不然卡米拉为什么会战胜戴安娜。我当时听了，很动心，但是我现在忽然觉得卡米拉之所以是卡米拉，是因为她做到了很多女人做不到的事情。她能耗得起，一耗就是二十多年，哪个女人耗得过她呀？反正要我像她那样，我受不了。把一辈子都押在一个男人身上，而且这个男人可能爱的还不止你一个。"

马文咧嘴一乐，林惠好奇，问："你乐什么？"

马文把烟掐了："主要是这个世界上，查尔斯王子就一个。值得女人耗个二十年。像我们这等平庸之辈，也怨不得女人不肯为我们忍辱负重……"

林惠打断他："那要是有女人肯呢？"

马文毫不犹豫："那她一定会后悔的。"

一周之后，马文刚进办公室，就撞见宋明，宋明特夸张特高调地对马文说："中午别安排事儿，我请。"

马文奇怪："为什么呀？"说着，下意识地看林惠一眼，林惠显然听到了，正襟危坐，装没听见。马文就知道这俩还冷战呢！

宋明大声说："庆祝我高就啊。"

"上哪儿高就？"

"啊，太达公司公关主任。"

马文愣了愣，宋明赶紧解释："我那哥们其实一直想挖我过去，我一直没下决心。今天下了。"

林惠听了，心有所动。

马文一把将宋明拽到走廊，对宋明："你怎么说走就走？我一点思想准备都没有！"

宋明说："我也没有。"

"你不是因为林惠吧？"

"我跟你说实话吧，我留这儿，是为了林惠，但我走，可不是为她。"

"是为赌气？"

"我赌哪门子气啊？赌气有拿自己前程赌的吗？哥们儿不是这两天认识一女孩吗？那女孩特火，头一回见面就跟我说，她吧，这男的她要是喜欢，那就怎么着都成，要是不喜欢，就是怎么着都不成。她还说吧，女人都这样，要么，为什么克林顿出轨，贝克汉姆搞破鞋，他们的老婆都能忍受，换个一般点的男人，那些女的肯吗？所以说，这男人越成功，这女人对他们就越宽容越仰慕……"

马文心说这是哪门子独家秘方,还值得卖弄?他打断宋明:"也不见得吧。你说我老婆后来找的那个男的,特一般,还不如我呢。"

宋明兴致很高:"那叫一时冲动,一时冲动就不会长久,比如我和林惠吧……"

这时,林惠从办公室里出来,看马文和宋明一眼。马文赶紧推宋明一下,宋明回头看到林惠,住嘴。林惠什么都没说,径直走了。

马文看看宋明,心说:折腾吧折腾吧,爱怎么折腾怎么折腾。反正人这一辈子迟早至少得折腾那么一次,不在折腾中爆发,就在折腾中灭亡。

13

马文有一天下班回家,推开自己屋门,发现自己房间里多了一张床,这张床和原来的那张床面对面地摆着。杨欣和李义俩人,一人坐一张床上,正说着话。

马文当即火了:"这是怎么回事?"

杨欣声儿也不小:"你嚷嚷什么呀?"

"不是我嚷嚷,我这房间怎么成这样了啊?"

"你别不识好人心啊。你嫌马虎睡觉打呼噜,我让我妈接马虎过去,你又跟我嚷嚷,说马虎是你儿子……"

"杨欣,那马虎也总归是你儿子吧?你总不能刚结婚就遗弃亲生儿子吧?"

"我那叫遗弃吗?我这不是特意买了床,把马虎接回来吗?"

"怎么接回来就得接到我这边呢?我记得咱们约定,马虎是归你抚养吧?"

李义插进来打圆场:"有话好好说,好好说,大家都坐下。马文,是这样,我们不是新婚吗?又只有一个房间……"

马文不听:"新婚、一个房间都不是理由。你们可以再婚,我马文也可以再婚,难道真到那个时候,把儿子撵到大街上去不成?"

杨欣听了,冷笑,说:"少来这套!我还不知道你意思?你是想存心刁难我们,存心作梗,告诉你,我们不在乎,李义比你有爱心,他喜欢小孩,别以为你就能难倒我们!"

说完,李义和杨欣一起亲亲热热地把马虎的床拆了,又把床安到客厅。俩人一边干活一边说话。

"你那工作找得到底怎么样了?"

"怎么啦?着急啦?你这才养我几天啊?"

"没着急。我怕你着急嘛!"

"着急有什么用?"

"实在不行,我跟我姐说说……"

"你姐,一个家庭妇女,能有什么辙?"

"我姐是一家庭妇女,我姐夫可不是啊。"

"什么姐夫,都离婚了,还姐夫呢。"

"离婚归离婚,但我姐只要张口,王大飞肯定给办。"

"吹吧。"

"不信咱试试。"

马文在自己房间里,听着杨欣和李义在外面,一边干活一边说话,心里极不是滋味。他拿出电话号码本挨着排地翻,想找一个能在晚上十点以后说说话的人,翻来翻去,居然一个都没有找到。他倒是在宋明这个名字上停留了一秒,但随即取消。宋明已然去了他那哥们儿的公司当公关主任去了,新官上任,忙得脚丫子打后脑勺,哪有工夫陪他聊天呢?至于林惠,马文想这是一个麻烦,虽然宋明主动跟她分手,但他还是不要沾包的好。电话本上还有很多号码是网友,马文基本忘记他们谁是谁了,反正也没什么事儿,长夜漫漫,马文干脆一个一个打过去。别管是谁,对得上号对不上号,马文第一句永远是:"干什么呢?"如果对方问:"你谁啊?"马文就说:"你没存我的号啊?"有一个女孩巨火暴,直接说:"对不起你是不是打错了?"马文赶紧自报家门。那女孩听了,说:"哦,我把你电话删了。"马文问为什么啊?女孩说你忘了?我给你打电话,你老不接,短信也不回,我问你为什么,你说"没有为什么"。马文想起来了,是有这么档子事。但他不承认,继续跟人家套瓷:"你记差了吧?"女孩说你就贫吧。然后他们就一直贫,贫上好几个小时。

马文也成心,故意聊得热火朝天莺歌燕舞的,统共就那么点儿地方,李义跟杨欣只要不是聋子,都能听得到。李义开始担心了,他想假如马文真也要在这儿结婚,这可怎么办?杨欣听了李义的担心,脱口而出:"马文不会这么混的。"但话一出口,杨欣就感觉到李义的异样,杨欣赶紧解释,说:"咱俩是没办法没辙,马文不至于吧?大不了,到时候咱们赔他点钱,这套房子算咱们的,他再买新的。或者让他给咱们点钱,咱们买新的……"

李义忧心忡忡："这赔多少合适？现在房子一天一个价。"

杨欣不言声了。

片刻之后，李义忽然问杨欣："马文多大了？"

"比我大一岁吧。"

"按说不难找啊。找一个差不多岁数的，性格脾气随和的，有一定经济基础的……"

杨欣嘲讽地添上一句："一定得有房子的。"

李义看着杨欣，不说话了。杨欣："你这么敏感干什么？我又没说你什么。其实，我比你还想把他轰出去呢。"

"这叫什么话，我可没有这么想啊。"

"你没这么想，是我这么想，行了吧？"

"你要是真这么想，你就应该赶紧给他张罗张罗，介绍介绍。"

"我给他张罗介绍？"

李义是认真的，杨欣却跟李义开起了玩笑，这是她的惯用伎俩。只要李义的话是她不好接不愿意的，她就会使出这招，四两拨千斤。杨欣抿嘴一乐："你姐怎么样？"

李义没明白："谁？"

"你姐呀。"

李义板起脸："别开玩笑，跟你说正事儿呢。"

"也是。你姐，马文肯定不干。"

李义认真了："他不干？别逗了，我姐才不干呢，我姐又漂亮又有钱……"

杨欣接着逗："你姐凭什么不干啊？你姐岁数比马文大……"

李义打断杨欣："你岁数还比我大呢。"

杨欣被李义噎住，但随即一连串地说："是呀，没错啊，我岁数比你大，所以我没不干呀，我乐意啊，我觉得过了这村没这店啊，我对你多上杆子呀！"

李义明知道杨欣是在逗自己，但还是有点不愉快，他提醒杨欣："我姐跟你不一样……你别拿她开涮……"

其实，李芹这事就是随便这么一说，双方均不看好。而且杨欣见李义不高兴了，赶紧给自己找补："行了，我就这么一说，开个玩笑都不成。"接着自己找台阶，自己转移话题，她这个婚结得有点累，处处要照顾李义的情绪。

杨欣把话题重新转到给马文找对象的事儿上："你说又要成熟的，又得有房子的,还得有经济基础的,我这脑子里还真没有……我这儿都是,要么混得特惨的,要么混得特好的,那混得特好的,人家干什么要马文呢?混得特惨的,咱也不能介绍给马文啊。"

李义一拍脑袋说:"对了,对了,你那个叫,叫黄什么的女朋友,我觉得她靠谱。"

"黄小芬?"

"对!离婚。有一个儿子。"

"不合适吧?"

"有什么不合适的?"

"我总觉得马文不愿意找离过婚的。"

"是,没结过婚的,咱们刚才分析过了,除了小姑娘就是老姑娘,老姑娘肯定有毛病,要么怎么剩下?小姑娘,马文能给人家什么呀?就是人家头脑一热,跟你好了,人家爹娘也不干呀。就算都干了,咱自己也累呀,小姑娘得天天哄着。"

"这话你跟马文说去。"

"马文自己不会真不明白吧?"

杨欣听李义这么说,而且说的话里有话,忍不住看他一眼,说:"你这话什么意思?"

"没什么意思。"

"李义,你这就没劲了。有话说啊。"

李义运口气,索性直说:"我总觉得,马文要是真想找媳妇,就不会没完没了地跟小姑娘混,那属于瞎耽误工夫。他这么混,就两个心理:第一,玩玩;第二,气你。"

杨欣逗她:"哎,李义,你说实话,你跟我在一起,是不是也有气你前妻的意思?"

李义假装不以为然:"我闲得?我气她?哎,咱们可说好了的啊,谁也不许提谁以前的事。"

"是你先提的。"

"我那不叫提。"

"叫什么?"

李义停下手里的活计,对杨欣正儿八经地说:"你好好想想,咱们这么住着,长此以往，就算我不提你前夫的名字，你也不提，可有这么一个大活人天天在咱俩眼前晃着，你说，这不是个事儿吧？"

杨欣换个口气："那我再跟他商量商量，把房子卖了，咱们哪怕少分点呢。"

李义说："你想卖，他要是存心，他就不卖，你有辙吗？这事儿，得他想卖，他想搬出去，他觉得这么着不好，那咱们才好办。再说卖房子，卖了还得再买，在卖了再买这期间，咱们还得且折腾，所以我说啊，最好的办法，就是咱给他找一合适的，最直接最快，而且这个大媒咱要是做成了，那以后他还真不好意思跟咱们犯浑，你说呢？"李义说完，看着杨欣，一脸诡计多端。

杨欣对李义另眼相看。

他们夫妇俩头一次双双到马文房间来拜访马文。马文听见很有礼貌的敲门声，有一瞬间都没反应过来。在他印象里，好像从来就没有人敲过他这屋的门。

马文拉开门，杨欣李义肩并肩地站在门口，冲马文齐展展地笑着。马文看出这俩是有话要跟他说，于是故意一言不发，挑衅地看着他们，那意思是说吧。

李义看看马文，咳嗽一声，要张口跟他说介绍对象的事，但没好意思直接说，只讪笑着说："马文，你今天晚上没安排啊？"

"没有。"

"那明天呢？"

"想说什么你说吧。问我有没有安排干什么？"

"是这么回事。那天我跟杨欣逛街的时候，碰上一女的，杨欣以前的同事，离婚了，人挺不错的。"说到这儿，李义不往下说了。

马文一肚子火噌地蹿上来，对李义这个提议连讽刺带挖苦，说："是人不错啊，还是条件不错啊？她应该有车有房吧？"

李义点头，说："对对，有车有房。"

马文不动声色："你们觉得这么算计我有意思吗？"

杨欣："你别小人之心啊。我们没事算计你干什么啊！我们是为你好。你愿意在这儿呆着就呆着，反正谁难受谁知道！"

马文听了一愣，随即意识到"谁难受谁知道"已经被杨欣报复性的多次使用，并且每次使用的时候还都学着马文当时的语气，脸上佐之"以牙还牙"的解气表情。马文刚想说："你有点新鲜的没有，就会说这句啊？"但话还没来得及到嘴边，杨欣就已经叫上李义回自己那屋了。杨欣就这点绝，三十六计，走为上。一走了之，把你晾在那儿，一肚子的话没地儿说！

李义是一个有点一根筋的主儿。他下决心还就非得说服马文不可。他一回屋就跟杨欣说，马文主要是有一个弯没转过来。杨欣说那怎么着他才能转过来呢？李义说这事儿得他和马文单独聊聊。男人和男人之间，有些话说开了就没事儿了。

李义挑了一个周末，马文一般爱在周末睡懒觉。等他睡够了，从房间里出来，一看，嚼，客厅里一桌子酒菜。再一看，桌子边只摆了两把椅子，一把李义坐着，另一把空着。甭琢磨，那把空的肯定是给他预备的。

马文看看李义，李义对马文做一个请坐的手势。马文大大咧咧坐下，说了句："够丰盛的啊？"

李义伸酒瓶子给马文倒酒。

马文冷眼看着李义递过来的酒瓶子，说："咱们有话直说！都是爷们儿，有什么话还非得借着酒劲说？"

李义点点头，说："你先说我先说？"

"我可没非要跟你说什么。大礼拜六的，你要说就说，不说拉倒。"

"行，那我说。我想问问，你以后怎么打算的？"

"这个问题该你问吗？跟你有关系吗？"

李义点头："那，那我换一问题，问一个我最关心的，也是跟我关系最大的——你是不是还惦记着杨欣呢？是不是还想着有朝一日来一个'绝地大反攻'？"这问题一问出来，李义就用眼睛死死盯着马文。

马文猝不及防。一面回避李义的眼睛，一面自己喝了一大口酒，对李义说："我神经病啊！"

李义跟马文举杯碰了一下，说："咱都是男人，有什么话都可以搁在桌面上，实在不好张口，先打一架再说也行。"

马文让李义这么一说，倒有些不好意思。马文说："打什么架呀，咱们也不是十七八岁的小伙子了。"

李义乐了，问马文："你这辈子打过架吗？"

"打过，可没为女人打过。"

"为什么？没有女人值得你动拳头？"

"我觉得为女人打架特傻。那女人要是你的，她就是你的，她要不是你的，你打什么劲啊？打的还不都是阶级弟兄？"

李义乐了，推心置腹地说："马文啊，你这样的男人吧，其实是一个好男人，但是吧，女人就会觉得你不浪漫，没情调，缺点儿什么。这女人吧，都特别愿意男人在意自己，比如说吧，一个女人本来对你没什么，但你肯为她跟自己的弟兄翻脸动手，她就会觉得你特别在意自己，就会爱上你，以身相许。难怪你离婚，你太不懂女人的心思了。"

马文反问："你懂？你不是也离了吗？"

李义推心置腹地说："我离之前我也不懂，我是离了以后才悟出来的。"

两个人说着说着，突然都发现对方其实不错，话越说越投机。频频碰杯。酒过三巡菜过五味，马文面红耳赤地跟李义掏心窝子，他说："李义，有一句话，我一直想问……"

李义接过去："问我是跟杨欣怎么好上的吧？"

马文被李义说穿，索性点头。

李义夹一大筷子菜，塞到嘴里，边嚼边问："这话你问过杨欣吗？"

马文摇头。

"我告诉你，杨欣绝对没有给你戴过绿帽子。"

马文将信将疑。

李义挥挥手："今天咱们都喝了酒了，就说点掏心窝子的话吧，咱们都是离了婚的男人，都有过一次失败的经验，也就是说，都在女人这儿摔过跟头，而且还是一大跟头。咱们说什么也不愿意再摔一个了吧？"

马文点头。李义继续："所以，我有一个原则，绝不娶给丈夫戴绿帽子的女人。"这话等于再次强调，杨欣没有给他戴过绿帽子。

马文带点儿嘲讽："想不到你还是一个有原则的人。"

李义没会意："你想啊，那些能给老公戴绿帽子的女人，早晚有一天，能给你也戴一回。这叫一报还一报。你信不信这个世界上有报应？我信。"

马文看李义一眼，李义一脸诚恳，马文对李义的好感又增加了几个百分点，说："那我再问你一句话，你得跟我实话实说。"

李义点头，说："我都实话实说，我这人不爱说瞎话。"

马文凑过去："我一直想不明白，杨欣到底看上你哪儿了？"

李义脸腾地红了。他沉住气，咕嘟喝一大口酒，把气喘平了，格外诚恳地重复了一遍马文的问话："你问我'杨欣到底看上我哪儿了'是吧？"

马文点头。

李义一笑，说："其实，你这话等于是问我，你跟我比，你哪儿比我差，对吧？要不，怎么杨欣就偏跟你离婚了，偏跟我结婚了，是这意思吧？"

马文喝得有点高了，说话有点语无伦次，但还是头脑清醒，口齿清楚："其实这俩意思有差别，但也差不多。我真不明白，说老实话，开始吧，杨欣跟我提离婚，我没当回事儿。孩子都有了，离什么离啊，凑合过吧。后来，她非要离，我一想，我一大老爷们儿，好像怕她似的，离就离呗，谁怕谁啊，就离了。再后来，我不就知道你们在一起了吗……"

李义打断："绝对是你们先离的啊。我李义没干过对不起你马文的事儿，要不，我现在也不会坐这儿跟你喝酒。"

"就是干了，也可以坐这儿喝酒。那俩国家打仗，血流成河，不是照样可以坐一桌和谈吗？这世界上，有什么不能坐下来谈的呢？"

李义咧着嘴笑："行，咱们接着聊。刚才我说到哪儿了？哦，对，对，你问我，这个，我到底哪儿比你强是吧？我跟你说吧，你要老这么想，这事儿就没完了。我哪儿都不比你强……"

马文冲口而出："我宁肯你比我强！"见李义一脸疑惑，说："这样我也服气呀，对吧？我老婆，前妻，找了一个特牛逼的男人，这说明什么，说明我眼光好啊。比如说吧，你要是李嘉诚，或者比尔·盖茨什么的，我还得替我老婆高兴啊……"

李义打断："别一口一个'我老婆'的，现在杨欣是谁老婆？是我老婆！"

马文听李义这么一说，倒有点不好意思，也收敛了些。李义语重心长对马文："我不是跟你说客气话，咱俩确实不存在谁比谁强的问题，主要是杨欣先跟你过了，然后离了，然后她遇上我了。就算我比你差吧，可是我好歹没有伤害过她呀。你们在一起这么多年，难免有磕磕碰碰，恩怨情仇……你看那墙上钉子没有？"

马文顺着李义的筷子尖，回头看了看，说："看见啦，怎么啦？"

李义："这夫妻之间吧，有些伤感情的话，伤感情的事，就跟往墙上钉钉子似的，你钉完了，以为事过去了，可是那钉子留在墙上了。你说一个人整天看着满墙钉子，闹心不闹心呀？"

马文叹口气，说："所以，你让我也赶紧再找一处白墙去？"

"是不是白墙无所谓，只要墙上那钉子不是你亲手钉上去的，就成。咱们说话就奔四张了，别指望白墙了，就算上面有俩钉子，咱挂张画不就得了？如果看着实在别扭，咱把钉子拔了，给它重新抹上腻子，再刷一遍，这过日子可不就得

≈113

这么过吗？你说呢？"

马文挺真诚地说："我发现吧，你这人，虽然心思缜密，挺有心计，但并不掩饰自己的想法。挺好。"

李义说："我承认，给你介绍女朋友对象什么的，算不上安了什么好心，我有自私自利的目的，就是想把你赶紧赶走。可你得说，我这也不全是为我自己吧？也是为你好吧？你马文老在这住下去，耽误的是自己吧？再说，你儿子马虎说大也大了，总不能老放在姥姥家吧？马虎可是你亲儿子！"

马文总结："得，你的心思我明白了。我呢，尽快找一有房子的女人结婚成家搬出去，成全自己，也成全你们。咱们将来井水不犯河水，有缘呢，就做兄弟姐妹；没缘呢，就各过各的，老死不相往来。"

李义点头，举杯："干了！"

马文说："你先放下，我还没说条件呢。"

李义有点心虚，说："什么条件？"

马文不放口："这条件你要不答应我，那咱们今儿这酒就算白喝了。"

李义保证："只要能答应的我都答应。"

马文故作平静地说："你和杨欣能不能不发出一些很做作的声响？"

李义又脸红了。马文悠悠地："你们不就是想故意让我听到，让我忍受不了，赶快知趣一些滚蛋吗？"李义听了，有点讪讪的，想解释，但一时没找到词。马文替李义说了，"我知道，你们虽然手段毒辣了一点，是为我好，让我目睹你们的温馨生活，从而达到激发起自己寻求美好生活的这个这个这个……"

李义接上："动力。"

马文点头，重复："动力。"俩男人干杯。

现在李义可有事儿干了。每天狂打电话，到处打听谁离婚了谁单身着。他以前觉得北京的大龄女青年加上部分离异少妇，马文要找一个合适的，应该不算难吧？结果没想到，马文见来见去，一个多月，毫无斩获。马文不可谓不配合，基本上每天一下班就去见，高峰时期一周能见十来个，中午都安排上。结果钱没少花，工夫没少搭，一个都没成。

李义感到不可思议，追问马文："见了这么多，怎么就一个都不成？"

马文说："以前吧，还真觉得自己特抢手。这个对自己有意思，那个对自己有意思，敢情一到真刀真枪谈婚论嫁，全犹豫了。不是嫌我没房子，就是嫌我没车子……"

李义坚信马文是在撒谎,他不等马文说完,就插进去说:"如果你存心要找个人的话,别说一个老婆,就算是十个八个,也早就找到了。"

马文则辩解:"你当找个老婆那么好找呢?现在这些女的,也不知道怎么想的,你不跟她提结婚的事吧,她们觉得你不负责任,你跟她们提了吧,她们又拿你一把,说处处吧,再交往交往吧。一个比一个不靠谱。"

杨欣听了,当时没说什么,但关起门来就埋怨李义,说:"你给马文介绍的,都是些什么人呀。你瞧她们自己一个个都不怎么样,还都倍儿挑,我看她们跟马文见面,就跟我找工作面试一样,反正闲着也是闲着,见个面就见个面呗。"

李义自知理亏,附和说:"我现在算明白了。这女人吧,离过一次婚的,比没离过的,精多了。"

杨欣翻眼看李义,李义忙添一句:"没说你啊。"

杨欣说:"说我也没关系。"

李义接着解释:"我是说她们。你说那些离了婚的女人,也都三张多了,怎么还这么不现实?还想着混一个收入高的,有身份的,事业有成的……"

杨欣不服气:"那怎么啦?噢,离了婚的女人就非得找那些又穷又没本事又没工作家里还一堆事儿的老男人啊?"

李义很耐心:"我不是这个意思。我是说,有好工作好事业的男人大都家庭稳定,你想啊,家庭稳定,人家才有心思好好工作对吧?家和万事兴嘛。"见杨欣一脸不忿,赶紧接着说:"就算有个别离了婚的,或者不小心剩下来的,那,那些男人更挑,凭什么找离过婚的女人啊?"

杨欣问:"你的意思是,马文要想再结婚,得先去加强自身建设是吧?像他现在这样,三十多岁奔四十的一般人儿,就甭打算找媳妇了?"

"我是说,他不应该太挑拣。"

"你怎么不说你介绍的那些女人太鸡贼呢?"

李义赶紧声明:"我给马文介绍的,不管是离婚的还是大龄未婚的,那可都是单身女人中的佼佼者,再不济人家也有个房子。人家凭什么随随便便就把自己嫁了呢?这请神容易送神难,结了婚,就等于把自己前半辈子挣的家产搭上后半辈子要过的日子,一齐交了出去,这换谁,谁不掂量掂量?"

杨欣不平:"反正我没她们那么算计。"

李义说:"你是用不着。"

杨欣敏感了:"你是说我没什么可值得算计的是吗?"

"咱不这样行吗？回回说马文的事，回回咱俩吵一架，干什么呀？你要是嫌我介绍的那些不靠谱，你给介绍一个靠谱的，让我也瞅瞅。"李义看着杨欣，有点挑战的意思

"我没这么无聊。"

"这怎么叫无聊啊？哎，杨欣，你是不是不愿意马文成啊？"

"你什么意思啊？"

"你说我都给介绍这么多个了，你就一直在边上看笑话，捡乐子？"

"我手头没合适的。"

"上次，逛商场遇到的那个，叫黄什么的。"

"我怎么跟人家说啊？说我介绍你一男的，我前夫？"

"你干什么非说是你前夫啊？反正她也不认识马文。你这么着，把她约出来，然后马文算我哥们儿，我带着去，见了面，这男人女人有没有意思，一看就知道。"

"我怎么约啊？总得找个茬吧？"

"她是律师吧？你就说我，你老公，有事咨询她，请她吃顿饭。"

杨欣没辙了。她想她要是死活就不抻这个头吧，李义肯定又会疑心到她还对马文有意思，想把马文当一备胎给自己个儿留着。这就得不偿失了。而如果介绍了，不管成不成，马文黄小芬也不至于怪自己什么，而且即便就是怪，也能解释清楚说明白，女朋友怪能怪到哪去？可这要是跟李义埋下点什么疑心的隐患，就难受了。这就跟领导给你穿小鞋，你想跟领导解释，你都没法解释，人家都不问你，你解释什么？你如果主动问领导为什么给你穿小鞋，人家说没有啊你多心了吧？得，你臊眉搭眼被晾在一边。杨欣年轻的时候不这样，她是最不重色轻友的，那时候别管谁有什么事，都排在马文前面，现在杨欣知道那不对，老公是最重要的，什么女朋友啊好朋友啊，除非是给你钱，要不陪她们吃个饭逛个街看个电影有什么要紧？她们又不跟你过一辈子！

李义拉着马文去见黄小芬，一路上，李义都在劝马文这次一定要抓住机会："那女的是个律师，又有钱又有气质，真的，说句老实话，你要是真能娶她，你就谢我吧。"

马文不以为然："她这么好，那她老公怎么舍得跟她离婚？"

"不见得是她老公抛弃她吧？"

"那要是她抛弃她老公，就更没什么好见的啦。连结发亲夫说抛弃就抛弃，

我这二茬的，到时候还指不定落一个什么呢。"

"你怎么话这么多？管她成不成，先见见呗，你反正闲着也是闲着。"

"我是闲着也是闲着，那我闲着干点什么不好，怎么就非得又花钱又瞎耽误工夫？"

"行了，杨欣都把人约出来了。"

"这别扭不别扭啊？她是杨欣的朋友。"

"什么朋友啊，就是杨欣以前单位的一同事，好几年没联系了。噢，要是怕尴尬，到了那儿，你就说你是我哥们儿。反正你们也没见过面。"

马文半较真儿上了："那今天这顿饭钱，你掏我掏？"

李义一乐："少废话，给你介绍媳妇，凭什么我掏啊？"

"那我不进去了。"

"你至于的吗？一顿饭？"

"这可不是一顿饭。我这个月光花在见面上的钱，就是什么都没有，见一面，看上没看上，全单说，你知道都花了多少钱了？"

李义劝："舍不得孩子套不住狼。"

马文接着抱怨："问题是，有的狼，咱坐下一看，根本就不想套，想拔腿就走，可是拘着面子，还得问人家想吃什么，吃完了，还得陪人家聊。我就不明白，现在不是男女平等吗？怎么这钱都得咱们男的花呢？"

李义说："你这心态，哪个女的肯跟你过啊？"边数落马文边对走过来的服务员："杨小姐订的包间。"

马文嘟囔："还杨小姐呢。都杨大嫂了。"

李义瞟马文一眼，想说什么但没说，没跟马文计较。马文也意识到李义虽然没计较，但其实往心里去了。他本来想解释两句，但也没解释。就这么过去了。

杨欣跟黄小芬已经到了包间。黄小芬一见着杨欣就知道今天这饭局没正事儿，正事儿就是给她介绍对象，她一听杨欣那话茬就明戏。杨欣打一坐下，就开始说自己刚离婚的时候，老幻想着这回得找一个特别棒特别靠谱的男人，最好又帅又有钱又有本事而且还得把自己特别当回事儿的那种。"后来吧，我妈跟我说，杨欣，你想什么呢？你当大姑娘的时候，都没找着那些又帅又有钱又有本事的男人，现在你都二茬了，你还能找着？人家那些男人，压根儿不是给你预备的。就跟二环边的酒店式公寓，咱老百姓想都别想，琢磨都别琢磨。"

黄小芬听了，一边给杨欣添水一边说："是。没结过婚的女人一般都浪漫，离了婚的女人差不多就学会现实了。"

杨欣说："是啊，我后来想，得，咱现实点，好歹找一男的，手里有点小权力，家里有点小存款，离没离过婚无所谓。人家就给我介绍公务员啊，大学教授啊，中学校长啊什么的，唉，你猜怎么着，比我大个十来岁的男的，还嫌我年纪大。面是见着，约也约着，就是打死不提结婚的事儿！你要提吧，你猜他跟你玩什么？他说咱们这么着不是也挺好的吗，那不就是一张纸吗？"

黄小芬跟着笑起来，说："没错，我周围吧，也有这么一拨男的，四十多了，有个房子有个车手里再有那么点芝麻绿豆大的小权力，也一个个癞蛤蟆想吃天鹅肉，竟然要找刚毕业的大学生……"

杨欣赶着说："你还真别说，还真有大学生愿意跟他们。"

"那当然。大学生单纯呗。"

"也不能说单纯，往好了说，是没见过世面，往坏了说，就是好逸恶劳呗。现在工作多难找啊，找了工作，还得租房子，直接找个四十多岁的男的，至少先混个住的地儿呗。然后踩着老男人的肩膀，往上走，总比自己万丈高楼平地起容易点吧？"

黄小芬笑："你说话真够刻薄的，原来不知道。"

杨欣一撇嘴："这还刻薄？这叫实事求是。像咱们这种离了婚想再婚的女人，就得直面惨淡的人生，正视淋漓的鲜血。现实就是残酷的，离婚女人条件太高，不仅不现实，而且会耽误嫁人良机。"

说到这儿，黄小芬就全明白了。杨欣这是在铺垫呢。十分钟后，李义带着马文进来，李义边落座边说："不好意思，来晚了，堵车。"然后又迫不及待地介绍马文："这是我哥们儿，马文。"马文看了一眼黄小芬，黄小芬也回看了一眼马文。都是明白人，彼此都知道今天来就是直面惨淡的人生，正视淋漓的鲜血。

一回到家，李义就追着问马文黄小芬怎么样。

马文说："她看上去有点显老。"

这话刚一说出来，杨欣就急了，说："不是我想伤你马文，你老喜欢那些二十四五岁的小姑娘，那叫小姑娘，不叫对象。你自己想想，二十四五岁的女孩，能跟你马文过到一块去吗？你马文能给人家什么？人家最多是拿你当个狗皮膏药，寂寞孤独难受的时候，拿你贴一贴，舒筋活血止痛化淤。完事了，就把你无情地一揭，没听过谁真要跟狗皮膏药过一辈子的。"

马文接口说："是，敢情我在你眼里，就是一个狗皮膏药？"

杨欣气不打一处来："我是说你在那些小姑娘眼里。你是不是还觉得自己怪有魅力的，招小姑娘喜欢，还有点男人的小成就感？"

李义看着他们斗嘴，插不上话，有点不舒服，但又说不出来。马文和杨欣同时捕捉到李义的不舒服，同时住了嘴，气氛一时有些沉闷。李义看看他们，说："那你们聊，我，我收个邮件……"说完，进屋。杨欣左右看看，也跟着进去。马文见状，觉得杨欣有点巴结李义，但不好说什么，进了自己房间。两扇门都关上。

大概是晚上十点左右，杨欣接到黄小芬的电话。黄小芬很直接，上来就问："哎，那，那个马文是怎么离的婚啊？"杨欣一阵尴尬，说："什么怎么离的，你要是觉得还成，你们就再见见呗。到时候，你直接问他多好？"

李义在边上支棱着耳朵听，不自觉地把报纸都放下了。杨欣挂了电话，拿眼睛看李义，说："哎，黄小芬好像挺乐意的。"

李义马上说："那得让马文赶紧扑啊。"

"你去跟他说吧。"杨欣是怕李义误会自己，或者心里不舒服。

李义不干："你说吧，我嘴笨。"

杨欣过来，一把将李义的报纸夺下："一块说。"

马文已经躺在床上，钻到被窝里了，生生被杨欣和李义提溜起来，马文不胜其烦，又其乐无穷。打他出生，还没这么成为舞台中心呢。马文以一种得便宜卖乖的语调说："这事儿，你们能不能不操心了啊？"

杨欣回头看李义，示意李义上，李义咳嗽一声，说："我们也是为了你的幸福。你不是老跟我们说，尽是人家女的看不上你，嫌你没车没房什么的，这回人家黄小芬，这么好的条件，人家都乐意了，你还有什么话说？"

马文嘟囔："这么好的条件，你怎么不上啊？"

李义一尴尬，一时找不到话。杨欣抢上一句："赶紧的，给人家打电话，约人家吃饭，速战速决啊。"说完，拉着李义要回自己房间。杨欣当着李义面的时候，跟马文能少说一句就少说一句，她这是以身作则，为的是不给李义留话柄儿，别回头李义那儿孙容一提溜就去，一去就小半天，然后还理直气壮，拿她和马文说事儿。

马文一见这俩要撤，有点意犹未尽，赶紧招呼："等……等等，你们跟我说说，这约会，咱除了吃饭还能干什么嘛？老吃饭，这腰包受不了啊。"

杨欣甩下一句："那就看电影。"

"看电影适合老夫老妻和感情稳定的男女，这刚一见面就看电影，坐在黑地儿里，听人家电影里的人说半天，自己要紧的话一句没问，一句没聊，瞎耽误工夫！再说，看电影也不便宜。"

杨欣不等马文说完，拉拉李义要走，李义见马文正说到兴头上，不好就走，杨欣一看，得，自己扭身回屋了。李义硬着头皮等马文说完，笑笑，说："先打电话，基本情况在电话里摸清楚，花不了多少钱。"说完，撤了。剩马文一个人坐在床上，孤独寂寞烦，想想，闲着也是闲着，索性给黄小芬打电话。

"我是马文。"

"啊，听出来了。"

马文在那一段集中相亲的日子里，黄小芬算是相对靠谱的。首先黄小芬不爱占他便宜，他请一顿，她就要请下一顿。其次，轮到马文请，她永远是挑比较朴素的饭馆点比较实惠的菜。第三，黄小芬相对直接，想问什么就问了，这让马文感觉比较舒服，这个年纪了，再躲躲闪闪，太累。

在黄小芬所有的问题里，最让马文不好说的就是他过去的婚姻。马文实在说不出口他的前妻就是杨欣。不过，既然人家关心他为什么离婚，他也不能不说。幸而他以前相过很多次亲，基本上已经总结出了一套标准答案，不超过三百个字，每次根据对象地点场合上下文语境做适当的调整。

马文是这么跟黄小芬说的："我不是不愿意提过去的事儿，是真没什么好说的。我这个人吧，简单地说，就是不浪漫，没情调，不会哄女人开心。那时候吧，一下班我就回家，回家就做饭，吃完饭就洗洗涮涮，然后看会儿电视，上会儿网，到点睡觉。我媳妇就觉得我这人没意思，有一次吵架，她跟我说，觉得自己嫁了一个老头儿，生活一点乐趣都没有，就是吃饭看电视睡觉看电视吃饭睡觉。"

黄小芬安慰他："过日子可不就是吃饭睡觉看电视，要搁古代，还没电视呢。夫妻本来就是缘分，缘分尽了，事情也就了结。这事儿跟情调关系不大，再说，你也不是一个没情调的男人，反正我觉得你多少还是有那么点情调的。"

马文说："有一点有什么用，女人喜欢的是多一点，不是有一点。"

黄小芬说："不一定。男人情调太多，肯定花心。"

马文感叹："男人不坏，女人不爱。"

那段时间，马文跟黄小芬频频约会，每次约会完了，回家，甭管多晚，李义都会等着他。李义似乎比他还着急还兴奋。有一天，马文回来得巨晚，大概快凌晨1点多了，一进门，李义居然迎面站着！

马文明知故问："哟，这么晚还没睡啊？"

"今天有收获吗？"

"你不会问点别的呀？"

说着，马文直奔厨房，边找吃的边说："我发现这个谈恋爱还真是一个体力活，劳民伤财呀。"

李义说："你不会还没吃饭吧？"

"吃了，又饿了。体力消耗太大。"

"你干什么了，体力消耗太大！"

马文见李义一脸坏笑，说："别瞎想啊。"

"我瞎想什么了？我跟你说啊马文，兵贵神速，谈对象结婚也一样，越拖越没戏。"

"我这人跟你不一样，我是慢热型选手，比如说吧，黄小芬，开始吧，觉得她也就是那么回事，后来几个回合下来，觉得还挺有得聊的。"

李义赶紧问："那她对你呢？"

"反正今天我们吃完饭，她让我送她回家来着。"

"这事儿靠谱，你没抓住机会？"

"抓什么机会？我就送她到了楼门口。"

"你太没经验了，为什么不送她进家门呢？"

马文揶揄李义一句："你都是把人家直接送到卧室里的吧？"

李义是真替马文着急。都送到楼门口了，还不上去？人家没说让你上，那你就不会主动一点，哪怕说一句："不请我进去坐坐？"人家要是没想好，就会说家里特别乱，不方便，下次吧。你马文也没什么丢面子的。李义教育马文，女人即便拒绝了你，她心里还是高兴的，觉得你想跟她那什么，说明你对她还是有想法的。这总比到了楼门口，你特绅士地站住了强吧？你是绅士了，她怎么想？马文说她再怎么想也不会把我想成是流氓吧？李义气得说，马文你脑子进水了？你又没钱又没房子啥都没有她还肯跟你浪费时间约会，她能图你什么？不就图你是一男人嘛！

很快，马文就跟黄小芬差不多天天见面了，即便不见面也是短信啦电话啦没完没了。杨欣就跟李义说,这俩是一个干柴一个烈火,看样子有戏。

李义就感慨,说:"他们要真是干柴烈火就好了。"

杨欣奇怪:"你觉得他们还慢呀?"

"不是快慢的问题,我是说……"李义停了下来。

"是说什么呀?听你说话能把人急死。"

"我是说,他们见面见得虽然勤,但具体到结婚就说不好了。"

"你是说他们就是拿对方解个闷?玩玩?"

"你看你,老是歪曲我的意思。我是说吧,这人离婚以后,一般来说,离婚时间越短的,越容易再婚,因为他不适应一个人过。可是只要那段时间熬过去了,这人就不爱结婚了。"

杨欣马上联系上自个儿:"你的意思是,咱俩都属于没出息的,都没有熬过去那段,是吗?"

"你瞧你,我是说黄小芬,你老往自己身上瞎揽什么?"

杨欣叹口气,跟李义唠家常:"你是没见过黄小芬年轻的时候,她刚结婚的时候,特漂亮……"

李义随口附和:"自古红颜多薄命。"

杨欣不爱听了,说:"行了,什么自古红颜多薄命,应该叫自古红颜多虚荣。"

李义说:"漂亮女孩一般都虚荣。说老实话,就黄小芬这样的,要是搁在几年前,根本轮不到马文,这也就是碰的壁多了,红颜渐老,慢慢地认清自己形势,能将就就将就吧。"

杨欣听了不乐意了,说:"什么叫能将就就将就?马文比她黄小芬以前那丈夫强多了。她以前那丈夫吃喝嫖赌样样俱全,外加一样没本事,三天两头被炒鱿鱼,除了打麻将什么都不干,听说还有性病,他不会把性病过给黄小芬吧?"

李义不以为然。他让杨欣放心,马文肯定过不上,他根本就没机会过上。杨欣睁大眼睛看着李义,李义说马文跟黄小芬这都两个多月了,还在打外围,估计就没有占领的可能了。杨欣说咱们也不是上来就办的吧?李义说咱们不一样,咱们是同事,咱们日久生情,量变到质变,他们是相亲,就得速战速决,你说男女之间,刚开始吸引力最强的时候你都没办,到最后拖得疲沓了,还怎么办?

李义好几次都点拨马文,说,女人希望你尊重她们不假,但她们其实最讨厌的就是柳下惠。尤其是黄小芬这岁数的女人,一个西门庆,一个柳下惠,让她们选，她们绝对选西门庆。

　　马文跟李义观点不一样，马文觉得男女之间，男人自然是应该主动，比如说主动打电话，主动请饭，主动约对方出来，但真到最后那一步，还是得女人给点暗示。所以马文从来不张罗着要去黄小芬的家什么的。即便送黄小芬回家，每次也是送到楼门口。然后含笑看着黄小芬。他认为这事儿得黄小芬提。黄小芬基本上没有跟马文这个类型的男人约会过，约她的都是直接带她去酒店或者请她到他家喝咖啡什么的，也有到她这儿来的，她印象最深的是一个比她小两岁的男人，送她到楼门口，就在她转身的一瞬，叫住她，问她：你家有酒吗？我现在很想喝。黄小芬说：料酒行吗？男人说：行。

　　男女之间从什么都没有到什么都有，是需要一个所谓的第一次。就是那一次，你们从没关系变成有关系。而怎么开始这一次，是需要想象力和行动力的。无论是短兵相接直截了当，还是眉目传情暗香盈袖，您总得打响第一枪吧？

　　有一阵儿，黄小芬都想过要放弃马文，觉得马文太不解风情，每天跟个苦力似的，把她送到门口，然后说再见，让她烦躁不堪。这个岁数了，该干什么就干什么了，居然还整天吃饭聊天聊天吃饭。等什么呢？难道等她主动宽衣解带吗？但后来，黄小芬琢磨了琢磨，又有点舍不得。她想了半天，终于想到一个办法。她把马文约到她的律师楼，不过是星期六的早上，律师楼里一个人都没有。

　　黄小芬带着马文简单转悠了一圈。

　　黄小芬："我们这儿是个小事务所，统共就三四个人。"

　　马文看看四周，没什么人，顺口说一句："不太忙吧？"

　　黄小芬说："忙的时候脚丫子打后脑勺。"

　　马文赶紧问："哦。那我来，没耽误你正事儿吧？"

　　黄小芬剜马文一眼，说："我周六一般不安排正事。"

　　马文即刻明白了黄小芬话里有话，也一语双关地问："那你周六一般干什么呢？"

　　"陪儿子。"

　　"你儿子今天呢？"

　　"他去上奥数了。"黄小芬又问马文："你平常周末干什么？"

　　"我这人没规律。有的时候，加班；不加班的时候，就在家睡觉。要不，跟朋友喝酒。"

　　"你们加班是不是家常便饭呀？"

"我们是一阵一阵。闲的时候，就跟无业游民似的；忙的时候，别说周末，连睡觉都得见缝插针。"

"真的？那你特能熬夜吧？"

马文："现在差多了，年轻的时候，熬48小时没问题。"

黄小芬有点嗔怪的口气："你才多大，就说自己年轻的时候？"

马文笑笑，说："跟我25岁的时候比，我现在可不就是老态龙钟了吗？"

俩人找一角落坐下。双方又有点没话说。显然刚才没有顺利对接上，现在还得另起头儿。

黄小芬问马文："喝点什么？茶还是咖啡？"

桌子上，一杯咖啡一杯茶。黄小芬眼圈微红，她把自己老公过给她性病的事告诉了马文，不过她说她已经治好了，没事儿了。马文听了，竟然感到亢奋，一个女人把自己最隐秘的事情告诉你，这不是一般的信任。黄小芬这个头儿总算起好了，她用手捂住嘴，好像是想忍住不哭，马文给她递过去纸巾，她没有接，马文的手悬在空中，最后马文总算悟到了，他站起来，把她的手从嘴上拿下，就在拿下的一瞬间，黄小芬顺利扑到马文怀里。黄小芬几乎要感慨，如果自己是个良家妇女，估计想跟马文发生点什么还真难。幸亏自己是过来人！其实，黄小芬不知道，马文之所以在她这儿这么绅士，一个很大的原因在于她是杨欣朋友，马文多少有点心理障碍，换一个女人，马文才不会这么畏首畏尾呢！

黄小芬带马文回家，俩人心照不宣。结果一进门，马文就很失望地发现黄小芬八岁的儿子正趴在吃饭桌上做功课。黄小芬也有些吃惊，问儿子："你不是上奥数去了吗？"

儿子懒洋洋地哼了一声，很不友好地白了马文一眼。黄小芬感觉有点不舒服，追着问儿子："问你话呢，怎么没去上奥数？"

"我们老师肚子疼。"

黄小芬摇摇头，说："你没骗我？"

儿子说："我骗你干什么？"

屋内气氛有些尴尬，黄小芬赶紧让儿子叫马文叔叔。

"这是马叔叔，妈妈的朋友。"

儿子并没有叫马文叔叔，倒是马文放大一号笑容，问黄小芬的儿子："你叫什么名字啊？"

黄小芬的儿子没有立刻回答，黄小芬有些尴尬，批评儿子："叔叔问你叫什么名字呢？这么没礼貌。"又回过头对马文说："他叫黄君亭。"

马文点点头，不说话了。黄小芬问儿子："君亭，上你房间写作业去。"

黄小芬的儿子不动弹。黄小芬有点尴尬，她看看四周，对马文说："我带你参观一下吧。"

马文感到很滑稽，但还是答应了，说："好。"

黄小芬先领马文看厨房，然后依次卫生间，儿子的房间，然后转到自己卧室，说："这是我房间。"马文跟着黄小芬进去，黄小芬轻轻地把门关上，正准备说什么，外面传来激烈的踢门声，黄小芬的儿子在外面大喊："妈，我要上网。"

黄小芬只好打开房门，让儿子进来。儿子进来后，直接跑过去打开电脑。黄小芬观察儿子的脸色，儿子也回过头看他们。马文脸上露出十分尴尬的笑容。他做出对网络很有兴趣的样子，但小男孩并不买账，根本不搭理马文。不过又不是那种完全的不搭理，而是看一会儿网，用余光扫一扫马文，把马文搞得很屈辱，就跟自己藏着什么不可告人的目的似的。

黄小芬察觉到马文的不自在，问："要不要去厅里坐一坐？"

马文脱口而出："不。"当然马文说了"不"之后就后悔了。

黄小芬没有想到马文会说不，怔了一会儿，说："也好。我去泡杯茶，你看，一直让你干坐着。你喝什么？乌龙还是茉莉？"

不等马文回答，黄小芬的儿子就粗声大气地说："我要喝乌龙！"

马文附和着："乌龙吧。"

话音刚落，黄小芬的儿子又嚷嚷："茉莉。我要喝茉莉花茶。"

见黄小芬有点尴尬，马文只好讪笑着改口："我随便。"

黄小芬不忍批评自己儿子，说："那就茉莉花吧。喝茉莉花暖胃。"

黄小芬去厨房，一面给马文沏茶，一面从冰箱里往外拿东西，显然她是要留马文吃饭。

马文无所事事，无意中看到床头柜上放着一管药膏，突然想到黄小芬说过她丈夫过给她性病的事，立刻拿起那管药膏，正准备看药管上的小字，黄小芬走了进来。马文做贼心虚，赶紧放下。黄小芬其实看得清清楚楚，包括马文的心理活动，但她装作什么都没看见，表情自然，态度亲切，问马文："你在这儿吃还是回去？"

马文："都行，听你的。"马文这话说得很勉强，黄小芬看出他已经不想在这儿吃了，但出于一种对她的尊重，所以这么说。

黄小芬看看儿子，儿子还在上网，黄小芬对马文说："你是坐着等着吃现成的还是跟我搭把手？"

马文最想的是站起来就走，但显然不合适。之前您刚抱过人家，人家还在您胸前哭过呢，怎么几个小时之后，您说走就走？怎么着也得有个善后吧？马文搭讪着跟黄小芬去了厨房。俩人关系已经有点别扭。

吃饭，刷碗，收拾……

黄小芬有个笔记本电脑，中了病毒，黄小芬让马文帮着给重装一遍系统，这事儿以前马文答应过，现在他只好硬着头皮装到半夜。

杨欣睡醒一觉，马文还没有回来。

李义面露喜色，说："马文今天可能不回来了。"

杨欣说："不至于吧？"

李义一笑："都是成年男女有什么至于不至于。"

"成年男女怎么啦？成年男女才更慎重呢。"

"有什么好慎重的？都老大不小的了。"

"这话我不爱听啊，什么叫都老大不小的了？"杨欣说着，停顿片刻，没头没脑地说，"黄小芬应该不至于怀疑咱们介绍马文给她的动机吧？"

李义为自己辩解，说："什么动机？没错，咱们开始确实是想把马文赶出去，可是马文也是一个好男人啊，咱们没有便宜了别的女人呢，咱们先尽着自己的朋友，这她黄小芬有什么可说的？"

"别老咱们咱们的，我可没那动机。"

李义立刻为自己辩解："天地良心啊，我承认，开始的时候，我是想着把马文赶出去，但现在还真不是了，不就一个房子吗？过两天咱们也贷款买一套，有什么了不起的。"

杨欣见李义真有点急，说："成了成了，别解释了，我还不知道你，你和马文一样，都是那种特较劲的人，而且和马文相比，有过之而无不及。"

"那我们有什么差别呢？"

"差别就是兴奋点不一样，马文喜欢在小事上斤斤计较，为一个芝麻可以丢一车西瓜，你是认准一件事，不管跟自己有关系还是没关系，不达目的不罢休。俗话说，就是一根筋，马文要是找不上媳妇，你就觉得这是你自己的失败。"

"看来你把我和马文还真做了一番比较？"

"那你，就没把我和孙容比一比？"

"还真没比过。"

杨欣佯怒，李义赶紧哄她："比过比过，你比她强。"

杨欣乘胜追击："强在哪儿？"

"哪儿都强，行了吧？"

"你就哄我吧。"

"那还不是在你的淫威之下？"

杨欣笑了，搂着李义的脖子说："那你喜欢不喜欢我的淫威呢？"

正说着，门锁转动，门开了。马文进来，换鞋，还磕绊了一下，阴沉个脸，似乎很不愉快。

杨欣和李义被扫了兴致，还是双双从床上起来，到客厅迎接马文。他们想问问马文今天的进展，可是一见马文满脸不爽，想问又怕问炸了。马文看他们一眼，说："啥也甭问。"说完，径直进自己房间，关上门。杨欣和李义面面相觑。

第二天，杨欣就全打听明白了。她窝着一肚子火，见了李义就说："当初我跟你说黄小芬不合适不合适，你非要我介绍。你说这叫什么事儿啊。"

"她不同意？不同意就不同意，生这么大气干什么？"

"这不是同意不同意的事。她要是真不同意，我也就不生气了，你猜她跟我说什么？她说马文哪儿都好，但她暂时不能答应跟马文结婚。"

"暂时？为什么？"

"她说她儿子才八岁，太小，她要对儿子负责，不能给儿子找一后爸，怕儿子接受不了。所以，她那意思就是，先不结婚，就这么处着，谈着，她还说，都是成年人了，也不是小孩子了，结不结婚，领不领那张证就那么回事。什么意思？她儿子才八岁，到多大算大？十八岁？这十年就让马文跟她这么混着？你说你不想结婚你倒是先说啊。你儿子也不是今天才八岁，噢，人家请你吃饭你也吃了，看电影你也看了，大周末的一早就去陪你，解闷儿混点儿，完后，你跟人家说就这么着挺好，这么着你是挺好，那男的受得了吗？你也不是十八九岁花季雨季，谁有工夫每天搭着时间搭着钱陪一半老徐娘压马路？"

李义摆摆手："黄小芬就算了，赶紧给马文再张罗一个。"

杨欣有点心灰意冷："心急吃不了热豆腐，算了，让马文自己慢慢碰吧。"

"慢慢碰？！那得碰什么时候去？"

一周之后，黄小芬给马文打了一个电话，马文本来不想再见面了，但后来想想，觉得还是把话说清楚好。他们在一茶楼见的面，黄小芬先开的口，问的竟然是："咱俩的事，杨欣怎么这么上心？"

马文想了半天，说："你真不知道？"

黄小芬心里已经猜到，但嘴上故意问："怎么啦？你们俩不会有什么事吧？"

马文忍了忍，最后还是跟黄小芬说了："她是我前妻。"

"哟，你们前夫前妻能处成这样，真挺不容易的啊。"

马文笑了笑，说："我这人，可能吧，女人都喜欢跟我交往，做朋友，但是不知道为什么，做丈夫就差点意思。"

黄小芬接口："因为……"说到这里，不说了。

马文不干了："你说你说……"

"这不明摆着嘛，做丈夫的要求和做朋友的能一样吗？"

"做丈夫的要求高？"

"也不是。反正我就觉得我们还是做朋友的好。"

马文笑笑，说："你这就算委婉地拒绝我了吧？"

黄小芬说："我委婉地拒绝你，总比有一天你指着我的鼻子破口大骂强，说：'黄小芬，你好好看看你自己，如果我不娶你，还有谁会娶你？你长得这么难看。'"

"我有这么恶毒吗？"

黄小芬悠悠地说："我以前的丈夫，开始对我也很好，但最后就是这样，甚至比这更难听的话都说得出来。"

马文默默无语。黄小芬："我不想结婚，不是觉得你不好，是我不相信婚姻了，两个人相爱，不必结婚也可以相爱，也可以在一起生活，你说呢？"

马文看表，黄小芬注意到马文这个动作，自觉地说："你还有事？"

马文说："啊，我晚上得赶一个活儿。今天不能陪你了。"

黄小芬有点失望，但说："那，咱们明天再联系。"

马文："明天可能不成。我要出个差。"

黄小芬心里明戏，笑了，对马文说："你不用这样，你就说你不打算跟我再联系了不就完了吗？我也不会缠着你，也不会跟你没完没了，哭天抹泪，我又不是小姑娘了。"

马文被黄小芬说穿，不好意思，为自己解释，说："不是，我是觉得咱们以后再做朋友再见面,我会挺尴尬的。"

黄小芬问:"那你跟杨欣现在这样,不尴尬吗?你们不是号称还是朋友吗?她还给你张罗媳妇呢!"

马文被黄小芬说得无言以对,只好咧嘴一乐。

其实,马文也没多喜欢黄小芬,但是这样的结局让他备受打击。他不是上跑步机上疯跑,就是把自己闷在房间里,狂打游戏。这种状态大概持续了有半个月之久,然后马文开始跟以前见过面的女孩重新联系,挨个打电话。

有一次,李义电脑中了毒,就跑去问马文借一下电脑,他要发个邮件。马文答应了,结果李义竟然发现马文同时跟七八个姑娘在网上聊天。有一个姑娘显然是他以前的"旧相识"。他们的聊天记录李义看了一遍,觉得马文还真不是一个省油的灯。

聊天记录如下。

马文:干什么呢?
女孩:看电视呢。
马文:出来坐坐吧。
女孩:太晚了。
马文:这才几点?出来吧,我有话跟你说。
女孩:是跟我求婚吗?
马文:你就这么想结婚?
女孩:对。
马文犹豫半天,说:那我就向你求婚吧。
女孩嘻嘻一笑,说:晚啦。(一串嘻嘻笑的表情)
马文:什么晚啦?
女孩:我下个礼拜结婚。
马文:你逗我呢吧?
女孩:不是。
马文:谁啊,干什么的?
女孩:别打听了,反正你就这样:我闲着,你也不跟提我结婚的事;我提,你就装糊涂;我要嫁给别人了,你又弄得好像特忧伤似的……
马文:我没特忧伤,我这不是替你高兴吗?

女孩：你真替我高兴？

马文：真的。

女孩：那你带瓶酒过来吧。

马文：干什么？

女孩：庆祝啊。

马文：你真要结婚啊？

女孩：你过来不过来？

马文：你真要结婚我就不过来了。

女孩：也许你过来我就改主意了呢。

马文：你还是别改了吧。我就是闷了。

马文发现李义在看他的聊天记录，不仅不羞惭，还主动跟李义聊，说："现在的姑娘，都他妈的怎么想的！这马上要结婚了，还瞎搭讪呢。"

李义敷衍了马文两句，发完邮件就走了。晚上躺在床上，跟杨欣说："马文现在狂找补呢。他那两下子骗骗小姑娘还成，熟女就没戏了。他根本就不知道怎么拿下一个女人。《孙子兵法》讲，知己知彼，百战百胜，不知彼知己，胜负各半，马文是——既不知道人家要他什么，也不知道自己到底想要什么，你说他这事儿能成吗？不是我吹牛，黄小芬，我要是上，百分之百拿下！"

杨欣不爱听了，说："你得了啊你，你怎么知道马文是拿不下呢？他压根儿就没想真拿！"

李义故意说："那你说说看：他想什么呢？他想拿谁呢？还是谁都不想拿？"

"你别找事儿啊。"

"怎么是我找事儿？"

杨欣把身体翻到背对李义的一侧，李义故意把身子翻到另一边。俩人背对背。杨欣等了等，见李义没有哄自己的意思，推了李义一把，李义只把身子往外挪了挪，杨欣又踹了他一脚，见李义不动，杨欣连踹数脚，把李义踹到地上。李义装作很疼很委屈的样子，杨欣看了，哈哈大笑。

这是他们的蜜糖期，在蜜糖期里，他们也有矛盾也有不快也有愤懑和猜忌，但是因为有心气儿，所以那些矛盾不快愤懑猜忌，转眼就过去。夫妻没有隔夜仇，床头吵床尾合，杨欣决心把前次婚姻里犯的所有错误都在这次婚姻里全部改正，她再也不做那种一点小事儿就磨叽磨叽没完的女人，夫妻之间有什么谁主动谁被动谁低头谁不低头啊？但是，她很快就明白，这还真不完全是什么主动被动低头不低头的问题，俗话说，这人要是走了背字，喝凉水都塞牙。男女也是这样，蜜糖期，争吵也是甜蜜；过了蜜糖期，那就难说了。你低头，人家说你是理亏，你不低头，人家嫌你不温柔。后来杨欣痛定思痛，总结出一个道理，"君宠益骄态，君怜无是非"，李义喜欢她的时候，她怎么着都成，甚至把他亲姐姐李芹气得直落泪都没问题，但等感情淡了远了，她就是竭力想讨好他伺候他跟他哭闹或者不哭闹都没有用，俩人见面就烦，说句话都嫌耽误工夫，你还讲什么道理？根本不听你的！杨欣有一阵特迷恋间谍小说，她特别巴望自己能掌握色情间谍那一套本领，靠，能让男人在床上说生死攸关的国家机密，她要是有这本事该多好？

14

李义给李芹打电话，问能不能帮杨欣找个工作。

李芹一听，气不打一处来，说："我一家庭妇女，自己都没工作，上哪儿给她找工作？"

李义欲言又止，握着话筒，既不放下，又说不出个所以然来。李芹在那边感觉到了，李义是想让她求前夫王大飞。李芹叹口气，对李义说："你知道我不愿意求他。"

李义有点气短："我不是让你求他，我就是问问。不行算了。成，我自己想办法吧，这事儿您别管了。"

李义放下电话，一脑门子官司。正好也该吃午饭了，刘如过来招呼大家，说她请客。李义没心思，又不愿意驳刘如面子，勉强跟着去了。吃饭的时候，刘如问李义："杨欣还没找着工作？"

李义干笑："咳，高不成低不就呗。"

刘如说："那你就养呗。"

"什么叫养呗，说得轻巧。子曰：唯女子与小人难养也。不好养呐！"大老张跟刘如逗咳嗽。

"人家孔子是你那意思吗？"刘如一笑，眼睛弯成两道月牙。

结婚三个多月，杨欣在家呆了三个多月。平心而论，李义觉得杨欣已经很努力了，对自己也算相当不错，但不知道为什么，他的幸福感却在锐减，甚至有的时候会有一种不平衡的感觉。李义并不是一个爱算计的人，但是平常同事一起吃饭聊天，总会说到一些荤段子或者男女之间的事，这些吧，说者无心，听者有意，李义听多了，就会有想法。

比如说吧，他们办公室的大老张，跟刘如坐一桌就贫，从头贫到尾。大老张一个观点，封建社会是最人性的，人是从动物进化来的，你看哪个雄性动物一辈子只操一个雌性？猴王狮王哪个不是一操操一群？刘如就说，您感谢共产党吧，像您这样的，生在古代，没准儿打小就被送进宫里阉了做了太监！还一操操一群，一个都没戏！！大老张也不恼，接着声讨现代婚姻制度的不合理，当然主要的不合理就是缺乏人性，没有考虑到这人的动物性，大老张说你看哪个物种是一夫一妻制？刘如就反驳，说那你看哪个物种有养老制度？您也可以向动物学习啊，爱操谁操谁，到老了，操不动了，一领破席子一卷完事儿。大老张结了两次离了两次，他说他现在想明白了，婚姻对于男中年是最没有意义的。年轻的时候男人得结婚，不结婚，没有人给你生孩子；年纪大了，也得结婚，就是不结婚也最好有个伴，要不孤单；就中间这段没必要。有什么必要呢？搁过去必要，您下地干一天活儿，回家得有个人给你热汤热水地伺候，搁现在，一个电话，送餐到家，十块钱齐活儿。所以这老婆就没必要留着，除非她是公主啊王储啊富婆啊什么的，要不凭什么？她一点忙帮不上咱，还吃咱的喝咱的，每个月还得有几天除了发脾气啥都干不了，咱图什么啊？就图个办那事儿不花钱?！其实这是占小便宜吃大亏。你仔细算算是不是这么回事。刘如就说男人挣钱不就是给女人花的？你看人家李义，对吧，那多有成就感。

　　李义的脸"唰"的红了。他分明感觉到自己成了一个小笑柄。好像他被杨欣成功算计了。是的，杨欣有什么呢？除了床上那点事儿，也就是下班能吃上个饭，衣服能有人给洗给熨，但是，现在吃饭那么方便，洗衣服有洗衣机，请个小时工专门熨衣服也没多少钱。即便就是说到床上那点事儿，大老张说话了，一个女人要是过了三十五，她就应该给男人付钱啦！要是过了四十，那就应该付双倍!！

　　快下班的时候，李芹给李义打了个电话，让李义过去一趟。李义问什么事儿，李芹说，什么事儿？你们家杨欣工作的事儿。李义一听，赶紧答应下来。

　　其实，李芹没必要非要李义过来，在电话里就可以说清楚。但她脾气就这样。所以李义可不愿意求她办事儿了，哪怕就是一猫腰就能办成的事儿，她也且矫情呢。

　　李义挂了电话，给杨欣发了一个短信，很简短："有事。不回来吃。"短信这边刚发出去，那边杨欣电话就追了过来，详细问什么事儿大概几点回来，把李义给烦得呀。他又不愿意告诉杨欣是去李芹那儿，不止是杨欣跟李芹有点小过节，还怕杨欣追根刨底儿。李义有个习惯，一般一个事儿没最后落听之前，他不愿意声张。李义好不容易把杨欣糊弄好，脑袋都大了。他想起之前他没跟杨欣结婚的时候，他什么也不用跟她汇报。有的时候杨欣给他发短信，他如果正跟客户谈事儿，不回杨欣也不会说什么，这现在结了婚，反倒事无巨细全得汇报了。他最受不了的就是每天一到快下班的时候，杨欣电话就打过来，有的时候是短信，也是关心的口气，问："晚上想吃点啥？"开始李义还觉得温暖，慢慢的，他就觉得烦，如果晚上有事儿，或者恰巧不想那么早回家，他还得找理由找借口，搞得自己倍儿内疚。

　　李义到李芹家的时候，大概是晚上七点多钟。李芹叫的比萨。真正要紧的话一句就讲完了，李芹告诉李义，王大飞那儿缺一助理，让李义带着杨欣直接上王大飞公司找他就成。说完这句之后，李芹就开始叨唠，叨唠到李义实在烦了，就说："姐，杨欣没让我求你。我找你她都不知道。"

　　李芹鼻子里哼了一声，说："她用知道吗？她，是该知道的都知道，该装不知道的都装不知道。"

　　李义不明白："她装不知道什么了？"

　　"她装不知道你有一个有钱的姐姐呗。你说你们结婚，我让你们上我这儿来住，结果呢？她这是干什么？她这是苦肉计。演给我看。还怕戏份不足，把工作还给闹没了……"

　　李义打断："那不是人家也没求您给找吗？"

　　李芹不吃这套："是没求我，那她要是一辈子都找不着工作呢？你是不是得养她一辈子？她还有一个儿子，将来她儿子上学娶媳妇，那钱都得谁花？她当然不用求我，你是我弟弟，我能看着你跟她受罪吗？"

　　李义说："姐，你那意思是不是说，要是我没有你这么一个姐姐，她杨欣就不会跟我好？"

　　李芹深入分析："她跟不跟你好是一回事，跟不跟你过是另一回事。你姐我也是离婚的人，我知道女人一个人日子不好过，需要一个男人，哪怕就是什么都没有，说说话发发短信也好，那叫精神需要，'跟你好'很容易，又不搭本钱，就是耽误点工夫，可对于离婚女人来说，不有的是工夫吗？工夫值什么钱？但要跟你过，那这决心就不是一般的了。杨欣跟你开始那阵，我能理解，漫漫长夜无心睡眠，打打电话逗逗闷子，她拿你混点儿，你拿她排遣，可是，我就想不明白，她就来咱家这么一两回之后，就非得逼着跟你结婚，你说这事怪不怪？"

李义一直是耐着性子听，听到这时候实在忍不住了，对李芹说："姐，她要是真像您想的那样，她直接找一个有钱的男人嫁了多好，干什么偏找我啊？有钱的男人多的是。"

"是多的是，可是有钱的男人，那钱那么好给她花啊？她那点姿色，那点手段，也就是糊弄糊弄你这样的。她是琢磨透了你，也琢磨透了我，她知道你要是跟我张嘴要钱，我不能不给你，我在这个世界上，就你这么一个亲人了。"李芹说着，自己几乎伤心落泪。

李义见李芹这样，知道李芹是想起自己的伤心事，赶紧闭嘴。

李芹也不愿意在李义面前这样，她站起来去了卧室，出来手里拿着一摞钱，放在李义面前，说："佛靠金装人靠衣装。杨欣也没什么像样的衣服，这往后当了王大飞的助理，她得注意点形象。"

李义支吾着点头。

李芹叹口气，接着说："你们现在结婚了，我也不好说什么。甭管怎么着，还是早点搬出来，哪怕是暂时租房子呢。前夫前妻总这么住着也不是个事，再说马虎叔叔爸爸叫着也不像话。还有，说句你不爱听的吧……"

"说句你不爱听的吧"是李芹的口头语，她每次一说这话，李义就紧锁眉头。这次也不例外。李芹就知道李义是不爱听了。但李芹心想不管你爱听不爱听，反正我做姐姐的该说还得说。李芹索性也皱起眉头，做苦口婆心状："你是我弟弟，话再难听，我也得说。杨欣那种女人，做错什么事都理直气壮，完了，她跟你来一个对不起，你还什么都不能说。说，就是不大度。"

李义忍无可忍，烦了，站起来，拔脚要走。李芹叫住他。

李义声音都带着央求了："姐，我晚上还得赶活儿呢……"

李芹努着嘴："你钱没拿！"

李义想嘴硬，但腰包不硬。李义从茶几上拿了钱，轻声说了句："我尽快还你。"

李芹叹气，嘟囔："好好的日子不过，这是何苦！你要是没我这么一个姐姐呢？"

李义走了，李芹给自己倒了杯茶，坐下，沉沉心。她不是矫情，而是每次给王大飞打过电话，她都会情绪起伏心乱如麻。其实，李芹有的时候也想找个理由给王大飞打个电话，但是没理由。他们又没有个孩子，要有孩子，还可以借孩子说个事。李义找她帮忙，她虽然烦，但内心还是愿意打这个电话的。毕竟这给了

≈135

她一个借口。

李芹挑的是下午三点这个时间段。上午王大飞一般都比较忙，中午有的时候要陪客户，不陪客户的时候要睡午觉，下午三点是相对比较闲的。但李芹没想到，她那个电话打过去的时候，王大飞正在主持公司高层主管会议。王大飞一接电话，李芹就能感觉到，自己这个电话打得不是时候。

海大的办公室，王大飞坐在会议室把头的座位上，目光炯炯。

李芹的电话就是这时候打到他手机上的。王大飞看了一眼来电显示，接了起来。众目睽睽。

李芹："说话方便吗？"

王大飞："方便方便。"会议室里一桌子的人，面面相觑。王大飞站起来，径直走到门外。带着大领导的霸气。

李芹几句话就说完了，一点弯子都没绕。她了解她的前夫，有什么话最好直说，因为他的时间很宝贵。王大飞听一半就明白了，说："没问题。你让李义带他媳妇来找我。"

李芹："你要是为难，或者觉得不合适，也没关系，反正我也没答应他们。"

王大飞："你客气什么。"

李芹格外客气地说："那就拜托了。"

王大飞："别这么见外。你那摔的没事儿了吧？我最近一直忙，本来说去看看你……"

李芹听了，一方面感动，但另一方面，心里的怨气又冲了上来，眼泪差点落下，她语调忽然生硬起来，说："有什么好看的？以前还没看够啊？"

王大飞从电话里感到李芹那边的情绪变化，也有点尴尬，干笑着说："什么看够没看够的，看你说的。"随即，不等李芹接茬，赶紧转移话题，道："李义那媳妇叫什么？孙容是吧？"

李芹："那是旧的，现在换了，叫杨欣。"

王大飞："哟，什么时候的事？怎么没告诉我呀？"

李芹没好气："告诉你干什么？"

凡是来自李芹的，带着情绪的，不大好接的话，王大飞一率采用"停顿片刻另起话头"的方法，这相当于写文章，一段写完了，另起一行，空两格。王大飞这次也一样，他停了个20秒左右，然后问："你怎么样？别老一个人闷在家里，有空多出去转转玩玩。"

李芹生气起来："我，你就别关心了。你关心该你关心的吧！"

再次停顿。又一个20秒。另起一行，空两格。王大飞说："那行，什么时候有空见个面。"

"算了吧。你这么忙，我也没什么好见的。"李芹越说越生硬，说完，挂了电话，自己一个人黯然神伤。在给王大飞打这个电话之前，李芹给自己沏了杯茶，茶叶都浮在水面上。一个电话打完，茶叶全落到杯子底部，原来一杯冒着热气的茶，凉了，颜色也变深了。李芹想，到了明天，茶杯里就有了茶垢，有了茶垢就不好刷干净了。她这么想着，就把那杯凉茶拿在手心里。人走茶凉还不是最让人难过的，难过的是茶倒掉了，杯子上还有这么一圈印。李芹的这圈印就是王大飞。

王大飞那边挂了电话。也是片刻的低落。之后，他稍一调整情绪，扭开门，刚才脸上的儿女情长荡然无存，一张泰山崩于前而面不改色的总裁脸。座中众高层立刻坐直身子，也严肃起来。王大飞坐到自己座位上，接着开会。用现代管理学术语来说，王大飞属于"情绪管理"能力强的人，这种人，从"醉不成欢惨将别"到"添酒回灯重开宴"，根本不需要过渡，低头抬头一眨巴眼儿，成了！

李义带着杨欣去见了王大飞，王大飞很给面子，给杨欣安排了一个总裁助理的工作。

李义提醒杨欣，带头说："谢谢王总。"

杨欣刚要照猫画虎跟着李义鹦鹉学舌也说"谢谢王总"，王大飞一挥手："不用谢不用谢。我这儿本来也需要一个助理，一直没找着合适的，现在看上去人满为患，可真要找一个合适的，特别难。就说助理吧，不好找。年轻小姑娘吧，分寸不好，分寸好的吧，又怎么说呢，还有一个放心不放心的问题。找一个外人，真不放心。"边说边按了桌上一个键。片刻，一穿着白衬衣倍儿精神的小伙子敲门进来，王大飞喊他小王，吩咐他带杨欣去办各种手续。小王一看就是那种特机灵特得体深得老总喜欢的孩子。他对杨欣一笑，既温暖又职业，说："杨助理，请跟我来吧。"李义也站起来，要跟过去。王大飞叫住李义："你就在我这儿等吧，她办完手续上这儿找你。"

杨欣一走，王大飞就问李义："什么时候的事儿？"

李义："前一阵。"

王大飞："我是问你们什么时候好上的？"

李义说："我也想不起来了。以前我们是同事。"

王大飞突然问："她主动的吧？"

李义有点不好意思，不接茬。王大飞笑了，说："其实，这男人应该四十岁以后再结婚，四十岁以前结了的，都是悲剧。"

李义："我情况不一样，是孙容跟我离的。"

王大飞今天似乎问题特别多："她好好的，为什么跟你离啊？"

李义一时答不上来。

王大飞突发感慨："甭管谁跟谁离，都一样！男人四十岁以前，根本不知道自己想要什么。所以说四十不惑，过了四十就明白了。四十岁以前，就是遇到合适的，你幼稚年轻不懂得珍惜，白搭。四十岁以后，就是遇到一个不那么合适的，你成熟宽容有了点手段，也能对付着过了。"

从王大飞公司出来，杨欣那叫一个兴奋。挽着李义的胳膊，高兴得走路直拌蒜。李义也觉得自己极有面子。俩人边走边聊。

"你姐说话还真管事儿啊。"杨欣前所未有地对李芹有了正面评价。

"主要是我姐夫那人好。"

"你这胳膊肘拐哪儿去了？"

"真的，我姐夫还让我给我姐张罗过伴儿呢。"

"张罗成了吗？"

"那要成了，现在我姐能还是一人吗？"

"哎，你说你姐夫这是什么心理啊？是他对不起你姐的吧？"

"咱不说这事行吗？"

杨欣挑衅："这事儿怎么就不能说呢？"

李义："这男女之间过不到一起，怎么就非得是谁对不起谁？那你说你和马文是谁对不起谁？"

杨欣正色说："李义，咱俩可说好的，咱们谁都不许提对方以前的事。"

李义不说话了。杨欣打李义一下，也是向李义示好，李义理解了杨欣的意思，对杨欣笑笑，表示自己并没有在意。杨欣提议给李芹买点东西，表示感谢。李义说："我姐什么都不缺，就缺一个好男人。"

杨欣说："这我可帮不上，你姐这起点太高了，曾经沧海难为水，以后一般的男人就没法再入她的眼了。"

李义叹气："谁说不是呢？"

杨欣这人吧，不愿意欠别人的。上班没几天，就跟李义商量请李芹到家里来坐坐。李义一想，好事儿，正好借这个机会，让她们冰释前嫌。找了一个周末，提前跟马文商量好，让马文带马虎去欢乐谷。马文以前是最不愿意带孩子出去的，又累又花钱，何必？但自从引进了"竞争机制"，马文就有了动力。孩子可不就这样，谁对他好，他就觉得谁好。马虎也贼着呢，他想要什么东西，现在直接就跟李义要，李义面子软，一般都给买，而且还给买最好的。有一次马文问马虎，究竟是更喜欢爸爸，还是更喜欢叔叔。马虎一点客套都没有，直接回答"无所谓"，还说以前没有叔叔的时候，想去趟欢乐谷难着呢，所以，还是有叔叔好。把马文给气得胃疼了好几天。还有一次，马文正跟黄小芬热火朝天那阵，马文试探性地问马虎："爸爸要是搬出去住，你会不会不高兴？"马虎竟然说："你走了，我就不用睡在厅里了。我就有自己的房间了，同学来也有地方玩。"

　　马文异常失望，说："你这是轰我呢吧？"

　　马虎反问了一句，差点把马文给顶一跟头："爸，为什么别人家的房子都那么大，就咱们家的那么小？"

　　马文生扛着，让这口气顺过来，问："马虎想住大房子？"

　　马虎点头。马文于是道貌岸然理直气壮地教育马虎，说："那马虎要好好学习，将来有出息，挣好多好多钱，买大房子好不好？"

　　马虎童言无忌一针见血，说："爸，那你小时候一定没好好学习！"

　　马文赶紧声明："我怎么没好好学习？我当年数理化成绩是我们学校最高分。"

　　马虎反问："那你现在为什么还没有大房子？"

　　马文无言以对。马文发现还是他爹那个时代的爹好当，棍棒底下出孝子，做儿子的哪儿有那么多说的？儿不嫌母丑，狗不嫌家贫，这些都是最基本的为人儿女的品质。哪像现在，您这当爹的稍微不如人家当爹的，在儿子面前说话就没底气。马文有一回被马虎气得晕头转向，对杨欣说："你儿子是谁对他好，他就对谁好。"

　　杨欣说："那怎么了？人不就应该这样吗？噢，越对你不好，你非要越对他好，那不是自找罪受吗？"

　　马文知道杨欣是借题发挥，他顶了杨欣一句："马虎这点是你的遗传吧？"

　　李芹是打车来的，进了门，不像是做客，倒像是视察。李义陪着，"这是卫生间""这厨房""这卧室"，李芹转到马文那屋门口，伸手要推，李义制止，随后有些尴尬地说:"那是那谁的。"李芹手缩回来。杨欣赶紧在一边补充说:"没事儿,他一般不锁门,钥匙就插门上。"说着,过去把马文房间的门推开,李芹略略看了一眼。

杨欣赔着笑脸,说:"我们家就是有点挤,地儿小。还好,快暑假了,马虎到时候上他姥姥家去住。"

李芹没接着杨欣的话说,她转过脸对李义:"你们俩口子现在都有工作了,怎么就不能贷款呢?首付你们凑一凑,差多少我先给你们垫上。"

李义含糊地答应着,敷衍着,说:"行,这事儿不着急。"

李芹:"这事儿不急什么事儿急?"

李义顺嘴说:"不是,是,马文这段正相着亲呢。处着好几个,都是有车有房的……"

李芹听了,不以为然,也顺嘴说:"这是找老婆还是找房子?"

李义飞速看了杨欣一眼,发现杨欣有点不自在,李义赶紧纠正姐姐的观念,说:"姐,这找老婆和找房子本来就不矛盾,再说了,世界上也没有无缘无故的爱啊,上层建筑是需要经济基础的。"

李芹那评论员的劲儿又上来了:"现在的男人怎么这样?算计女人也不嫌丢人。吃软饭当小白脸好像还是一种时髦似的。"

杨欣听李芹议论马文,不爽,毕竟马文是她前夫。杨欣就说:"既然女人花男人钱天经地义,男人怎么就不能花女人钱呢?女人花男人钱不叫不要脸没志气,男人花女人钱凭什么就叫吃软饭小白脸呢?"一席话,把李芹噎得半天说不出话来。李义脸色煞白,又没办法找补,他知道李芹肯定是气疯了,她就介意别人说她花王大飞的钱!

李芹铁青着脸离开李义和杨欣,自己打车回家。李义追着送到楼下,对李芹说:"姐,杨欣这人就那样,说话不过脑子!她不是那个意思。"

李芹站住,对李义:"她是不是那个意思,她都是你媳妇,我都是你姐姐。她是你手心,我是你手背。以后,可能连手背都不是,是脚后跟。"

李义紧张:"姐,你生气啦?"

李芹眼睛里闪着泪花,说:"我生气又能怎么样?"一辆出租车过来,李芹招手,车停下,李芹伸手拉车门上车。李义一个人站在路边,无精打采,叹口气,往回走。

一直到晚上，李义都在埋头玩游戏。杨欣能想出的招儿都使了，比如晃着李义的胳膊说我错了，再比如趴在李义的肩膀上说你原谅我吧，但不管怎么着，李义就是装雕塑，不搭理她。杨欣也想过"色诱"，她换上薄雾似的睡衣，T字裤，细高跟儿，但手刚一搭上李义，李义就很反感地说："手拿开。"搞得杨欣特无聊特没趣。

这是他们结婚以来，头一次真正意义上的冷战。要搁以前，杨欣准保自己上床拉灯睡觉，你不理我，我还不理你呢。但现在，杨欣已经离过一次婚了，她知道那样做是最伤感情的，与其冷战，还不如正面交锋呢。可是这交锋，得需要导火索。如果没有导火索二次世界大战也不会打起来。可见这导火索的重要。古人讲话，名正言顺，什么叫"名"？对于军事家政治家阴谋家野心家来说，"名"就是导火索，师出无名是不成的。

杨欣通过总结自己和马文的失败婚姻，得出一个结论，那就是对话比冷战好，如果一方不配合，不肯对话，那就得找个导火索，制造事端，发动战争，像人类千百年历史中经常做的那样，谈不成咱就战争解决。刘如曾经跟杨欣说过，世界上任何一次大统一其实都是战争的结果，和谈谈到最后，一般不是独立分裂就是割地赔款。美国是怎么成合众国的？那是打出来的。苏联是怎么变成独联体的？那是表决表出来的。那阵杨欣正闹离婚，刘如天天教育杨欣，夫妻之间发生矛盾，宁肯吵一架，哪怕动手，打一鼻青脸肿，也不能搞忍辱负重息事宁人。夫妻是不能讲道理的，讲道理就别做夫妻。君子之交淡如水，男女关系要是混成白开水，那就完了。男人要你干什么？跟个绢人似的？

杨欣找到的"导火索"是拔断网线。李义跟马文不一样，这要是马文，肯定跳起来了。李义没有，李义漠然地坐着，跟一木头似的。

杨欣拉过椅子，坐李义边上，诚恳地语重心长地："咱们谈谈行吗？咱们都不年轻了，遇上事儿没必要谁都不理谁吧？有什么你就说，我哪不对的，你该批评批评……"

李义："你把我姐气成那样……"

杨欣："我气她还是她气我啊？我跟你说真的吧，她要不是你姐……"

李义陡然提高嗓门："她是我姐！"

杨欣："她是你姐，她就有权利对别人的生活说三道四啊？"

李义："她说什么三道什么四啦？再说，一家人关起门来说说话，还得跟竞选演说似的，什么该说，什么不该说，什么说到什么分寸，什么可以敞开聊，累不累啊?"

杨欣本来想奋起还击,但见李义真急了,赶紧使出软招子,对李义缓和口气,嬉皮笑脸真真假假地说:"你呀,不应该着急给马文找对象,你应该着急给你姐姐找男人。这女人,到了一定岁数,没个男人,脾气心理就会变。变到一定程度,就叫变态。当然啦,你姐还没到这个程度。"

李义还是不爱听:"你怎么这么说话?你这工作还是我姐给你找的呢。"

杨欣接上话头:"我正想说呢,我怎么就没工作了?我好好地上着班,怎么就辞职了,我是为什么辞的职?我怎么就混得去当什么助理去了?"

李义不接茬了,毕竟杨欣辞职跟他多少有点关系。但他又不愿意这么轻易地就借坡下驴。凭什么呀?回回杨欣把他气个半死,完后说两句软话就完事儿。李义站起来,走到床边,躺下,随手拿过一摞报纸翻看。杨欣主动示好,躺他边上,故意挤着他,李义挪过去一点,杨欣挤过来一点,李义没地方挪了,就挤杨欣,俩人互相挤,最后俩人都绷不住,乐了。

杨欣一看李义乐了,赶紧抓住机会"进谏":"哎,给你姐打个电话吧。"

李义:"说什么?!"

杨欣:"随便聊几句,要不,她就一个人,这再气出个好歹来,我也不落忍啊。"

李义想了想,叹口气,说:"今天算了吧,我姐那脾气我也知道,现在打电话,就是找她骂。"

杨欣:"她就一个人,你就让她骂两句,她也好舒服点。"

李义犹豫,杨欣把电话给李义递过来。百炼钢可以绕指柔。杨欣在李义面前,那身段可比"百炼钢"柔软多了。

电话打过去了,李芹接了。李义没话找话:"姐,干什么呢?"

李芹平静地说:"看电视呢。"

李义:"看什么电视呢?"

李芹:"你有事吗?没事挂了啊。"

李义:"您看您,我这不是关心您吗?"

李芹"啪嗒"把电话扣了。电视在孤独地放着节目。李芹一个人坐在沙发上,忽然间泪流满面。她不停地用手擦眼泪,但眼泪不停地涌出来。

李义看看杨欣,把听筒扣回原处。

杨欣见状,心虚地问:"你姐还生气呐?"

李义黯然说:"我姐其实挺不容易的。"

杨欣说:"说句实话,你姐也是有福不会享。你说你姐是不是还惦记王大飞呢?哎,这人吧就怕自己跟自己较劲……"

李义息事宁人:"睡觉吧,都几点啦。明天还上班呢。"

杨欣一边就势把小脑瓜枕在李义的胳膊上,一边对李义说:"你姐怎么不再找一个啊?"

"你说得容易。她整天呆在家里,你让她上哪儿找?这男女总得有机会认识吧?"

"你就不能给你姐划拉划拉?"

"我干脆注册一皮条网算了。连我姐带你前夫全办了。"

"我前夫好办。他是男的……"

"男的怎么就好办?那好办的都得有车有房,什么都没有的,就难办。"

"也是,你说现在女的,自己有房子的,肯定挑拣;自己没房子的,就更挑拣。"

"上哪找个有房子的,还不太计较的女人呢?"

"那就是你姐了。"杨欣这话是开玩笑说的,但李义紧锁眉头,想了片刻,还真就上了心,说:"哎,可能还真行。"杨欣当时以为李义是就这么一说,没当回事,结果到了周末,杨欣招呼着李义去看老太太的时候,李义说:"啊,今天不成,今天得安排马文见我姐。"

杨欣当即就说:"你就是不想去看我妈,也不能找这么一茬吧?"

李义挠头:"哎呀,你妈见了我,就老小边鼓敲着,问我工作怎么样啊,什么时候买房子啊……"

"那我妈问有错吗?"

"没错是没错,可是我不是没脸去吗?你说大周末的,咱们换好几趟公交大老远跑过去,你无所谓啊,你是她女儿啊,我一爷们儿,去听她一通数落,还得干半天家务,还得赔着小心,你说我难受不难受?"

"那你是不是就打算这辈子都不见我妈了?"

"当然不是!等咱有了钱,买了房子,我还得把她接来呢,让她天天享清福!"

杨欣抿嘴乐了,对李义:"你不去就不去,我也不是非得去我妈家不可,你干什么偏去你姐家呢?"

李义说:"那不是为马文吗?"

杨欣张大嘴巴:"你真要把你姐介绍给马文啊?"

李义看她:"怎么啦?你有意见?"

杨欣马上说:"我能有什么意见?又不是我姐。"停了一会儿,又添一句:"你可真是舍不得孩子套不住狼啊。"

李义立马追上去问:"说清楚了啊,谁是孩子谁是狼?"

马文躺在被窝里,听见杨欣出门,李义送她走的声音。马文翻了个身,继续睡。李义的脚步声到了马文房间门口。李义敲马文房间的门,马文躺在被窝里,喊:"门上有钥匙,自己开!"

李义进来,坐在马文床对面的椅子上。马文迷迷糊糊地看着李义,说:"杨欣回娘家啦?"

李义:"啊。"

马文坐起来,说:"她回娘家,你怎么不跟着去啊?又有什么事得背着她跟我聊?"

李义不接茬,径直问马文:"哎,我问你啊,作为一个男人,你会什么绝活儿?"

马文想了半天,摇头说:"没有。"又问李义:"干什么?"

李义"得吧得吧"一通说,完了,问马文一句:"我说的你明白了吧?"

马文尽管要多吃惊有多吃惊,但还是点点头,表示明白。

李义就催马文:"那就赶紧起,洗个澡,顺道想想,有什么拿手的绝活,一会儿给我姐露几手,证明自己是一个男人。"

马文恢复了吊儿郎当:"你是让我给你姐去当慰安夫?"

李义拿起马文桌子上一个小摆设就要砸马文,马文赶紧叫着:"别,别,别,你不是说让我露几手,证明自己是个男人吗?"

李义:"我是说,你得露几手女人不能干的事情,比如修个电视,给洗衣机换个零件什么的。"

马文说:"那我去帮她换煤气,煤气罐我还扛得动。"

李义说:"你没事儿吧?现在谁家不是管道煤气?"

李义和马文坐出租车去李芹家。

在路上,马文忽然想到什么,问李义:"你姐今年多大了?"

李义不以为然地说:"我姐当然比我大。"

马文执著地要李义正面回答,说:"你少废话!究竟比你大几岁?"

"那我得好好算算。"

"你直接说哪一年的吧。"

李义翻翻白眼说:"什么哪一年的?"

"你姐是哪一年出生的?"

"我还真不记得了,她出生得比我早,我怎么知道?"

"你说你推三拖四的,有意思吗?不就问一个年龄吗?"

"这不是年龄不年龄的问题。"

"那是什么问题?"

"这是感觉不感觉的问题。你要是跟我姐姐对上感觉了,年龄就不是问题;要是对不上感觉,那一切都是瞎掰。"

"既然这样,你跟我说说你姐多大又怎么啦?"

李义翻马文一眼,说:"我真不知道,肯定比我大。"

马文问:"那你多大?"

李义马上说:"反正比你小。"

马文又好气又好笑。

李芹对李义和马文的突然来访感到十分意外,李义神秘兮兮的,一见着李芹就特客气地大声寒暄:"姐,你气色越来越好了。"

李芹没接茬,把李义二位让进屋。李义进了门就转身对跟着的马文吆五喝六地张罗着:"换鞋换鞋。"

李芹鞋柜里只有一双拖鞋。李义让给马文,说:"我光脚就成。"又对李芹:"您怎么不多准备两双鞋子。"

李芹没好气:"多准备给谁?"

马文主动要求:"我光脚吧。"

李芹拦着:"你等等……"转身去卧室,取了一双毛茸茸的卧室拖鞋,马文穿上,李芹看了,觉得很好笑,笑了。

李义和马文双双坐在客厅里,李芹给他们端上茶。李芹刚要跟李义说话,李义就跳起来,跟李芹说:"我打一电话,你们聊。"说完,躲到走廊去了。

客厅只剩马文和李芹,马文有点不知所措,和李芹有上句没下句地敷衍着。

李芹："李义最喜欢干一些不着四六的事情，一早就说来看我，结果一来就打电话。什么重要的电话，打起来没完没了。"

马文微笑，为了不让气氛太尴尬，马文拼命找着合适的话来接："李义做事还是挺讲究分寸的，他应该从小就是那种老实孩子吧？"

李芹说："他是那种看上去老实，其实一点不老实的人。"

马文说："跟我正好相反，我是那种看上去不老实，其实特别老实的人。"

李芹听了，赶紧给李义找补："不是不是，他在外面，在班里，在同学中间，都是出了名的老实巴交，就是到我这儿，喜欢折腾。"然后就说了好些他们姐弟小时候的事儿，都是李义怎么恶作剧，李芹怎么跟父母告状，父母怎么不相信，还批评李芹，说你弟弟那么老实不可能！李芹说得津津有味，马文其实没多大听的兴趣，但装着很有兴趣的样子。

过了一会儿，李义打完电话，回来。他故意搞得好奇心特重，生怕错过什么重大细节似的，屁股都没坐稳就忙着打听："聊什么呢你们俩，聊得这么投机？"

李芹说："说你上学的时候，总给我捣乱，弄得我后来都强迫症了，到现在做梦还会梦见一上课，打开书包，所有的课本都不见了，书包里一堆不相干的东西，太恐怖了！"

李义迅速看马文一眼，发现马文完全在走神，显然马文对李芹的话题不感兴趣。李义对李芹说："就这么点事儿，总说总说不嫌烦啊！"又趁李芹还没有说话，赶紧提议："姐，马文第一次上你这来，你带他参观参观……"

李芹看马文一眼，马文赶紧顺着李义的话说："这房子得不少钱吧？"

李芹赶紧说："我这套房子是这片别墅里，规格最差的一种，凑合住还成。"

李义插嘴，说："这还叫凑合？"转过头对马文："知道啥叫有钱人了吧？"

李芹说："别瞎说，我根本就没什么钱！"

李义说："我又不跟你借钱，人家马文也不会跟你借，别慌着哭穷。"说完，把话头抛给马文，说："马文，是不是啊？"

马文笑笑，没吱声。

李芹带着马文绕房间各处转悠，多少有些卖弄的意思，边走边指指点点，告诉他为什么要这样安排那样设计，马文干听着，根本不搭腔。

"本来这里是一个吧台，我觉得有点不伦不类，后来就改成茶室，平常在这儿坐一坐，喝杯茶，练练瑜伽，挺舒服的。"李芹说吧台的时候，马文故意抬头看墙上的画。

"哦，这画是我去年拍卖的，本来我去之前，想要的是另一幅，后来看见这幅，就喜欢了。"李芹故意把这画的来历说得很低调，但语气中含着一种小小的炫耀。

马文默默地吃一惊，但尽力克制住自己。李义却在边上添油加醋："我姐就是神经病，我跟她说，这种画，哪儿没有卖的？非要去拍卖行买，有病。你猜猜她花了多少钱？"

马文故意不猜，等着李义自己说。果然李义以渲染的口气说："30万！你知道吗？天价！"

李芹对着李义："你把30万直接挂墙上，能有这个效果吗？"

马文根本不接李芹姐弟的话。他接着往前走，推开一个门，这个房间全是衣柜和鞋柜。李义发出感叹，说："这才是人住的房子。光是放放鞋和衣服就有一个房间。"

马文还是不说话，李芹却在那里说："其实，房子太大了，一个人住也不舒服。光是收拾就得大半天。"

马文的眼睛落在一个巨大的浴缸上，里面落满了灰。李芹在边上说："这个浴缸是最后悔的，只用了一次，在家里总不如去专业的美容院做SPA舒服。"

一圈转下来，又回到客厅，马文落座，端茶要喝，李芹说："茶凉了吧？"说着，去加热水。

李义悻悻地说："转这么一圈，茶都凉了！看看人家，再想想我们，我们现在住的，怎么能叫人住的房子，我们他妈的根本就不是人！"

马文说："别这么说啊。住大房子就是人，住小房子就不是人？那你让一头猪住这儿，那猪就进化成人啦？"

李义说："你这话什么意思，是骂我姐还是夸我姐？"

马文一行人，在客厅里一坐好几个小时，中间要了两个比萨，吃完了就没什么话了。李芹本不是一个善于张罗的女人，李义也不是一个特别爱聊天的主儿，好容易找到一个话题，说两句就没了，跟沙漠里的河流似的，流着流着就没了。马文不胜其烦，但又不好率先站起来拍拍屁股就走。

李芹虽然不明白李义马文这俩人到底来干什么，但还是猜到了这之中的意思，不过她有点拿不准，而她的性格又不允许她直截了当地问，就只好慎着。马文和李芹都是当事人，马文骄傲，不愿意太上杆子，李芹更骄傲，更不愿意显得主动。结果找话说的重任就责无旁贷地落到可怜的李义身上。

李义说:"姐,你是一个人,有什么不方便的,跟我和马文说一声,我们帮你做。"

李芹心知肚明,但不好说穿,只好含混地答应:"啊,好。"

也许是坐得太久,坐到大脑缺氧,李义不知道哪根筋搭错了,忽然冒出一句:"姐,我们给你清洗一下油烟机吧。"

李芹忙说:"不用,不用。我们小区门口就有清洗油烟机的,挺便宜的。"

李义很严肃地说:"这不是便宜贵的问题,你可是单身,一个人住,不认识的人,怎么可以随便喊回家呢?"说着就招呼马文:"赶紧赶紧,别坐着了……"

马文极被动地站起来,李芹看出马文的不乐意,赶紧上前拦着:"不用不用。"

李义:"姐,你就别跟我们客气了……马文,快点!"

马文只好挽起袖子,跟李义去了厨房……

李芹看着他们干了一个多小时,根本不得要领,折腾半天,好容易清洗完了,却怎么也装不回去。李义把马文这一通数落,要搁平常,马文早急了,但这不是在李芹家吗?马文只好红着脸支支吾吾,他得给李义这个面子,同时也是维护自己的形象。李芹看不过去,就吩咐李义趁着天还亮,赶紧到小区门口找人帮忙。

李义一走,偌大的房间就只剩马文和李芹。

马文红着脸对李芹说:"真不好意思……"

李芹端详了一阵大卸八块的油烟机,对马文说:"你们是不是安反了?"

马文看了看,说:"是反了。"

李芹指挥马文,俩人终于把抽油烟机装上了。

马文:"你以前看别人干过吧?"

李芹:"就看你们干过。"

马文:"你真厉害。"

李芹:"什么厉害不厉害。"

俩人热热闹闹洗手,说说笑笑,正相互恭维着呢,李义从外面进来,垂头丧气地对李芹说:"奇了怪了,今天怎么一个人都找不见?"

李芹:"就知道你什么都干不了,连个人也找不来!不用啦,我们自力更生,弄好了。"

李义惊讶地看着马文和李芹,呆一分钟,笑起来:"真的? 怎么弄上的?"又对马文："你怎么跟我就不成，跟我姐就成呢？"

这话意思太明显，所有人都听出李义的意图。但都装着没听出来。

李义和马文告辞。李芹似乎是出于客气和礼貌，问了马文联系办法。

李义："姐，马文是个电脑高手，您不是要置办一台电脑吗？找马文给你攒一台。"

李芹把目光投向马文，马文赶紧说："没问题没问题。"

李芹一笑："那我怎么找你？"

马文掏出钱包，找出名片，说："这是我办公室电话，家里电话，跟李义的一样。"

李义干笑，为缓解尴尬气氛，对李芹说："姐，你也给马文一个联系办法。"

李芹到这里，基本上完全弄明白了李义和马文的目的，她大方地打量马文，然后从便笺簿上撕了一张漂亮的便笺，给马文写了自己的家庭号码、手机号码，并且对马文说："我一般在家的时候，都不开手机。"

马文答应着，接过来。

李义与马文打上车。李义不无得意地问马文："喂，觉得我姐怎么样？"

马文不吭声。

李义有些不高兴："你这是什么意思？"

马文还是不吭声，隔了一会儿，小声嘀咕："你姐又有钱又漂亮……"

李义："又有钱又漂亮有什么不好？"

"好……"马文的语调中明显含着犹豫和否定。说完这句，马文就扭过脸，看车窗外面，只给李义一个大后脑勺。

李义牛逼哄哄地盯住马文的后脑勺，说："你摆什么谱！就因为我姐比你大了几岁？我告诉你，女大三，抱金砖，这事就算你肯，我姐还未必乐意呢！"

马文一直在摆弄李芹给他写着电话号码的便笺，这会儿，他把那漂亮的便笺纸叠成一飞机，摇下车窗玻璃，一放手，便笺飞机飞了出去。

李义勃然："马文，你，你，你……"

马文一乐，转过脸，对李义说："你姐漂亮有钱，跟我有什么关系？张曼玉还漂亮有钱呢！前面给我踩一脚。"

李义："干什么呀？"

马文："下车。"

15

宋明搞了公关以后,手里就有了点小权力,他滥用职权给马文送了一张健身卡,马文当即说:"我要它干什么呀?"

宋明振振有词:"生命在于运动……"

马文说:"瞎掰。生命在于静止。你看那些老乌龟,爬得巨慢巨慢的,人家活多长?你再看豹子,跑得飞快飞快的,能蹦跶几年?"

宋明不同意:"那总得讲个生活品质吧?让你跟老乌龟似的,活个一千多岁,有劲吗?"

马文反问:"你又不是乌龟,怎么知道那么活着没劲?"

宋明说:"你愿意像乌龟那么活着,你就当乌龟……"

马文不干了:"咳,你说什么哪!"

宋明推马文:"走吧,我开车。我告诉你,咱这可不是一般的健身中心,是会员制的,就这年卡,1万多呢!"

马文说:"我能把它卖了吗?卖5000!"

宋明说:"你就这点出息?你怎么就不想想,5000元钱够你干什么的?可是咱到这儿,不但健了身,还有可能认识有价值的人啊。你想啊,能花1万多办个健身卡的人,可不是你在大街上随便就能遇到的。"

马文没想到,他到这儿碰到的第一个人居然是李芹。

当时,马文和宋明一起往更衣室去,李芹刚巧和他们擦肩而过。马文和李芹都认出对方,但因为不是太熟,而且李芹又矜持,所以俩人站住说了两句不远不近的话。宋明在边上看着。

马文:"你也在这儿啊?"

李芹:"啊。"

马文没找到什么话,一边做出往前走的姿态,一边对李芹说:"那我先走了啊。"

李芹:"啊,拜拜。"

李芹走过去了老半天,宋明还频频回头。

宋明问马文:"谁啊?怎么认识的?"

马文懒得回答。

宋明说:"她肯定特有钱!"

马文说:"就因为她在这儿健身?嘁,没准儿跟你我一样,有免费的路子。"

宋明摇头,说:"咱们打赌?她要是没钱我磕死!"

马文不免惊讶:"你从哪儿看出来的?"

"这还用看?她背的包穿的鞋全是一水儿的一线名牌儿。"

"那就说明她有钱啊?没准儿是假名牌呢。"

"就算我看走眼了,可是你好好看看她那张脸,绝对是高级化妆品长年保养出来的。"

"人家就不能天生丽质啊?"

"天生丽质可以,但如果到了三十岁以上,还看着那么天生丽质,就肯定跟钱有关系!没钱,一天到晚为仨瓜俩枣奔波的女人,绝对一脸苦大仇深。"

马文推了一下宋明:"我说你最近整天都琢磨什么呢?怎么专门研究起富姐来了?"

宋明瞅马文一眼:"研究富姐怎么啦?要是真能找一个富姐,至少可以少奋斗二十年。"

马文哈哈大笑,对宋明:"瞧你这点出息!受什么刺激啦?"

宋明感慨:"真的,我现在觉得找小姑娘特别不值,你说小姑娘有什么呀?就是一个年轻,年轻有什么呀?谁没有年轻过啊?你凭什么就觉得你年轻,我就该给你买房子买车买衣服请你吃饭哄你高兴?我也年轻啊!再说,你过几年,一老,没准儿直接老成一丑八怪呢。所以,还不如找一富姐,好歹咱享受生活了。而且吧,富姐一般都不难看,富人有丑的吗?"

马文说:"你肯定又跟林惠那儿现了!你这人吧,我发现,只要跟林惠闹了别扭,整个人就特悲观。"

宋明说："不是悲观，是整个一没法儿弄！实话跟你说吧，我有一阵特别拿林惠当回事儿，什么都依着她，她呢，动不动就跟我发脾气，后来，我还真不是跟她玩手段，而是实在受不了了，我也是一爷们儿，凭什么呀？我在家从小到大我妈都没说过我一句重话，一天到晚被她三孙子似的呲得……"

马文皱着眉头，一边听宋明叨唠一边在跑步机上挥汗如雨。

宋明接着说："结果呢，我这分手了吧，她倒上杆子了。现在吧，我也想明白了，这女人你越把她当回事，她越跟你上脸，越跟你较劲；你不搭理她了吧，她马上给你来个眼角眉梢都是恨。还是你说得对，女人有的时候就是越晾越上杆。"

马文立刻敏感地大叫："我什么时候说过？我可没说过啊。你别回头又跟林惠说是我说的，她不得杀了我喂狗。"

宋明自顾自说下去："我就不明白了，这女人是不是都这样。你不跟她提结婚的事吧，她不高兴，老跟你找茬，好像你在欺骗她感情似的，可要是真跟她提吧，她又推三拖四，那个小劲儿拿的，真不知道她怎么想的！"

马文不说话。宋明自己接着说："其实我知道她是怎么想的，她就怕以后遇上更好的，亏了。"然后，愤愤然道："我还怕以后遇上更好的呢！"

马文大叫一声，停下来。对宋明说："不行不行，练不动了。"

宋明说："你看你这样，怎么能找到好女人呢？你说你有什么？要房没房要车没车，人家女的跟你图什么？"

马文喘着气儿："我就是这么练下去，也练不出房子和车来。"

宋明说："你要是能练出六块腹肌来，那房子和车追着找你，你信不信？"

马文说："合着你是为傍富婆而锻炼身体哪。"

宋明一副志向远大的表情："我干什么傍富婆啊？我就不能找一个出身名门望族的大小姐？"

马文坐在垫子上喝矿泉水，透过巨大的落地玻璃窗，可以看到隔壁瑜伽房的李芹。马文本来已经决定就那么坐着，等宋明举完哑铃就走，结果，看到李芹，他居然鬼使神差地答应再陪宋明做一组俯卧撑。

俩男人疯狂地俯卧撑。就好像谁输了谁就会被拖出去砍头！

最后两败俱伤，双双躺在垫子上，一动不动。

宋明气刚喘得匀了点，就问马文："你多大结的婚？"

马文："我今年三十八岁，儿子十二岁，我像你这么大的时候，马虎都能打酱油了吧?"

"你觉得结婚有意思吗?"

"那得看跟谁。要是跟那种又漂亮又懂事又知书达理还家财万贯的姑娘结婚,估计就挺有意思的。"

宋明打了马文一拳,说:"别瞎贫了!"

马文做严肃状,说:"谁跟你贫了!可惜呀,那种又漂亮又懂事又知书达理还家财万贯的姑娘太少,就是有,也看不上咱们!"见宋明一脑门子官司,马文不贫了,改成与哥们儿说话时的比较诚恳的语气:"说真的,对于咱大多数人来说,到一定岁数,结婚不结婚都没什么意思。所以说,你要问我,这结婚有没有意思,就跟你问我做俯卧撑有意思吗一样。"

宋明一脸迷糊,马文说:"你说我闲着,没事儿,不做俯卧撑也得做点别的,做俯卧撑还是一个正事儿,锻炼身体,那咱就做呗。可是做累了,做不动了,不就不想做了吗?可是等你过两天,生活还那样,你还照样上班下班没什么变化,你不是又得来这儿做俯卧撑吗?"

宋明:"你是说,如果你能找着比做俯卧撑更有意义的事,你就不做俯卧撑了?"

马文没直接回答,问宋明:"你说你吧,也晃这么多年了,老晃着有意思吗?"

宋明说:"说实话,有的时候我是真想结婚,可是真到那节骨眼上,我又觉得有点犹豫,都说咱男的怕什么,大不了离婚,我觉得不是这么回事。"

马文说:"太不是这么回事儿了。"

这时一个健身女教练从他们跟前走过,冲马文嫣然一笑,然后姿态曼妙地走过马文,自己找一个机器练习。宋明看着那健身女教练,对马文说:"我觉得她对你有那么点意思。"

马文一笑,说:"我要是过去,跟她搭讪,她对我刚才那一下子就叫有意思;我要是不过去,不跟她搭讪,她那一下子就可以理解为没意思。你要是跟别人说她对你有意思,她还得说你孔雀开屏自作多情。"

"马文,你把这事儿都琢磨得这么透彻,你还能爱上别人吗?"

马文不说话,咧嘴一乐。等他俩歇够了,从垫子上爬起来,能用自己脚站着了,马文一看,李芹已经走了。

马文心里就有点空落落的。

16

大概在健身房碰到之后的第三天，马文接到李芹的电话，马文因为当时没有存李芹的号码，所以根本没有听出是李芹来，还那儿特职业地问："喂，您哪位？"

李芹就"吃吃"地笑，说："你没有存我的号码？"

马文有点不耐烦，说："对不起，我手机丢了，新补的卡，谁的号都没有。"

"我是李芹。"

马文一听，赶紧热情起来："噢噢噢，李芹啊，找我有事儿？"

李芹说家里要换纱窗，问马文能不能过来帮个忙。马文立刻答应了。李芹挂了电话，心里升腾出丝丝希望。换纱窗是真的，但也是投石问路。其实，离婚这么多年，李芹要说从来就没有想过要再找一个男人，那肯定是假的。她还是想过的，但光想有什么用？李芹和杨欣不一样，杨欣好歹有工作，还能接触到李义，李芹一家庭妇女能认识什么人？她也听说过这网那网，但她一想到要混到上网淘男人，她的自尊心就受不了。马文呢，李义领着到她家的时候，她还没什么感觉，就是一个普通人儿呗。但那天在健身中心碰到，隔着大落地窗，看马文跟一阳光大男孩比试俯卧撑，她的心忽然就那么动了一下。

李芹跟马文的电话是周三打的，约的是周六早上。到了周五晚上，李芹忽然觉得应该跟马文确认一下。结果打马文的手机，一直占线。李芹就直接把电话打到了马文家。马文家的座机在杨欣那屋，杨欣接的电话，她一听就听出是李芹，赶紧跟李芹说："马文在，我让李义喊他。"

杨欣倒不是避嫌，而是不愿意给李义留话柄。现在孙容有事找李义，李义已经搞得很义不容辞了，别回头再弄得顺理成章理所当然，那她就没法过了。

马文躺在他那小屋的床上，宋明打他手机至少打了俩小时，手机都烫了，宋明还那儿说呢。其实说来说去，就是他和林惠那点破事儿。李义敲门，喊："马文，电话，找你的。"

马文感到吃惊，不知道怎么会有找自己的电话到了李义房间，他忙对宋明说："我有点事儿，回头再给你打。"挂了。

电话在床头柜那儿静静地呆着，话筒撂在一边，就跟一个女人在床上摆好了姿势等着男人上。马文冲进来，迫不及待地接起电话："喂，我是马文……啊，记得记得，没问题没问题。工人几点到？好。我争取九点到。"对方挂断，李芹的风格如此。她不能接受自己太上杆子。如果她主动打的电话，她一定抢先挂断。就好像不成熟的男女谈恋爱，有了矛盾，好面子的一方往往会首先提出分手，"是我要分手的"对于他们来说，比什么都重要，甚至比他们在一起还重要。

马文放好电话，一转身，发现杨欣和李义都在齐刷刷地跟他行注目礼。马文笑笑，自己把视线移开，离开。杨欣在马文走到门口的时候，忍不住说了句："够上杆的呀。"

马文停下，一个再回首，皮笑肉不笑，回了一句："谈不上，最多就是一个将计就计。"说完，发现李义正严肃地看着他，他咧嘴一乐，走了，还把门带上。剩下屋里俩人，大眼瞪小眼，没话。杨欣从李义的表情里，感觉出可能因为自己刚才跟马文说了那句"够上杆"的，又不舒服了。

晚上。夫妻俩都有点失眠，互相翻来翻去，翻了一个面对面。李义觉得别扭，想回避，刚想再翻一下，被杨欣按住了。杨欣问："你怎么啦？睡不着啊？"

李义顶了一句："你不是也睡不着嘛。"

杨欣坐起来，对李义说："我这不是好奇嘛。"

李义翻过来仰面躺着："你是一个有好奇心的人吗?！"

"你这话什么意思？"

李义慢吞吞地说："我要是跟孙容也跟你和马文似的，你心里肯定不乐意。"

"我没你那么小心眼。你跟孙容爱怎么着怎么着，真的，我无所谓。"

"得了吧，我们是没怎么着……"

杨欣不高兴了："那我们是有怎么着了？"

李义沉默，杨欣不依不饶，推李义："你说呀，你给我把话说清楚，我到底怎么着了？"

李义一脸刚毅满身正气铁嘴钢牙打死也不说一句话。杨欣现在是久经沙场的女人了，放在以前，她最怵男人在床上这样，现在，她脸皮也厚了，自己的男人，咱不伺候谁伺候？说时迟那时快，放下身段，一通如此这般，李义开始还那儿高风亮节出淤泥不染呢，但架不住杨欣不屈不挠柔弱胜刚强。"夫妻没有隔夜的仇"，情场如战场，战火纷飞硝烟弥漫，之后，度尽劫波相逢一笑。

杨欣趴在李义身上："你爱我吗？"

李义仰面朝天喟然长叹："你别老用这招对付我……"

杨欣说："那我用这招对付别人，你高兴啊？"

李义知道杨欣是在进一步巴结讨好自己，不忍让她太难堪，于是翻过身压住她，说："你试试看！"

马文一到李芹家，就发现李芹家这次和上次完全不一样。新换的窗帘，双层的，手绣的镶着珠片的透明桃红色薄纱，里面衬着整幅深玫瑰色遮光布。还有茶几前面的那块波斯地毯，应该是新买的吧？绚丽斑斓异域风情。跟大理石地面一软一硬，一深一浅，配合得天衣无缝相映成趣。马文甚至觉得这样的窗帘这样的地毯这样的大理石地面，似乎应该发生点什么才对。

到处是鲜花。茶几上，窗台上，走廊的半桌，墙角的角柜……

李芹新卷的头发，淡淡的唇彩，身上有一种若有若无的香味。

李芹给马文添茶，马文的茶是满的，李芹说："茶凉了吧？换杯新的吧。"

马文："没事没事儿，我喜欢喝凉的。"

李芹听了，也就没客气，坐着没动。她手腕上套着一翠绿的镯子。马文忽然有点想摸摸那个镯子的冲动。

李芹问马文："你喜欢听音乐吗？"

马文："还行。"

李芹到 CD 架前面，一面翻一面说："你喜欢听什么？"

马文："随便吧。找一张你喜欢的就成。"

李芹挑了一张。马文有点喜欢这种感觉，茶、音乐、漂亮的女主人、美丽的房子……他的神情和姿势都下意识地调整了一下，尽量和这一切合拍……

安装纱窗的工人到中午才来。整个上午，就李芹跟马文俩人。不知道为什么，这次虽然也是有一搭无一搭的聊天，也是彼此拘谨矜持，也是谁都不想率先迈出第一步且双双都做好就坡下驴的准备，但气氛却要比上次好得多。上次是枯坐，这次虽然也是枯坐，但他们都在试探着往前摸索。这种感觉要比马文所经历过的历次相亲都累，但显然更有意思。那些相亲都是开门见山开宗明义，五分钟之内，身高年龄体重收入经济条件什么房子什么车全摸得清清楚楚，剩下的就是"何去何从"了。而跟李芹现在则不同，隐隐绰绰若隐若现，就跟她窗户上的纱一样。

李芹问："最近你去健身了吗？"

马文说："啊，没有。我就去了那一次。我本来就不喜欢锻炼身体，是我一哥们儿拉我去的。"

李芹呆了会儿，找不到话题了，又停了一会儿，李芹一笑，边笑边用眼睛瞄了马文一下，问马文："你平常就这么话少？"

马文说："啊，我这人，不爱说话。"

李芹又浅浅一笑，说："那李义可真是冤枉你了。"

"他说我什么？"

"你猜他说你什么？"

"肯定不是什么好话。"

"小人之心。他说他要是像你那么能说就好了！"

马文一时应不上来，幸亏门铃这个时候响了起来，马文如释重负，跳起来说："他们来了。"说完，又觉得自己似乎表现太过，有点不好意思。李芹把马文的反应收在眼里，她只是用眼睛看马文一眼，眼神里的意思是："你就这么盼着他们来？"李芹施施然去开门，工人进来……

纱窗换好，李芹跟他们结算，一共三千五百八。

马文在边上失口叫道："这么贵！"

收钱的工人毫不示弱："这还叫贵？这是促销价，不打折要五千多呢！"

李芹一边给钱一边说："是太贵了。可是不换又不行，现在的蚊子不知道怎么学得这么坏，无孔不入，老式纱窗对付不了，都从旁边的隙缝里钻进来。"

马文听了，哑然失笑。李芹一脸认真，问："你笑什么，是真的。"

马文说："太老实的蚊子，肯定是吃够了老实的亏。所以才得学得坏一点，无孔不入，要是都是老实蚊子，那蚊子不就得跟熊猫似的，需要保护了？"

李芹也笑起来。笑完了，俩人一起收拾残局，扫地，擦窗台，一边弄李芹一边说："今天你劳苦功高，请你吃个便饭吧。"

马文言不由衷地客气:"不用不用。"

李芹说:"你就别跟我客气了,我也不跟你客气,中午就让你在这儿瞎对付的,晚上怎么着也得好好请你吃一顿。"

马文说:"真不是客气。"

李芹问:"你晚上有事?"

马文犹豫片刻,说:"没事。我是说,也没帮上什么大忙,还让你请客……"

李芹听马文说自己没事,松一口气,道:"也不是什么请客,就在我们家附近,是一个家常菜馆,也不是山珍海味,价钱也不贵……"

马文听李芹这么说,不由得笑了。

李芹问:"你笑什么?"

马文说:"没什么。"说完,发现李芹有点认真,又怕李芹误会,就解释说:"我最近这几个月,一直在相亲,跟打仗似的,从这个战场转移到那个战场,有的时候一天好几档子,还得急行军。那战场就是各式'家常菜'。不管战果如何,都是我买单。我有的时候想,好像这男人要是见一个女人,就只能请她吃饭,有戏没戏都得吃,好像不吃这么一顿,就没别的事情可以做。"

李芹抿嘴一乐:"也许在你们男人看,请女人吃饭,是给面子。"

马文马上辩解:"不是不是,我不是这个意思。"

李芹:"你是不是这个意思不要紧,今天我请客。"

马文紧着说:"那怎么成?我请我请。"

李芹嫣然一笑,说:"我去换个衣服,你等等我,咱们这就过去吧。"

俩人在劳动中似乎关系走得近了,说话也随便了,不像开始那么拘谨。马文感慨,劳动不仅在从猿进化成人的过程中起着重要作用,而且在男人女人感情产生的过程中,也担当着重任。

李芹穿上了早上拿出来却没好意思穿的一件低胸紧身衣服,又对着镜子补了补妆,把头发也稍微整了整。然后又换了一双高跟鞋。

马文本来在客厅那架 CD 上找碟,冷不丁听李芹招呼他"走吧",马文抬眼一看,愣住。李芹经过一番换装,确实有点惊艳的感觉。

李芹说的"家常菜"和马文的"家常菜"不是一个概念。马文的"家常菜"就是老百姓家里常吃的菜,而李芹的"家常菜"是官宦人家常吃的菜。所以,李芹的"家常菜"馆居然有凉拌海参、阳澄湖大闸蟹、燕鲍翅。

李芹点了一桌子菜,出手阔绰。马文饿了,再加上这些"家常菜"还真不是马文能"家常"吃到的,所以埋头苦吃。吃着吃着,马文猛地发现李芹在观察他的吃相,赶忙有所收敛。

李芹善解人意,说:"男人能吃是好事。"

马文满嘴是海参,说不出话来,只能呜呜的,点头。

李芹接着说:"我最看不惯有的男人,吃什么东西都是一点点,而且还这个不吃那个不碰。"

马文边点头边咽下嘴里的海参边说:"我没那个毛病。我什么都吃。"

气氛越发愉快。马文问李芹:"你怎么什么都没吃啊?"

李芹话中有话一语双关:"你还注意我吃没吃吗?"

马文李芹这顿饭,从"人约黄昏后"一直吃到"夜半无人私语时"。可能服务员不好意思轰他们走,看他们那么投入,所以就一盏一盏地关灯,最后关得就剩他们这一桌上面还吊着一盏灯。马文抬头一看,四周黑糊糊的,跟聊斋似的,刚才还人声鼎沸热热闹闹的餐馆,也就是一眨巴眼儿工夫,就剩他和李芹了!

马文招呼买单,李芹让服务员把单子直接给自己拿过来。

马文满脸通红,对服务员说:"给我给我。"

李芹:"你真要请我,下次吧!我们找个好馆子,今天让你请,太便宜你了。"

马文贫嘴瓜舌:"我可不能跟你比,我们是穷人,高档的请不起的。不瞒你说,装修稍微装孙子的地方,我连进去都还没进去过。"

李芹格格笑起来,说:"好吧,既然你说实话,下次还是我请。请你去一个高档的。"

马文说:"那我得念你好。食色性也,古人讲话,人生就两件乐事儿,一食一色,我单身,色即是空,就剩下食了。最好你能天天请我。"

李芹说:"那我得开个馆子,跟你说,还真有不少人给我提这样的建议,说开馆子肯定能赚钱。"

马文说:"千万别听他们的。这自己开馆子和上别人馆子吃,不是一回事。"

李芹说:"有什么区别?"

马文说:"这就跟在家睡觉和在宾馆睡觉不一样,一个道理。即使家的床和宾馆的一样,也不一样。"

李芹说:"你们男人是不是都这样?女人没结婚的时候,是一个样;娶回家做了老婆又是另一个样。"

俩人目光中，都添了调情的元素。显然这顿饭吃得很愉快。

月色下。餐馆外。聚散两依依。

马文对李芹说："真不好意思，让你请客。"

李芹笑笑："就一顿饭，不足挂齿。"李芹说得很俏皮，尤其是"不足挂齿"四个字，有点咬文嚼字的味道。把马文给逗笑了。

李芹问："我说话有这么好笑吗？"

马文说："也许是我好久没有遇到会说'不足挂齿'的人了吧？"

李芹又笑了，她已经很久很久没有笑过了。她看着马文，心里有了想留马文的意思，但毕竟这话她是说不出口的，而马文又不会来事儿，李芹站了一会儿，没找着什么合适的话，只好又对马文致了一遍谢。李芹说："那今天就谢谢你了，忙活了大半天。"

马文："这叫什么忙活？举手之劳。"停顿片刻，马文说出："不足挂齿。"

俩人同时笑了。

杨欣洗过澡出来，让李义帮他吹头发，李义一边给她吹头一边自言自语地说："这都几点了？马文不会还在我姐家吧？"

"你打个电话问问不就完了？"

"打了，家里没人接。"

"你姐没手机啊？"

"手机关了。"

"真的呀？不会是久旱逢甘霖吧？你姐够猛的啊。"

李义没心思和杨欣逗贫，说："你说什么呢？我姐不是那种人。"

杨欣说："我说你姐是哪种人了吗？"

李义替李芹掩饰："我姐就是找马文帮忙换个纱窗。"

"她怎么不找你呢？"

"找我，我还得跟你请假，她还得看你脸色。"

"别胡说八道啊，我有那么小心眼吗？"

李义哄杨欣："没有没有。是我姐小心眼，多心，不愿意使别人丈夫，省得做老婆的心疼，说我们家老公，我还没舍得让他干体力活儿呢！"

杨欣推了李义一把，说："讨厌吧你。"片刻，又对李义说："你真觉得你姐找马文去换纱窗就是找个劳动力那么简单？"

李义虽然心里知道不是那么简单，但要维护自己姐姐的尊严，所以故意说："那你觉得还能是什么？"

　　杨欣说"这叫投石问路懂不懂！"

　　李义做恍然大悟状，说："噢，我说你那会儿，怎么三天两头找我，不是这事儿就是那事儿呢。原来是投石问路啊。"

　　"去你的，谁跟你投石问路了？"

　　"对对，你没有投石，是我，是我摸着石头过河，成了吧？"

　　杨欣没理李义瞎逗："你这人就是有病，你说你把你姐介绍给马文，他们现在刚见了一面，你就这么夜不能寐的，不知道你是怎么想的。"

　　"我得跟马文好——好——谈——谈！"

　　"谈什么呀？有什么好谈的呀？他听你的吗？！"

　　"不管他听不听，李芹是我姐，他要是敢耍我姐，我饶不了他！"

　　杨欣不以为然。李义狠呆呆地说："我告诉你杨欣，我一直让着他呢！不跟他一般见识，他别以为我好惹，真要是动手，他不是我个儿！"

　　杨欣挑衅地："你凭什么一直让着他呀？"

　　李义说不出来了，他是不好意思说出来。显然杨欣知道李义要说什么，她继续挑衅，说："我就烦你说这个。你有什么对不起他的呀？我又不是他让给你的，你凭什么要讨好他啊？凭什么让着他啊？好像咱们多欠他似的！"

　　"我说这个了吗？"

　　"你用说吗？"

　　李义不吭声了。杨欣大获全胜。但她对李义这样沉默不说话也是不高兴的，她找茬，踹李义，说："咳，想什么呢？"

　　李义敷衍着："没想什么。明天要交一活，还没干完呢，得一早去。"

　　杨欣伏到李义身上，兴致勃勃地："明天要交一活是吗？"眼睛里流露出别种风情。

　　李义却没什么兴致，推开杨欣，说："我还得再给我姐打个电话……"

　　杨欣不高兴了："你八卦不八卦啊？我问你，你电话里说什么？你说，姐，我给你介绍的那个马文怎么样啊？那个新安的纱窗好不好啊？你们安了多久啊？下次还安什么呀？马文今天是不是就住你那儿了？"

　　李义没心情跟杨欣逗闷子，叹口气说："我现在有点后悔。"

　　"后悔什么？"

"我看出来了,马文不是个省油的灯。"

"你姐就省油?"

"你怎么老跟我呛呛着呢?你再这么呛着,我弄不死你!"

杨欣"咯咯咯"浪笑起来,说:"你弄死我吧!"

马文是一路哼着歌进门的。也就是刚到家,李芹的短信就追了进来。

李芹短信:"谢谢你助人为乐。到家请告之。"

马文想了想,给李芹回复了短信。"谢谢你一饭之恩。我已平安到家。"

李芹泡在浴缸里,这是她屈指可数的几次光临她家的大浴缸。李芹收到马文的这条短信之后,一时不知道怎么回才既不失矜持又吊人胃口。李芹写了好几稿。第一稿"不客气",删掉,太一般;第二稿"不谢",删掉,太平庸;第三稿"下次再请你……"又删掉,太贱!总之,每一遍写上,又都被自己删除掉,最后只写了两个字:"晚安。"李芹想还是这两个字好,仁者见仁智者见智淫者见淫。

马文飞快回复:"晚安。"

李义听见马文回来,起身就要下床。杨欣拼命拦住李义:"你别找他谈……他那人你不了解,你越上杆子吧,他越跟你犯混。这事儿就得晾着,晾到他想跟你谈,你再给他一台阶。"

李义用一种怪异的目光看着杨欣,杨欣马上意识到李义是又不舒服了。性格即命运,虽然杨欣也知道对男人而言,最有效的是"化骨绵掌""吸星大法""狐媚惑主",但她性格中有一种天生的"爱谁谁""浑不吝",所以一着急就索性不管不顾什么都说。"得得得,我不管了,你爱跟他说什么说什么去,反正你要是跟他说:我姐可挺不容易的,你对我李义怎么着都成,对我姐可不行!他保证能把你顶一跟头。"杨欣说完,还就身子往下一褪,把自己展平了横平竖直地码在床上。

李义说:"你对马文还真挺了解的啊!"

杨欣说:"对,我们就是那种因为误解而走到一起,因为了解而分开的夫妻。"

李义听了,满心不快。杨欣背转过身,俩人相背而睡。

李义躺了一会儿,觉得别扭,他转过来扳杨欣的肩膀:"哦,明天你帮我交一下话费。"

杨欣别着劲儿："不管。"

"别生气了，算我求你了还不行？"

杨欣抿嘴乐了，说："那还差不多。"说着手心向上。

李义不明白是什么意思，杨欣说："话费不要钱啊？"

"前两天给你的那些钱呢？"

"花完了。"

李义一下子坐起来："怎么花的？"

杨欣也一下子坐起来，对李义："你要是这样，以后就别给我钱，烦不烦啊？还得给你报账。"

"不是这个意思，是我总得知道，这钱怎么就花完了吧？"

"李义，咱们以后各花各的，我本来就说咱们各花各的。"

李义有点不好意思。

杨欣说："以后你每个月给我一千元，算你住这儿的房租。咱俩吃饭，你买一天菜我买一天菜。要是我做饭，你就洗碗；要是你做饭，我就洗碗……"

李义："那咱们还叫夫妻吗？"

"亲夫妻明算账。"杨欣说完，拉灯睡觉。

李义说："你这人怎么说翻脸就翻脸呀。"

杨欣不理睬李义，李义伸过手要摸杨欣，被杨欣一把打掉，李义讨个没趣，躺下……心里有了不痛快。杨欣等着李义再来哄自己，等了半天，见李义没有动作，又自己转过身来，对李义："生气啦？"

李义负气地说："睡吧。明天还上班呢。"

杨欣不甘心就这样睡，她推李义，李义有点不耐烦了："干什么呀？！"

杨欣讨个没趣，躺下。在黑暗中，失落失望失败。

门外。隐隐绰绰能听到马文在客厅里走动的声音。

卫生间。马文在愉快地淋浴。他的脏衣服随随便便扔在客厅里……

杨欣在李义边上，听着马文鼓捣出来的那些快乐的动静，有点难过……她翻身过去，把被子蒙在脑袋上。李义已经睡着了，被杨欣翻身弄醒，不爽。他翻过身去，把自己的那部分被子裹紧。俩人相背而睡。一夜无话。

17

就在马文和李芹眉目传情频送秋波的当口,杨欣出了点事儿。事儿要说也不大,但恶心。王大飞公司一老客户,姓林,一见杨欣就跟杨欣犯葛,杨欣躲了他好几回。后来,有一次,王大飞带着杨欣去回访林总,杨欣作为大飞的助理,总不好意思说不去,不过她想当着大飞的面,那个姓林的总不至于动手动脚吧。

结果,还就在饭局上,当着一桌子人的面,林总非要灌杨欣的酒,杨欣连喝了三杯,喝到第三杯的时候,杨欣觉得有人摸了她屁股。杨欣也是仗着酒劲儿,回手就给姓林的一个大耳刮子。全场鸦雀无声,都傻了。杨欣扬长而去。

当天杨欣就离职了。她给王大飞发一短信,说不干了。

王大飞收到短信,一个字没回。他想先跟李芹沟通一下。看看李芹的意思。

李芹接到大飞电话,明明是一脸的喜出望外,却非得把语气弄得冰冰凉透心凉:"有事吗?"

"有。杨欣给我发了个短信,说不干了。"

李芹心里"咯噔"一下:"没有闹什么不愉快吧?"

王大飞犹豫片刻,说:"具体原因是什么,她没跟我说,就发了个短信。也不知道她是不是另有高就,还是什么别的想法。我就跟你说一下这个事情。没别的。"

李芹有点生杨欣的气:"她什么都没跟你说就走了,她这人怎么这样?"

王大飞说:"也不怨她,反正她要是什么都不跟你说,你也就装糊涂,当不知道。有事随时联系。"

李芹追根刨底:"大飞,你别因为她是我弟媳妇,就什么话不好说……"

王大飞不想再跟李芹讨论这些问题,也是手机响有急事,就对李芹匆匆忙忙说:"我有一个电话，回头再细聊。"挂了。

李芹听着电话里的嘟嘟声，觉得肯定不是一般的辞职。但是她了解大飞，如果再打过去，再死乞白赖地打听，不仅打听不到，还得招大飞烦。

李芹想了半天，还是决定给李义打个电话。李义一听说杨欣又辞职了，心里的小火苗腾地蹿到头顶心！他这几天还在到处看楼盘呢，哪里想到，杨欣说不干就不干了。

李义急火火地赶回家，一进门就看见地上一堆购物袋，杨欣一身新买的衣服，坐在镜子跟前不紧不慢地化妆，从哪儿也看不出是辞职了，倒像是要陪什么重量级的大客户。

李义压住心头的怒火，他不想直接问杨欣辞职的事儿。李义心思缜密，他知道如果他问，杨欣必然反问他怎么知道，那么势必要牵扯出李芹。没必要。

李义假装醋意盎然地问:"哟，这是要跟谁出去啊？"

杨欣认真地说:"你。"

"谁？"

"你啊。"

"哟，咱们这是要去哪儿啊？"

"你想去哪儿咱就去哪儿呗。"

"有高兴事？"

"对。"

"升职了？"

"辞职了。"

李义急了:"你怎么说辞职就辞职了？"

杨欣说:"你嚷嚷什么呀？你怎么不先问问我为什么好端端的说辞职就辞职呢？"

马文进门的时候，杨欣一脸秋霜，李义一腔怒火。谁也不搭理谁。马文现在跟李义基本混成了哥们儿，也是他跟人家姐姐这眉来眼去的，对李义当然也得说得过去了。

马文问:"怎么啦这是？"

杨欣没好气地说:"你少在这儿幸灾乐祸！"

马文说:"我幸灾乐祸了吗？"

杨欣说:"你就是幸灾乐祸的人。"

马文点点头:"原来我在你心目中就是这么一个形象。"说完,换好鞋,要往自己屋里走,忽然停住,自己咧嘴一乐,说:"这么说,你们是有什么灾了?"

李义对马文:"杨欣又辞职啦。"

马文说:"好事儿啊。从此不再受那奴役的苦,这算什么灾?上班才是人类的灾难和不幸呢。"

杨欣对马文说:"你没自己的事儿啊?"

马文说:"我跟李义说话呢。李义,是吧?"

李义就跟总算找到了知音似的,滔滔不绝把杨欣辞职的来龙去脉反反复复说了N遍。之所以说N遍,是因为没有一遍他能说完整,每次都是刚说两句就被杨欣打断。最后,李义急了,对杨欣说:"那个叫什么王八蛋的林总固然无耻,但他无耻,您不能不职业啊,对吧?您看看人家阿庆嫂是怎么周旋的?您要实在不愿意周旋,您也别当场给人家下不来台阶啊,一大耳刮子上来就招呼!再说,人家王大飞本来是看着我姐姐的面子,给您的这份差事,您说不去就不去了,您替我姐也想想……"

马文听明白了,不冷不热地丢给李义一句:"你这个前姐夫也真够逗的啊,他这是给你姐面子吗?噢,给面子,让弟媳妇干三陪?"

李义腹背受敌:"那叫三陪吗?"

马文说:"别管那叫什么啊,今天这事,杨欣要是告那个王八蛋性骚扰,当时是一桌子客人,都是人证,那个王八蛋就得吃不了兜着走。"

李义说:"你说什么呢,这种事儿告性骚扰?不嫌寒碜呀。"

马文说:"谁寒碜?你寒碜还是那个王八蛋寒碜?"

杨欣冷冷地说一句:"当然是我寒碜了。"

说完,回屋了,"砰"一声关上门。

李义毒辣地扫马文一眼,说:"以后我们俩的事,你少掺和!"

马文急了,道:"你当我爱掺和呢?刚才是谁先跟我说来着?我还真就没见过你这种男人,平常倒是会哄女人高兴,女人真遇到点事儿,挨别人欺负了,你就跟个缩头乌龟似的,不给人家出头不说,还说人家不职业!你说,这事儿怎么着才叫职业?"

李义听得心头火起,对马文:"你管得着吗?这是我们家的事,杨欣是我老婆,她挨人家欺负了,跟你有什么关系?你动哪门子气,上哪门子火啊?"

马文一股子邪火腾地凌空升起,手握成拳头,一拳砸到李义脸上。李义"哎哟"一声,捂住脸。杨欣在房间里,听着动静不对,跑出来一看,俩男人正互相揪着脖领子,杨欣大叫一声,冲上去。

　　这事儿过后,仨人别扭了一阵子。李义跟杨欣是第二天就没事儿了,早上李义去上班,晚上回来就有说有笑的了。这让马文看着别扭。杨欣虽然也觉得自己有点不好意思,但毕竟这不是现在跟李义过着呢吗,两口子之间,谁给谁服个软就服个软呗,有什么面子不面子的?

　　马文不一样,马文可是一个要里要面的人,他出来进去如入无人之境,压根不搭理这两口子。杨欣对马文是能躲就躲了,尤其不愿意跟马文打照面,只要马文在家,她就在自己屋里呆着。也是,一个是前夫,一个是现任,俩人打了一架,杨欣夹在中间,超级为难。李义有一回问杨欣,是不是看着马文为她的事跟自己动手,特有成就感?杨欣细一想,还真是。李义是一个"反刍"类动物,无论什么事,他会翻来覆去地琢磨,有的时候,事情本身没把他气得怎么着,但他琢磨出的那个东西会把他气着。比如说关于"成就感"。他琢磨出杨欣的成就感之后,就话越说越难听,甚至能对杨欣说:"你这辈子也就这么点成就感了!还得在中老年离异男性身上才有可能性。说实话,我都怀疑,怎么人家满桌子的人不骚扰,专门骚扰你呢?"把杨欣气得面如土色浑身发抖。

　　李义小心眼归小心眼,但他还是想尽一切办法,能跟马文和好就跟马文和好。这一方面是为了自己姐姐李芹,眼看着李芹跟马文越走越近,他这个做弟弟的反而跟马文搞得行同冰炭,显然是不合适的,另一方面也是李义确实觉得没必要就真跟马文掰了,马文身上还是有很多可爱的优点。但不管李义怎么努力,马文就是不给面儿,这让李义很恼火。

　　有一天,马文加班,到家快9点了,家里空无一人,这种状况是很少见的。马文拿出一袋方便面,要泡,可是暖壶里没水,马文只好自己去烧。李义和杨欣就是这会儿进门的。李义手里还拎着打包的快餐盒。马文冷着张脸,当他们是空气。杨欣照例是一低头进了自己屋。李义则在厅里磨磨叽叽,显然想找个茬跟马文冰释前嫌。

　　水烧开了,马文关火,拿着方便面就要泡。

　　李义悠悠地来了一句:"别吃方便面了,这儿有韭菜盒子,你凑合吃点,比方便面强。"

　　马文不理睬李义,继续泡自己的方便面,李义看着,觉得有点尴尬,但也不好说什么。毕竟,刚动过手。李义脑门上还贴着邦迪,马文则一边冲泡方便面,一边拿一瓶冰牛奶冰敷眼睛。他的眼睛上被李义砸过一拳，青了。跟李芹见面的时候，李芹问起，他说撞电线杆上了。李芹就说电线杆没长眼睛你也没长啊？

李义这人喜欢钻牛角尖，他总觉得这么着跟马文不是个事儿，后来特意找了一天，把马文堵在了楼门口。马文一出楼门就看见了李义，但他故意装没看见，挺胸抬头往前走，李义早做好准备，来个迎面拦截："咱找个地方聊聊。"

马文边接着往前走边说："没时间。"

李义跟上去："我没说今天，你定个时间，我请你喝酒……"

"我没有跟弱智喝酒的爱好。"

"我有这个爱好。"

马文虎视眈眈地回过头，面对李义。李义迎着马文的眼睛，说："咱别老这么着行吗？那天的事儿，是我太冲动，跟你道个歉，成吗？"

马文逼到李义跟前，对李义说："其实我挺服你的，你能这么没皮没脸。"

李义问："我怎么就没皮没脸了？"

马文："还用我说吗？这房子该你住吗？杨欣没跟你说过，这房子是我们什么时候买的吧？那时候我们还没离婚呢，我们是为马虎上学买的房。换句话说，我们本来是打算在这房子里过一辈子的。你怎么就能大大方方地住进来呢？是，我是跟杨欣离婚了，这房子是我们夫妻的共同财产，我们平分，一人一半，但有你什么事儿呢？"

李义知道马文在借题发挥，他对马文说："马文，我给你纠正一下，杨欣过去是你的老婆，现在是我的老婆，所以我住我老婆这儿，是合理合法的……"

马文打断李义："你一大早拦着我，就为说这事儿？那我可告诉你，这感情的事可说不好，她过去是我老婆，现在是你老婆，将来到底是谁老婆还不一定呢。等她再嫁人的时候，你想好你住哪儿了吗？"说完，嘿嘿一乐，正要大步流星走开，被李义拉住。

李义脸色铁青，盯着马文，盯了一会儿，调整了一下自己的情绪，对马文说："你不会要我姐吧？"

马文眯起眼睛，盯牢李义拉着他袖子的手，李义只好松开，马文没回答，扬长而去。

李芹好像越来越离不开马文了。隔三岔五的就想出个由头找马文。而且吧，她现在几乎天天要跟马文通个话。有一天一大早，马文还在睡呢，李芹就打他手机。马文睡得沉，再说手机又扔在客厅桌上，他根本没听到。李芹就反复打反复打，杨欣过去一看，存的号码是"李芹"。杨欣犹豫了片刻，转身去敲马文的门。

马文最恨睡觉的时候有人敲他门，他冲着门嚷嚷："敲什么敲？"

他以为又是李义。李义自从跟他动手之后，一直在找机会跟他"修边"。另外，马文猜测李义之所以急于"修边"，也是为李芹。

杨欣在门外，拿着那个不住震动的手机，屏幕显示李芹的未接电话已经是6个了。杨欣想别有什么急事，所以，停了停，又敲。这下，马文彻底火了，跳下床，一把把门拉开，见是杨欣，俩人都愣住。马文有点不好意思地说："我以为是……那谁呢。"

杨欣默默地把马文的手机递给他，说："你电话。"

马文接过杨欣递过来的手机，说："谢啦。"偏巧这时，马文手机不震了。马文正要打过去，杨欣屋里的座机响了，杨欣跑过去接电话，一接，马上说："你等等，我喊他。"杨欣放下电话，就喊："马文——李芹电话。"

马文趿拉着拖鞋到杨欣房间。没坐稳就接电话。一副迫不及待的样子，杨欣看在眼里，假装没看见，但的确是留心了。

马文先跟李芹解释，手机调震动没听见，在睡觉。

李芹就道歉，说对不起，没想到他还在睡觉。

马文赶紧说："没有没有，我也该起了。没事儿，我上班比较自由，你说你说。那你是想买台式机还是笔记本？你要是问我，那，我建议还是买个台式机吧。你又不是工程师，时刻都离不开电脑的，也不是那种时髦女孩子，一天到晚拎个笔记本，坐在酒吧里，我觉得台式机就挺好……"

杨欣出来进去，一会儿叠被子，一会儿擦桌子，马文看她成心，也就更成心，跟李芹的话越来越多："我哪天都成，听你的，今天也行……哪能老让你请客……我吃什么都无所谓，你说吃什么我就吃什么……你会做饭啊？真的？那我得尝尝你手艺。"

杨欣假装无所谓的表情，其实她全听着呢。

马文："要不就今天吧，今天我早点下班，陪你去看看。你要是信得过我，我就给你攒一个……不麻烦，肯定比品牌机好用，还便宜。"

杨欣在边上忍不住丢出一句："人家不用你给省钱。"

马文挂了电话，既像是自言自语又像是针锋相对，说："我乐意给人家省钱，管得着吗。"

"我当然管不着，真逗！"杨欣停顿片刻，以讥讽的语调说："都多大岁数了，还玩这套里格儿朗。今天安纱窗吧明天攒电脑吧，有必要吗？"

马文说："那你跟李义当初是怎么勾搭成奸的？也给我介绍介绍先进经验，我这方面还真是孤陋寡闻。"

杨欣当场翻脸，对马文："起开！"马文坐在杨欣的床上接的电话，杨欣拿着一条新床单，要求马文起来。

马文说："起开就起开，不会好好说呀。"说着站起来，离开杨欣房间，走到门口，收住脚步，转身对杨欣说："李义现在是不是特后悔把他姐介绍给我认识啊？"说完，不等杨欣回答，哼着歌儿去了卫生间。把杨欣气得窝在那儿半天说不出话来。床单铺来铺去，发现铺错了，只好掉转过来……

马文穿戴整齐，对着镜子，以一种特气人的姿态说："哎呀，这小伙子可真帅啊！"说完，要出门。杨欣叫住他，说："你就穿这身儿陪人家买电脑？"

"这身怎么啦？"

"你不觉得这身有点傻吗？"

"我不觉得。"

杨欣挑衅性冷笑。马文要走要走，还是忍不住回头对杨欣说："我傻不傻跟你有关系吗？"

杨欣说："太有关系了。你要是太傻，人家看不上你，回头我们家李义不是还得给你操心找对象吗？"杨欣故意强调"我们家李义"。

马文气乐了，说："敢情你是心疼你们家李义啊。"

杨欣说："你说呢？你以为我心疼你？"

杨欣边说边要去洗手间，马文故意把杨欣叫住，杨欣以为马文有什么话要对自己说，站住了。马文走过来，看看杨欣，杨欣说："你有话快说，我还要洗脸刷牙呢。"马文似笑非笑，然后一个大步蹿进厕所，故意回头特气人地跟杨欣说："没什么事儿，我就是想抢你前面上一厕所。"然后把门当着杨欣的面关上。

杨欣气得大喊"讨厌"。

马文给李芹把电脑攒好。马文要给李芹演示，让李芹坐在电脑桌前，他自己立在李芹身后，一双手，从李芹的身后伸到键盘上。李芹有感觉。马文的手在电脑键盘上操作，李芹的手放在键盘上，两双手碰到了一起……

一桌子精致的小菜，李芹给马文倒酒。黄酒……

马文嚷嚷:"我不行了,不行了。"

李芹满脸红晕,给自己满上,说:"黄酒是君子酒,不醉人的,多喝一点强身健体。"

马文吃一口菜,喝一口酒,说:"哎哟,你这手艺不开菜馆屈才了。"

李芹瞟了马文一眼,说:"开菜馆?当厨娘?你可真会骂人!"

马文赶紧为自己解释,说:"不是,不是,我是夸你厨艺高明,不是说你应该去干体力劳动。其实吧,我觉得这做菜是门艺术,是需要天分的。"

"行了,不会夸就别夸了。"

"是,我这张嘴,除了会吃,什么都不会。连夸人都夸出毛病来。"

李芹转移话题:"你知道在我们家,谁做饭最好?"

马文猜:"你妈?"

李芹摇头,说:"李义。"

马文听李芹说李义,不愿意搭腔,只咧嘴敷衍地一乐。

李芹也猜到他的不痛快,就说:"李义跟你处得还行吧?"

马文说:"说老实话,李义这个人吧,你刚一交往,觉得这个人简单,但交往深了吧,你就觉得一点都不简单,那心思密着呢。他看上去不爱说话,那是知道言多必失。他是该说的说,不该说的不说,不像我,不该说的全说了,该说的以为人家明白,一句没说。"

李芹说:"我弟弟心思密是真的,但真不是有城府。比如说吧,他从来不掩饰自己的想法……"

马文说:"是,那是他有自知之明,掩饰多需要技巧和智商?他知道自己智商低,掩饰得不好还不如不掩饰。不掩饰,他还落一个光明磊落呢。"

李芹微笑着看着马文,说:"你们最近是不是闹什么不愉快了?"

马文不乐意说。

李芹说:"不愿意说就不说吧。说真心话,你们在一块住着,这种关系,不愉快是正常的,愉快是装的。"

马文说:"也不是装的。我们有一阵还真的挺说得来的。你说你弟弟,也不是一个坏人,就是人窝囊点,没什么本事,但一张嘴好使,能哄女人开心,我以前挺瞧不起这种男人的。后来,我发现呀,我要是女人,我也喜欢这种男人,有钱难买我愿意呀。你说对不对?"

李芹看了马文一会儿,说:"你知道女人最讨厌哪种男人?"

"哪种?"

"又窝囊又没什么本事还不肯哄女人,一天到晚窝里横的男人。"

马文听了,咧嘴一乐:"你是在不点名批评我吗?"

李芹暧昧地笑起来。

吃完饭,收拾。一碗池的碗。马文提出要给李芹洗碗,他四处找洗碗布,李芹问:"找什么呢?"

"你们家拿什么洗碗?"

李芹一乐,说:"你别管了。"

马文说:"那怎么好意思,你做了半天,再给你留一堆这些乱七八糟的……那我不是比最讨厌的男人还讨厌了?又窝囊又没什么本事还不肯哄女人,而且吃完饭连碗都不刷!"

李芹被马文逗得笑起来。她伸手打开洗碗机,把碗一个一个排进去,马文看着,追着贫了一句:"这就是传说中的洗碗机吧?"

李芹:"把'吧'字去掉,问号改叹号。这就是传说中的洗碗机!"

马文也被李芹逗笑了。

俩人靠在厨房,一边等洗碗,一边李芹张罗着要煮咖啡。

马文忙制止,说:"你别忙了,我晚上从来不喝咖啡,喝了就别睡了。"

李芹继续做着煮咖啡的准备工作,说:"你不喝我喝,我晚上不喝一杯咖啡,就别睡了。"

"你这人怪啊。"

"一个人生活时间长了,都会有点怪。"

马文有点不好意思了,赶紧解释说:"我倒没觉得你有那方面的怪。"

李芹问:"哪方面?"

马文吭吭哧哧解释,说:"好多老姑娘脾气都怪。"

"我不是老姑娘,我是老女人。"李芹说完,眼睛剜马文一眼。马文不敢接李芹这一眼,赶紧转移话题,说:"那等你咖啡煮好了,我就走……"马文说到这儿,有点心虚,又加了一句:"要不没地铁了。"

李芹说:"你非得回去啊?"

"我儿子明天开学。"

"他开学怎么啦?"

"我好久没见着他了，他一直住他姥姥家。"

"你要走就走呗，干什么非找借口。"

"我没找借口。是真的，不信你问李义。"

李芹说："我问他干什么?!"说着，转过来看着马文："你不用非等我把咖啡煮好，反正你也不喝……"

马文不好意思，说："我喝一杯。"

"你不是说不喝吗？"

"我改主意了。"

"别勉强。"

"不勉强。"

李芹略带幽怨地："你不是喝不惯咖啡吗？"

马文说："多喝不就习惯了？"

互相又看了一眼。这一眼，李芹看得大胆，马文也没有躲闪。

李芹煮好咖啡，马文帮忙加糖加奶。这时马文的手机响，正好手机离李芹比较近，马文正在洗手，李芹就把马文的手机替他递过去，但上面显示的"前妻"两个字，俩人都看见了。

马文赶紧擦了手，接手机，一接就满脸放光，说："马虎，你在哪儿呢？想爸爸吗？不想?! 不想为什么给爸爸打电话啊？"

马虎说："就是问问你晚上回来吗？不回来我就住你那个房间了。"

马文脸色难看，说："马虎是希望爸爸回来，还是不希望爸爸回来？"

马虎："你回来我就只能睡在客厅了。"

马文接完马虎的电话，非常不高兴。咖啡也喝不下。

李芹看着马文脸色难看，也不便说什么，只说："现在小孩都这样，不懂事。"

马文愤恨地说："什么不懂事，我看他是巴不得让我滚蛋！"

李芹笑着说："你已经成了钉子户。"

马文说："我就做钉子户，干脆谁也别想痛快！"

李芹问："你为什么不能成人之美呢？"李芹的话里别有深意，一对毛眼眼忽闪忽闪地看着马文。她是想留马文住下。马文感受到了，没往下接。他干笑着说："我境界低呗。"说完，不等李芹说话，就对李芹说："行了，饭也吃了，咖啡也喝了，我该走了。"

李芹："拜拜。"

马文转身走，李芹看见马文落下的手机，她叫住马文："你手机。"

马文："啊，差点忘了。"马文接过手机，走了。

李芹一个人，无精打采地坐在新买的电脑前面，手边上的咖啡已经喝完了……

她有一种说不出来的感觉——她暗暗地把自己和杨欣做了一次比较，杨欣不如她优雅，精致，怎么杨欣想离就离想嫁就嫁，而且一把岁数还他妈的有人骚扰她！而自己，这么上杆子，倒贴着，还是留不下一个男人？而且是一个离婚的奔四张的也没有多出色还谈不上帅的男中年！

李芹恨自己，甚至恨爹妈对她的教育。女孩子要贞静娴熟，呀呀呕，贞静娴熟就是耐得住寂寞，守得住空房，那他妈的是古代男人上京赶考，做他们家眷的必备品质！他们真喜欢的还是被翻红浪轻解罗裳琵琶弦上说相思。杨柳岸，晓风残月，"执手相看泪眼"，难道看的是老婆的泪眼？"月上柳梢头，人约黄昏后"，难道约的是孝敬公婆生儿育女的黄脸婆？"莫辞更坐弹一曲，为君翻作《琵琶行》"，那是为谁翻？他们也就是写悼亡诗的时候，才能想起老婆，而且这个老婆还得早死，要是命长，连这待遇都没有。

18

孙容微笑着，整个人显得容光焕发，干练，知性，落落大方。

李义跟孙容面对面坐着。这是他们离婚以后，头一次心平气和地坐在一起。李义端详了一阵孙容，由衷地说："你这个发型挺好看的。"

孙容不动声色："是吧？"

"签证拿到了吗？"

孙容摇头，但同时说："应该问题不大。"

"去多长时间？"

"三个月吧。我还没想好去不去呢。"

"能去还是去吧。机会难得。"

孙容看着李义，似乎有点小感动。

李义说："李离也是我女儿，跟着我你还有什么不放心的。"

"跟着你我是没有什么不放心的。"孙容后半句话没有说。

李义知道她是想说还有杨欣呢。他自己默默地在心里掂量了一下，吞吞吐吐地说："不过，我们就一个房间，杨欣还有个儿子……"

孙容不无伤感："记得离婚的时候，你还跟我说，以后有困难，永远可以找你……"

李义低下眼睛："是可以找啊，我没说不能找啊。我这不是跟你商量嘛。你看这样，你出国的这段时间，我住你那儿，照应李离，成不成？"

孙容以一种看穿李义的眼神和口气说："你住没问题，杨欣不行！"

李义脸色讪讪，说："这不是在商量嘛。"

孙容说："别的都可以商量，就这事儿不能商量。顺便跟你说一句，我这辈子都不会跟杨欣有任何关系。我根本不想认识她。你也别瞎耽误工夫，搭什么友谊的桥梁。她杨欣是好人，是坏人，跟我没关系，你懂吗？我没那么现代没那么时尚，非要跟前夫的后老婆做朋友，我没那么缺朋友。"

李义软弱无力地劝解："她又没招你。"

孙容嘴一撇："没招我的人多了。"说着用眼睛指指吧台的服务员："她没招我呢，我是不是也得跟人家套套瓷，发展发展友谊，让人间充满爱？"

李义看看孙容，想说什么终于没有说。倒是孙容自己挑衅性地说了："你现在是不是觉得跟我离婚离对了？"

李义嗫嚅着说："这都离了，怎么还一见面就吵？"

"那要是离了，反而难分难舍的，那离它干什么呀？！"孙容这话是没所指的，但李义听在耳朵里，首先联想到的就是杨欣和马文。

孙容不明白为什么李义忽然就沉默了，也跟着沉默。冷场。片刻之后，李义振作精神，对孙容说："你这不是一时半会还不走呢吗？你再想想办法，我也再想想，好吧？"

孙容："我要有办法，来找你干什么呀？"

李义："好。你最快什么时候走？"

孙容："下个月底。"

杨欣觉得奇怪，怎么李义这几天忽然对自己好起来了？！而且好得有点反常。一般电视剧里，只有女一号生了绝症，才能享受到的待遇，她现在居然享受到了。当然很快，杨欣就闹明白了。她没生绝症，但是，遇到麻烦了。

孙容要去美国三个月，李离没人带。所以到时候李义要住到孙容那边儿，只能很偶尔到她这边来。李义的理由是，就三个月，小别胜新婚。再说，李离小，你一大人总不能跟孩子一般见识。杨欣说这不是跟小孩一般见识不一般见识的问题，而是李义心里有没有想到过她的问题。杨欣的意思是，如果李义心里有她，李义就不会答应孙容那么苛刻的条件，为什么她就不可以跟李义一起到孙容那边去？李义连想都没想，就说了四个字："怎么可能？"杨欣反问："怎么不可能？"李义就不搭理她了，无论她怎么吵怎么闹，李义就是任凭风浪起稳坐钓鱼台。

杨欣自己烦了几天，想也许李义是有苦衷，或许他跟孙容有什么承诺也未可知。毕竟是人家孙容的房子，人家孙容不让你杨欣进门也是人之常情。可是李离又是李义的亲骨肉，将心比心，不如退一步。杨欣反正在家闲着，工作一时也没着落，她就天天翻过来倒过去地琢磨这事，最后她想出了一个办法：让李离住到自己这边来，跟他们住在一起。李义上班忙，她还可以搭把手。

李义听了，不仅没有表现出杨欣所期待的感激，反而在那儿磨磨叽叽地说："统共一百平米，马文还占掉了一间。让李离过来怎么住？"

杨欣说："怎么没办法住？咱们小时候北京人均住房才两平米。我们好些同学，一家六口才一间屋子。你小的时候不是也和你姐一个房间？"

李义说："你不能说那些个。李离从小就独惯了。"

杨欣就知道，李义是不乐意委屈自己女儿。杨欣想唯一的办法就是求助于老妈了，就三个月时间，看老妈能不能委屈一下，让马虎住到姥姥家去。他们在厅里给马虎打的那个小隔断，暂时让给李离。

李义听了杨欣的想法，还是觉得不妥。他说他再想想辙，不行，就先租一个房子。但杨欣沉不住气，还是跟老太太说了，老太太一听就急了，说："我没听明白啊。李义的前妻要出国考察，是吧？女儿没地方住，没人管，对吧？这事儿跟你有关系吗？马虎可是你的亲儿子，你为了人家的女儿，把你的亲儿子送你妈这儿来，你，你，你讨好你后老公，也太下本儿了吧？"

杨欣脸上挂不住了，站起来拿包就要走。

老太太一声断喝："去哪儿啊？我话还没说完呢。你打小就这脾气，说走就走，你能走哪儿去啊？你跟你妈怎么着都成，你发脾气，闹，想来来想走走，没关系，问题是，你这套到别人那儿管用吗？人家买账吗？完了，你不是还得面对这事儿？"

杨欣强忍着："妈，您就别唠叨我了。我这也挺烦的。"

老太太声势一点不减："李义什么意思？他让你来跟我商量？"

杨欣说："没有，他没让我跟您说，他就是跟我念叨了念叨。"

老太太一点儿也不领情："他念叨都不该跟你念叨！"

看着杨欣，老太太一脸的恨铁不成钢，说："我看你是被这个李义拿得死死的，你说他，他也算是个男人！哎哟，住着你的房子，处心积虑地要把你儿子赶出去，现在还要把他女儿弄进来！我跟你说啊，马文坏就坏在他那张嘴上，但没那么多心眼。李义是比马文会哄你，他没别的本事，他就这点本事，而且他这点本事吧，哄别的女人，那女人但凡比你脑子灵光一点的，他都没戏！他就哄你，一哄一个准儿，你呀，打小就是顺毛驴，你这辈子吃亏就吃亏在这事儿上，一个男人嘴上给你填乎两句好话，你就觉得他把你放心上了……"

杨欣不爱听了，说："妈，您别叨唠了，我们自己想办法。"

老太太虎着一张脸说:"想什么办法?干脆再把马虎和李离凑成一对。"

老太太之所以这么说,是因为听说李义为给马文张罗媳妇,居然张罗到亲姐姐头上。杨欣替李义解释,说李义就是这么一个人,一根筋,还有点强迫症,跟马文介绍了几个没成,还就非得干成不可了。杨欣说:"他这人吧,有那么点越是困难越向前的二百五劲儿,要是一个事儿一点难度都没有,他还不爱干。"

老太太听了,连讽刺带挖苦地说了一句:"你就说他爱吃饱了撑的不就完了吗?哎,你说你跟这么一个人成天一起过,你踏实吗?"

杨欣不吱声儿了。她知道老太太对李义一直有意见。李义这人有个毛病,你越不待见我吧,我还就越躲着你。老太太每次见了李义,都对李义不冷不热的,那李义就找各种借口理由躲开。

刚结婚那阵,李义还陪着杨欣来看了几次老太太,但后来只要杨欣一提去老妈家,李义就说要去看李芹。杨欣理解李义,将心比心,她给马文家做媳妇的时候,也不愿意见马文的妈,以前根本不认识的一个人,现在见了面不仅得叫妈还得抢着干活讨她欢喜听她数落,是够累的。不去就不去吧,杨欣不跟李义计较,但老太太心明眼亮,眼睛里不揉沙子,跟杨欣说:"每次你回娘家的时候,他都去他姐姐那儿,他姐姐那儿有什么好去的啊?他姐姐也不是瘫子瘸子生活不能自理,怎么他就老得去呢?"老太太提醒杨欣,说:"你那姨父就是每个周末都说要加班,不是加班就是开会,最后那野孩子都生出来了,你姨才知道他上哪儿加的班!"

杨欣认为老妈这些话完全是无稽之谈,李义是去姐姐家,怎么能牵扯到那些乱七八糟的事情上。杨欣说:"妈,您也太有想象力了吧?他们姐弟感情好。"

老太太现成的话直戳过去:"他们姐弟感情好,他姐又那么有钱,他怎么就不能从他姐那儿借点?你们还至于住得这么窝屈?"

杨欣说:"这您就不懂有钱人的心态了,这人越有钱,就越怕人家惦记他的钱。"

老太太说:"她年纪轻轻,又离了婚,没孩子,光一堆钱,管什么用?真到老了,连个端汤递水的都没有!"

杨欣觉得老妈想法实在落伍了,说:"您就瞎操心吧。人家有钱还怕没有人给端茶递水?"

老太太冷笑,说:"我是跟不上趟儿了。那钱会端茶递水啊?"

杨欣烦了,说:"您管人家的事干什么?"

老太太气得直跺脚，说："那怎么叫人家的事儿？那就是你的事儿！她没老公没孩子，就一个弟弟，将来事儿多着呢，都是你的事！"见杨欣一脸不耐烦，老太太更来气了，说："得得得，算我没说！以后你们的事，我也不管了不问了，你们爱怎么干就怎么干。我看你们啊，人家是多一事不如少一事，你们是没事儿还得找事儿。我就不信，他前妻娘家就死光光啦？判给谁就是谁的。"

杨欣解释："她前妻那边也不容易，老爸得了老年痴呆，老妈光照顾老头还照顾不过来呢，也是有困难。"

老太太鼻子里哼了一声，说："困难？人活着谁没有困难？都得自己克服。我告诉你啊，丫头，这事儿你可不能心软。要是人家一困难，你就冲上去，这辈子你就甭干别的了，专门当困难户吧！"

杨欣在亲妈那儿碰了一鼻子灰，没辙，只有打马文主意了。

杨欣绕着弯子，说了半天，说着说着，杨欣发现马文的眼睛瞪得越来越大，杨欣赶紧不吭声了。马文气得几乎要大笑起来，他问杨欣："你跟我说这些什么意思？噢，他李义的女儿要来，跟我有关系吗？您想当模范后妈，我不拦着，但是我告诉你，也是提醒你，请神容易送神难！她那个亲妈要出国，访问学者，忙事业，嫌女儿碍事了，嫌女儿碍事把女儿扔大街上去啊，跟你说得着吗？"

杨欣说："怎么说不着？人家就是暂时住一住，你睡两天客厅怎么啦？你是男的，怎么就非得跟人家孤儿寡母较劲？"

马文不等杨欣说完，就冲口而出："别回回都拿我的性别说事儿！我是男的，以前我是你丈夫，我就得什么什么都让着你，就因为你是个娘们儿，你得有人疼有人哄有人给你花钱还什么都得听你的，现在我跟你没关系了，你该找谁找谁，总不能就因为我是个男的，这辈子都得由着女人做我的主，女人说什么我就得说'喳'，那我还是个男人吗？那我不成了大太监李莲英了吗？"说完，拉门出去，"哐当"一声把门撞上。

杨欣一筹莫展。倒是李义不那么着急，反正大不了就是到时候上孙容家去陪李离呗。李义跟杨欣说："你就当我出差了，三个月。怎么就不成？"

杨欣没话了，但没话不代表她心里舒服。以前上班的时候，她一天到晚想做全职太太，现在真做了，她又浑身上下不舒服。有一次，李义边吃饭边说："其实有个全职太太也不错，回家能吃现成的。"说完吃完，把碗筷放在桌子上，站起来要进屋。杨欣："你还真把自己当大爷啊？"

李义一脸迷茫:"我怎么啦?"

"我做的饭,你洗碗。"

"我上了一整天的班。"

"我还干了一整天家务呢。"

"你这有点不大符合全职太太的职业道德啊。"

"那全职太太应该什么样?"

"最起码的,应该毫无怨言任劳任怨吧?"

"你说的是小时工吧?"

杨欣刀子嘴豆腐心,嘴上是这么说,但手上该干还是干了。她并不在乎李义干多干少,但是她需要李义陪着她,她是一个情感需求比较多的女人。

杨欣自己戴上手套洗碗,把洗好的碗让李义用布擦干,放在架子上。

李义边干边说:"矫情。"

杨欣叹气,说:"我现在能体会你姐的痛苦了。不上班闲呆着,呆得连个朋友都没有。我这好歹还有你能说说话,你姐……也难怪她对马文那么上心。"

以前,杨欣说到李芹和马文,李义还会接上两句,但现在,李义连这个话题都不接了。杨欣就更觉得憋屈。这憋屈时间长了,难免感觉压抑。压抑久了,杨欣就觉得肚子里有一股无名火,她隔三岔五的就得跟那股无名火较劲,有的时候她能压下去,忍字头上一把刀;但有的时候,她压都压不住,完全失控,经常是一点鸡毛蒜皮的小事,杨欣也能跟李义嚷嚷半天。比如说杨欣去银行交话费,结果发现话费李义交过了,按说这就不叫事儿,但杨欣就能跟李义大呼小叫地嚷嚷:"你交了你倒是跟我说一声啊,有你这样的吗?我排了一下午的队!"

李义上一天班,好容易到家,又被杨欣这么一嚷嚷,当时脑袋就大了。李义皱着眉头说:"你能不能小点声儿不嚷嚷?"

"我怎么嚷嚷了?我不就是嗓门大一点吗?我记得你以前还说过呢,你就讨厌那些假装矜持扭扭捏捏假模假式的女人,怎么现在你改变口味啦?又喜欢那种多愁善感黛玉葬花一类的啦?"

李义一听,更烦。他本来就话少,一加上烦,不仅一句话没有,还搭上一张驴脸。杨欣就越发委屈得不得了,但小不忍则乱大谋,李义要真火了,她还真就能不顾自己委屈不计个人脸面,直接使出软招子,比如说从身后抱住李义,把脑袋贴在他的后背上,说:"别生气了,人家一天到晚在家闷着,连个说话的人都没有……"

李义听了，就会心软，一心软就会说："我没生气。我知道你烦。"

"那你干什么一回来就绷个脸？"

李义又没话了。他自从当了项目经理以后，就忙得上天入地的，而杨欣在家闲着，没工作，一回家就说些家长里短，而且是完全重复性的，没任何新鲜内容的，他能不绷个脸吗？

19

　　孙容挂了电话，看了李离一眼。李离坐在钢琴前弹琴，她是一个极敏感的女孩子，不仅注意到孙容看自己的一眼，而且完全明白母亲孙容的意思。她一边接着弹，一边问孙容："跟我有关系吗？"

　　孙容："是这样，李离，妈妈的户口在上海，美国使馆要求签证必须本人到户口所在地的领事馆签……"

　　李离打断："您跟我说这么多干什么？您把我送林叔叔家不就成了吗？"

　　孙容："你喜欢林叔叔？"

　　李离绷着个脸。

　　孙容只好自己讪讪地说："林叔叔要陪妈妈去上海签证，你这两天跟爸爸在一起好不好？"

　　李离还是绷着个脸。孙容耐下心来对李离："李离，妈妈这样做，都是为了你。妈妈不愿意你将来长大了，需要妈妈帮助的时候，妈妈却只能给你一个慈爱的微笑，不能给你任何实质的帮助。那样，妈妈会觉得对不起你的。你也会对妈妈非常非常失望。"

　　李离还是绷着脸，无动于衷的样子。

　　孙容于是只好也冷下脸，说："我现在给你爸打电话。"

　　"您既然不喜欢他，看不起他，觉得他窝窝囊囊没出息，跟他离了婚，为什么还要给他打电话？磨磨叽叽的！"

　　"因为他是你亲爸！"

　　杨欣在家里，撸胳膊挽袖子收拾房间，她是为李离收拾呢。李义出差前，特意跟她交代，孙容要去上海办签证，一共三天，让她帮着照看一下李离。这事儿对于现在的杨欣来说，就是天大的事儿，她就跟领了圣旨一样，唯恐有哪里不周。

马虎放学回家，发现家里干净得一塌糊涂，而杨欣还在继续收拾，并且喊着马虎，要马虎赶紧换鞋，刚擦的地。马虎莫名其妙："这是咱家吗？"

"换鞋换鞋……"

"我这不是换着呢吗？"

"你在门口换，你这都进来了……"

"妈，您不会是又要结婚了吧？"

杨欣惊得目瞪口呆。马虎说："您上回结婚，就收拾了好几天……"说着，看见桌上有两袋腰果，马虎拎起一袋拉开就吃。杨欣赶紧过去，把另一袋收起来，对马虎说："这一袋是你妹妹的，你们一人一袋。"

马虎差点噎住，说："我妹妹？哪个妹妹？就李叔叔那个吧？她什么时候来？"

"明天。"

"长得漂亮吗？"

"漂亮。"

马虎："漂亮还行，要是不漂亮，就'轰了出去'！"

马文到家，也吓了一跳。家里窗明几净，好几年没有过这光景了。等进了自己那屋，马文惊讶地发现自己的房间也被收拾了一遍。马文回头，见杨欣站在门口，似乎有话对自己说，但又没想好怎么说。正这当口，马文的手机因为电池电量低而嘟嘟嘟报警，马文立刻满桌子找充电器。

杨欣："你找什么？"

马文对杨欣把自己房间收拾一新，持高度警惕，他决定跟杨欣拉开距离，道："你想说什么就说吧。咱俩好歹夫妻一场，就免了这些客套吧。"

杨欣说："明天李离要过来。"

马文停住："李离？李离是谁啊？"

杨欣硬着头皮："李义的女儿。"

马文故意吊儿郎当："李义的女儿？你们不会给我介绍这么小的姑娘吧？"

杨欣不好发怒，毕竟她是有事求马文，她说："人家刚7岁。"

"哦，小点儿。再过个十年差不多。"

杨欣说："跟你说正事儿呢。"杨欣发现马虎在外面探头探脑，回身把马文房间的门关上，马文看着杨欣这一举动，说："正事儿还用关门吗？"

杨欣不理睬马文的贫嘴瓜舌，对马文说："李离在咱们这儿就住三天。人家是客人，你看你能不能让她睡你这屋，马虎跟我睡，你先暂时睡马虎那儿，反正你晚上一般也都回来挺晚的，回来就睡觉……"

马文冷笑着说："她要是不住三天怎么办？是不是以后我就都得住客厅了？你们想得也太好了吧！"

杨欣说："你怎么这么小人之心？"

马文还是冷笑："我还小人之心？我够君子之腹的了。你说你是我前妻，你结婚没房子，你让你后老公住进来，我说什么了？"

杨欣说："你还没说什么？你天天就这点事儿了！"

马文不言语。

杨欣憋不住了："咱们痛快点，李离的事，怎么着吧？你要是不答应也成。大不了，住我那屋。"

马文一脸神秘莫测，对杨欣说："俩字。"

杨欣脱口而出："可以？"

马文说："休想！"杨欣气得没脾气。拉门出去。马文对她喊："哎，我那充电器呢？你给我收哪儿去了？"

第二天一早，孙容带着李离来了。杨欣开的门，两个女人当着孩子的面，都格外亲切热情。杨欣接下李离背的包，把孙容母女让进来。

孙容看了看环境，嘱咐李离："李离，听阿姨的话，有事儿给妈妈打手机，妈妈大后天就回来。"孙容这话是说给杨欣听的，刚才一路上她一直叮嘱李离的是"人善被人欺，马善被人骑"。

杨欣见李离打进屋就没说过话，赶紧热情地说："别拘束，跟在自己家一样。"

李离直眉瞪眼地问："我的房间呢？"

杨欣赶紧把李离带到自己那屋。李离眼睛扫了一遍房间，冷冷地问："我的衣服放哪儿？"

杨欣麻溜儿地把一个衣柜门打开，说："这儿，都给你收拾出来了。"那是一个双开门的衣柜，里面一半全部腾空，另一半是杨欣的衣服。李离毫不客气，过去不由分说，伸手就把杨欣的衣服全扔到床上。

杨欣忍住火,没发作。

孙容在边上看着,略带尴尬,她急中生智,装作内急的样子,高声问杨欣:"哎,你们家卫生间在哪儿?"

杨欣就知道孙容是要借故跟她单独说两句,忙说:"我带你去。"

孙容一把将杨欣拉进卫生间,对杨欣说:"李离这孩子从小脾气就怪,你要是实在那个什么,我再想别的办法。"

杨欣问:"你什么时候的机票?"

孙容说:"下午的。"

杨欣说:"那你还来什么假招子?"

孙容说:"不是假招子,我可以把机票退了。"

杨欣看着孙容,说:"算了,我答应李义了……反正统共也就三天时间,你不就回来了吗?"

孙容说:"我尽量快吧。"

杨欣送孙容走,孙容对李离:"李离,妈妈走了。"

李离头也不抬,说:"知道了。"

孙容看看杨欣,杨欣说:"我手机你抄了吧?"

孙容说:"抄了。"

杨欣送孙容到电梯口。电梯门关上,杨欣深吸一口气往回走。电梯门内,孙容也深吸一口气。

杨欣回到房间,李离正在客厅书架上翻马虎的书,马虎的书平常连马文杨欣都不让碰的。杨欣想马虎肯定会不高兴,但显然她这个做后妈的没法制止李离。杨欣去了趟厕所,就在这个时候房间里电话响,杨欣着急忙慌地草草完事儿,连手都没顾上洗,就冲了出来——事实上,电话一直在响,而李离就跟聋子似的,一动不动。

电话是李义来的,他不放心,特意打电话来问李离到没到,要跟李离说两句。

杨欣冲着客厅喊:"李离,你爸电话!"

李离绷着脸走进来,接过电话,一声不吭听着,完了,直接挂了。

杨欣在边上,一边收拾床上被李离扔出来的衣服,一边观察李离,见李离要挂电话,赶紧追过去说:"别挂别挂!我还有话呢。"李离不紧不慢地把电话挂上，对杨欣一乐，挑衅地说："您不早说。"杨欣不能跟孩子置气，只好忍了。

杨欣最担心的事情发生了。马虎跟李离完全无法相处。而且俩人从一见面就不对付。杨欣对马虎进行紧急战前动员，什么你要让着妹妹呀，要跟她玩呀。说了半天，马虎丢过去一句："她怎么玩啊？一点不好玩！"

杨欣就想，得，也别委屈自己儿子，不玩就不玩，相安无事就好。

但杨欣没想到，眨眼工夫，马虎跟李离就打起来了。

当时的情况是，马虎正看着电视，李离从杨欣屋里出来，一屁股坐在沙发上，直接拿起遥控器就把频道换了。马虎劈手就夺遥控器，李离毫不示弱，俩孩子乒乒乓乓一通乱打，李离眼看打不过，一口咬住马虎的手，马虎拿脑袋"砰"的撞到李离脑门儿上，俩孩子齐声大哭。杨欣正在卫生间上厕所，连水都没冲，提上裤子就跑出来，她生生把自己儿子拉到马文房间，关上门。又把门从外面锁上。马虎在里面又哭又喊。

杨欣硬着心肠，不理睬里面哭喊的马虎，跑过去一边摸李离的脑门儿一边说："阿姨看看，怎么样啦？不疼了吧？"李离一把推开杨欣，径直进了杨欣那屋，"砰"的把门关上。杨欣愣愣地呆在原地。马文房间里，马虎又哭又喊；她自己那屋里，李离又关起门来宁死不屈。杨欣欲哭无泪。

马文到家的时候，厅里空荡荡的没有人，他觉得奇怪——不是说好今天李义的女儿过来吗？他还特意带了礼物回家。马文去敲杨欣那屋的门，敲了半天，没人应门。马文一用劲，门开了，李离坐在床上，马文走过去跟李离打招呼。

马文："你是李离吧？"

李离连眼皮都没抬。

马文从包里拿出一个芭比娃娃，问："喜欢吗？"

李离看了一眼，宠辱不惊。马文倒吸一口凉气，心说这孩子怎么这样！但脸上依然保持关心的表情，说："哟，李离不高兴啦？你脑门儿怎么回事？是磕哪儿啦？"

李离冷眼看马文，说："你能不能说点不那么弱智的话？"

马文被噎得差点一个倒仰。马文四下看看，走也不是不走也不是。没想到李离跟看穿他似的，冷冷地说："你直接出去就行了。把门带上。"

马文照着办了。退出，带上门。长出一口气。这时见杨欣从他那屋走出来，一脸疲惫，马虎则是满脸泪痕。

"这是这么回事？"

杨欣赶紧给马文使了一个眼色，示意小点声，不要让李离听见。

马文心疼地看着自己儿子马虎的手，那上面有清晰的一排牙印。马文看着杨欣，气得半天才说出一句话来："你男人生的女儿怎么那德性？"

李离一个人带着马文送她的芭比娃娃睡在那张双人床的中间，杨欣一看，显然没有给自己留出地方。杨欣抱着双臂过去，对李离说："你这样睡，我怎么办？"

李离翻身关灯，不搭理杨欣的话茬，对杨欣说："你出去的时候，把门关上！"

杨欣只好忍一口气，不跟她一般见识，默默地抱着被子到客厅去。眼睛里漫上眼泪。她知道后妈难当，但没想到这么难当！

客厅。杨欣睡在马虎平常睡的地方。

马文房间。马文搂着马虎睡。马虎的脸上似乎还有委屈的眼泪。马虎睡觉很不老实，翻来覆去，马文睡不着，到厅里沙发上坐着。

前夫前妻，双双失眠。杨欣索性也爬起来，陪着马文坐着。

马文突然说："这么着肯定不行，明天得另想辙。"

杨欣说："想什么辙？把马虎送我妈家去？"

马文居然同意："这也是一个办法。"

杨欣："不行。我妈肯定得骂死我：自己的亲儿子被欺负得无家可归，倒死乞白赖讨好人家的闺女，给人家的女儿当模范后妈，这不是有病吗？"

马文说："你才知道你有病啊。"

杨欣不说话了，马文觉得自己话说重了，往回找补，说："话说回来，这大人跟孩子，别管怎么着，别管发生什么事，大人都不占理……这就跟男人和女人，别管这女人多王八蛋，但只要吵起来，搅和到一块，这男人就不占理，要不怎么说'好男不跟女斗'？只要跟女斗，斗赢了，人家说你一男的欺负人家妇女；输了，人家说你一男的，连女人都降不住……"

杨欣冷眼看着马文，说："你说什么呐？说着说着说哪儿去了？"

马文立刻说："不好意思啊，我这人说话爱跑题儿。言归正传，要我说啊，明天去找趟李芹，跟她商量商量，他们家房子大。"

杨欣酸溜溜的："她家房子大？故宫的房子更大，跟我有什么关系？"

马文说："李离好歹是她弟弟的亲女儿吧，怎么跟她就没关系呢？"

杨欣担心："问题是，李离那孩子可不是个善茬儿，你说让她去哪儿她就去哪儿啊？再说，这事儿要是李义在，去找他姐，李芹可能给这个面子，我去，我算哪门子亲啊？"

马文说："实在不行，我去找她，跟她说说。"

杨欣更加酸溜溜："你跟她到这份儿上了吗？"

马文不置可否，反问杨欣："你是希望我跟她到这个份儿上，还是不希望呢？"

杨欣正色，说："你别小人之心啊！我是怕你被她涮了。"

马文说："她能涮我什么呢？我一个大男人，钱没她多，要什么没什么，我还有什么好怕被女人骗的呢？要真有女人肯骗我，我求之不得呢。尤其是又漂亮又有钱的女人，我巴不得她们来骗我呢，巴不得她们给我使美人计呢。"马文的话有故意气杨欣的成分。

杨欣被噎得半天说不出话来，最后只好说："你要是想找个女人玩玩，我不反对，但是咱兔子不吃窝边草，李芹别管怎么说，是李义的姐姐。李义缺心眼，把你介绍给他姐姐认识，初衷是为了让他姐姐有个归宿，你有个家，两全其美。但是，他就不好好想想，他前姐夫，李芹的原配老公，那是一个什么样的男人？"

马文不服气，说："那是一个什么样的男人啊？我没见过，你跟我说说，让我也开开眼。"

杨欣："这么说吧，王大飞就好比是鱼翅，你就是那窝窝头，人家李芹是吃过鱼翅的……"

马文被伤了自尊，说："没准儿人家就是吃鱼翅吃恶心了，想换个窝窝头尝尝鲜呢。我这好歹还是栗子面的吧？"

杨欣说："马文，你要是这么说，我就没话了。我就是提醒你，李芹不可能，也压根儿不会把她前夫忘干净……"

马文故意顶杨欣，说："一日夫妻百日恩，能把老公转眼忘得一干二净，扭头就嫁了别人的，那得多没心没肺？"

"你不用这么指桑骂槐的。我现在心里也不好受。"说着，杨欣眼圈红了。

马文见杨欣这样，反倒不好说什么。

第二天一早。马文要上厕所，到厕所门口，撞上李离，李离一副冷脸，马文赶紧识趣地退让到一边，李离拉厕所门进去了。马虎从房间里出来，伸手就要拉厕所门，杨欣赶紧说："你妹妹在里边呢。"

马虎说："我没有妹妹，她不是我妹妹！"

杨欣制止马虎，说："她是你妹妹，你要爱护她。"

马虎浑不吝地嚷嚷起来："不是不是就不是！她是丑八怪，让她滚蛋！"

李离推门从卫生间里出来，冷眼看着马虎，说："一个人长成你这样，还能活下去，说明什么你知道吗？"

马虎虎视眈眈地看着李离，李离说："说明一，这个人缺乏自知之明；说明二，这个人没皮没脸。"

马虎冲过去就要推李离，被李离闪开。李离轻蔑地说："人类的手不是用来打架的，你还没进化全吧？还以为你那俩玩意是爪子吧？"说那'俩玩意'的时候，李离故意举起自己的手，那是一双长年练钢琴的漂亮的手。李离很骄傲的样子。

马虎顺手拿起一个杯子就扔了过去，李离用手一挡，杯子摔在地上碎了，同时手上也被划了一个口子，杨欣和马文见状，赶紧一人一个把孩子拉开。

马文替马虎推着山地车，对马虎说："这个山地车是叔叔给你买的吧？"

马虎说："爸，您别绕弯子了。山地车是山地车，丑八怪是丑八怪。反正我今天放学，那个丑八怪就得消失，人间蒸发。"

马文继续劝导："李离是李义叔叔的女儿，李义叔叔对你这么好，你对他的女儿也应该好。"

"可是我讨厌她啊。"

"她最多在咱们家再住一天。"

马虎说："一天也不行！她住我就不住，我说到做到。"说完，骑上车走了。

杨欣在客厅里，被李离锁在门外。杨欣不停地敲门，说："李离，李离……开开门……"

李离不开，杨欣实在没办法，找了把改锥，把门锁给撬开了。杨欣推门进去，见李离趴在床上，用她那双流血的手在床单上，做弹琴状，好像很入迷的样子。床单上，血迹斑斑。杨欣拿这个倔强的小姑娘一点办法没有，只好坐到床边，问李离："流血了啊。"

李离头也不抬："看见了还问！"

杨欣说:"阿姨带你去医院看看。"李离置若罔闻。

杨欣说:"伤口要是感染就危险了,会得破伤风的!得了破伤风,以后李离就再也不能弹钢琴了。"

李离笑着对杨欣说:"那样我爸爸就会恨你,就会恨马虎,你是怕他恨你们吧?我爸爸要是不管你了,你就得再找一个男人,养你,养你儿子。"说着,看看杨欣,接着刺激她:"但是,我很怀疑你能找到一个好男人,因为好男人是不会喜欢你这种档次的女人的。因为你已经老掉了,老掉的女人就像旧东西,不好看不好用还让人倒胃口。"李离的话说得尖刻,杨欣忍住气,沉默片刻,格外平静地说:"李离,我知道你是想激怒我,但是我不会那么容易被你激怒的。我对你好,不是因为怕你爸爸不要我了,而是怕你爸爸会伤心。"

李离说:"你要是再提我爸爸一句,我就砸你这里的一样东西。"

杨欣看着李离,俩人互相运气。杨欣开口,刚说一个"我"字,就听见"哗啦"一声,镜子碎了。

杨欣走在大街上,有点漫无目的,她最后硬着头皮给李芹打了个电话。李芹正坐在马文公司附近的一家咖啡馆,她约了马文,杨欣说要找她,而且还很急,李芹就让杨欣过来。

杨欣到的时候,李芹正一脸幸福地给马文发短信,催他快点过来。杨欣悄没声息地走到李芹对面,坐下,李芹发完短信,一抬头看见杨欣,吓了一跳。说:"你来啦?怎么跟个贼似的,连个动静都没有!"

杨欣说:"我跟个贼似的?你做贼心虚吧?!今天怎么上这边儿来了?"

"买个手机。"

"手机哪儿都有卖呀。"杨欣说着,拿起桌上李芹新买的手机,说:"这手机够气派的啊,适合大老板用。"

李芹不接茬,杨欣把手机放回盒里,李芹把盒子合上,收起来,问杨欣:"到底什么事啊?这么急!"

杨欣喘口气,说:"那我就不客套了。"

李芹沉住气,看着杨欣,等她自己往下说。

杨欣说完,李芹不言声。杨欣感到有些尴尬,她只好又说一遍,说到第三遍的时候,李芹终于开口了:"李离那孩子我了解,她从小是她姥姥带大的,她姥姥家以前算是贵族吧,祖上据说跟努尔哈赤打过天下,所以总觉得自己血统比一般人高贵，李义在他们家受的委屈就不说了，李离一生下来，她姥姥就给抱走了，明着告诉李义，她不乐意让自己的外孙女长成胡同里的野丫头，打小就不让李离跟普通人家的孩子玩。有一阵，还撺掇着李离改姓，改成她们家祖上的姓，叫什么来着，特怪的一个。"

杨欣："我说那孩子怎么那么怪呢。我开始只觉得她可能是不懂事，以为她这么做是怕自己受欺负，属于过度保护。敢情还有这么一层，是不是咱们在她眼里，都是下人，草芥，贱民，她是公主，小姐，格格？"

李芹一笑，说："我不是不答应让李离上我那儿住，李离怎么说也得跟我叫姑姑，我是想，李离去了我那儿，李义又正好出差，说句你不爱听的，你跟马文，不太方便吧？"说完，眼睛审慎地看着杨欣。

杨欣虽然被看得有点心虚，但毕竟没做亏心事，于是说："你要是不乐意就算了，反正李离再住一天也就差不离了，干什么把话说那么难听？"

李芹说："我这个人比较直，心里有什么就说什么。"

杨欣一乐，不以为然，说："你不至于真怀疑到这一层吧？"

这时，马文进来，服务员迎上去问："先生，你是找人还是……"

李芹看见了马文，遂高高举起手臂。马文立刻兴高采烈地过来，但是走到跟前，才发现坐在李芹对面的竟然是杨欣，不免吃一惊，同时又有点尴尬。

马文坐下，对杨欣："李离呢？她那手没事儿了吧？"

杨欣爱搭不理，说："我要早知道你们在这儿约会，我就不过来当电灯泡了。"

马文想解释，但又一时无从说起，而李芹则说："哟，我本来还想请你跟我们一起吃饭呢。我倒没想到这一层。"李芹说"这一层"的时候，带着故意，杨欣就知道李芹是针对她刚才说的那句：不至于真怀疑到（她和马文）的"这一层"。

马文不明就里，还在那儿傻呵呵地问："没想到哪一层啊？"

杨欣差点就说："你傻啊哪一层？前夫前妻那一层呗。"不过杨欣忍住了，她毕竟是有事求着李芹，再说李芹又是李义的姐姐，何必搞得这么血雨腥风的。所以，杨欣笑了笑，对李芹说："你要真有心一起吃个饭，不如干脆先上我们家，叫上我们家那小姑奶奶，你好歹是她姑姑，我一个人真伺候不了她。"

李芹看着马文，等马文表态。马文觉得大家一起去家里吃，很别扭，而且也感觉出两个女人在较劲，于是说："主要是下午还得上班。你们吃吧，我就坐会儿。"

李芹拿起马文桌子上的手机，一面优哉游哉地把他旧手机的卡取出来，一面拿出自己刚买的新手机。

马文看李芹把自己的卡取出来，不知道她要干什么，连忙说："别呀，万一我们头儿找我……"

李芹一边说"哪儿那么寸"，一边取出新手机，把卡给换到新手机里，又把新手机递到马文跟前，说："你那个破手机早该扔了。"

杨欣被冷落在一边，心里早已经不痛快。她随嘴问了一句："这手机多少钱啊？"

李芹大大方方地说："8500。"一个漂亮而有钱的女人的那种自信，跃然脸上。

杨欣有点不舒服，但又没脾气，她从马文手里接过手机，翻过来掉过去地看，又说："还能照相呢吧？我给你们照一个！"说着自告奋勇给马文和李芹照。马文有点尴尬，李芹倒是格外大方。杨欣照完了，装作没拿稳，把手机摔在地上。然后又做戏似地捡起来，说："哎呀，摔坏了，不好意思……我给你们修吧。"

李芹故意不说话，看着杨欣，同时也注意马文的态度。

马文说："我还用旧的，这个回头修好了，给马虎吧。"

杨欣立刻眉开眼笑，说："那我得替马虎谢谢李芹。哎呀，马虎跟我说了好几次了……谢了啊！"说完，站起来，拿包，扬长而去。

杨欣故意昂首阔步地走出咖啡馆，咖啡馆是临街的那种，巨大的落地窗，杨欣知道李芹和马文肯定在看她，所以故意走得高高兴兴，而且还隔着玻璃窗对马文和李芹摆摆手。但是刚摆完手，杨欣就撞在一个人身上，那人对杨欣说："干什么呢？走路不看道儿啊！"

李芹招手买单，马文掏钱包。李芹没有制止，让马文买了单。

马文硬着头皮问："走吧？"

"去哪儿？"

"我下午还得上班。"

"我知道。你电话里不是说有话要跟我说吗？难道就是'我下午还得上班'这句话？"

马文被李芹说得不好意思起来。

马文跟李芹说的，杨欣刚刚说过。马文说到一半，意识到了，他停下来，问："杨欣跟你说过了吧？"

李芹笑笑，说："是，说过了。我跟她说，要是实在住不开，就让你上我那儿去。"说完，一双眼睛上下打量马文。马文被李芹打量得很不自在，但还是硬着头皮说："她怎么说？"

李芹一笑，说："她怎么说对你很重要吗？"

马文干笑，说："你看你，我有这个意思吗？"

李芹看看空的手机盒，手机盒里还有一张发票，李芹显然对杨欣拿走那个手机很不满意，但又不愿意直接说出来。她把那个空盒子递给马文："这里面有发票，要是马虎不喜欢，凭发票15天内，可以退可以换。"

马文脸红了，也觉得刚才杨欣那么做不合适，对李芹："她那人就那样。马虎用我这个旧的就差不离了……回头我给要回来。"

"女人的毛病都是男的给惯的。"李芹说完，站起来拎包要走，马文手里拿着空盒子，跟着李芹站起来，对李芹说："那晚上，我带马虎过去……马虎跟李离总不对付。"

李芹一笑，说："随便你。我给你收拾一个房间还是两个？"

马文谄笑，说："一个，一个就够了。"

事实上，当天晚上，马文并没有用上李芹的房间。

孙容提前一天办完事儿，马不停蹄地折了回来。一下飞机，就直奔杨欣家。她的男朋友林之凡陪着她一起去的。俩人到杨欣家，敲半天门，门没开。孙容急了，给里面打手机，电话光响，也没有人接。孙容急着给杨欣打电话，杨欣幸亏没跟李芹吃饭，她拎着一堆东西，已经到了楼下。门是从里面反锁上的。孙容一下子就急哭了，说："李离不会出什么事儿吧？"

杨欣明知道李离可能是故意的，但也不能说什么，最后杨欣从邻居家的阳台翻过去，进了房间。李离戴着耳机在听音乐。杨欣走到李离跟前，李离一副神圣不可侵犯的样子，杨欣只好暂时不跟李离叫阵，径直去开了门。

孙容几乎是扑进去，对表情冷漠的李离说："你怎么不给妈妈开门啊？"

李离把耳机摘下来，轻描淡写地说："我没听见。"

这时孙容发现李离手上的伤口，惊叫："这怎么回事？"李离不说话，眼泪却在眼圈里打转，孙容以为李离受了什么大委屈，连忙把女儿搂在怀里。杨欣在边上看不下去，想解释又无从解释，只好一个转身出去，把卧室门替她们带上。

李离要换衣服收拾东西，孙容让林之凡去跟杨欣把账结了。

孙容说："你去问她花了多少钱，咱不欠她的。太不像话了！"

杨欣在客厅里坐着，林之凡冲杨欣笑笑，说："杨小姐，这几天让你费心了。"

杨欣跟林之凡客套，说："李离那手……"

林之凡摆摆手说："一道小口子。这怎么说呢？这口子要是在自己家划的，划了也就划了；这要是在别人家划的，就格外心疼。"

杨欣冲林之凡笑笑。林之凡也冲杨欣笑笑，杨欣忽然想起来了，也认出来了，这个林之凡就是曾经给自己难堪，让自己丢了饭碗的那个林总。

杨欣当即心头火起，夹枪带棒地说："您心理素质真好，能在我面前这么若无其事。"

林之凡："我原先还以为你心理素质和我的一样好，原来是你记忆力差，到现在才想起我是谁。"说着掏出钱包，对杨欣说："咱们结一下账，你花了多少钱，该我们结的我们结。"

杨欣感到有些惊讶，不可思议。林之凡接着说："跟我算就行了，以后李离得跟我叫爹。"

杨欣讥讽道："那她可够不幸的。"

林之凡："那看和谁比。比起你儿子，她就算幸运了。"说着，故意夸张地看看杨欣的居住环境，指指客厅隔出的小床，说："你可够对不起你儿子的，他平常就住那儿？太憋屈！"

杨欣虎着脸说："我们老家有句话：宁要讨饭的娘，不要做官的爹……"

林之凡笑起来，说："这话都是你们这些没有做官的爹的平头老百姓编出来自慰的吧？我们老家也有一句话：学好数理化，不如有个好爸爸！"

杨欣气得说不出话来。

杨欣房间的门开了。孙容带着李离出来，孙容看也不看杨欣，只对林之凡说："给她钱了吗？"

林之凡拿出1000元，对杨欣说："这么着，我按星级酒店的住宿标准给你，李离总共在这儿住了一个晚上，现在也就是下午……"

杨欣冷淡地说："我们家不是开酒店的，也不缺你这钱……"

李离过去，劈手把钱夺过来，扔在茶几上，对林之凡说："走吧。"

杨欣气得浑身发抖。

李义在楼下碰到林之凡孙容和李离。他是从机场一路狂奔过来的，刚出差回来。紧赶慢赶就为了见着李离一面。

　　"这就走啊？"李义迎上去。

　　孙容说："不走还怎么着？等着你老婆拿笤帚赶我们呀？"

　　李义结巴了："这，这，这，不会吧？"

　　孙容把李离的手拿起来给李义看："你回去问问，李离统共在这住一个晚上，再搭上这半天，哎，脑门上脑门上一个包，手上手上一口子，这都怎么回事呀？！"

　　李义脸色难看。他注意到林之凡，林之凡也注意到他。互相看一眼，孙容没有给二人介绍。二人也没有自我介绍。但彼此都客气地点点头。

　　房间里气氛沉闷。天已经黑了，没有人开灯。李义自己窝在沙发上。房间里保持着李离走的时候的乱七八糟，包括杨欣的衣服又被扔出来，床单上的血，还有碎了的穿衣镜。杨欣躺在床上。

　　由于房间里没有开灯，所以马文下班回家，并没有注意到坐在沙发上的李义。他也不知道李义是今天出差回来。马文径直走到杨欣房间，发现杨欣房间的门被撬坏了，镜子也碎了，杨欣一个人躺在黑暗中，神色木然。

　　马文咳嗽一声，杨欣没反应。马文说："哎，那个小王八蛋呢？"

　　李义从沙发上闷声闷气的："哪个小王八蛋呀？"

　　马文一转身，说："哟，李义回来了？什么时候回来的？"

　　马文把李义叫到自己房间，关上门，对李义推心置腹，他把该说的都说完了，李义还是不言声。马文有点无奈，说："反正我都跟你说了，情况就是这么个情况，你爱信不信。李离是你自己的女儿，她什么脾气，你应该比我和杨欣都了解。"

　　李义抱着脑袋，说："我是知道，要不，我怎么紧赶慢赶地回来？我告诉你，我昨天下午六点开完的会，晚班飞机实在赶不上了，我是坐早班飞机赶回来的，就怕出事儿……"

　　马文说："这事儿咱别来回翻扯了，反正也已经这样了。"

　　李义眼睛里似乎有了泪光，他生生把眼泪忍回去，说："换了你，你不难受啊？"

　　马文："你真难受呀？真难受，我给你一秘方。以前听一相声，是马三立说的，说一人卖秘方，治痒痒的秘方，有一人买了，回去打开一看，两字'挠挠'，

≈195

这难受也一样,两字,'忍着'。没别的办法,就得忍。人活着就是一个含辛茹苦。要么咱中国话里,称赞一个人有本事,咱说什么?咱说这人有'能耐',什么叫能耐啊?就是能忍能耐,那叫能耐。"

李义被马文说得苦恼地一笑。

20

李芹把房间收拾出来,左等右等,马文一直不来,李芹着急了,给马文拨了一个电话。马文手机的卡恰巧被换到新手机上,而新手机又被杨欣装到自己手包里。李芹的电话一来,杨欣的包里就发出娇滴滴的"来电话啦,是我呀"。

杨欣拿出手机,李义一眼发现那是新手机,因为这个手机太扎眼了。

李义问:"你换手机了?"

杨欣说:"我哪儿换得起,这一个8500元,是你姐送马文的。"

说着,把电话递给马文,追一句:"李芹的。"

李芹:"你几点过来?房间都给你腾好了。"

马文:"那什么,李离走了,李义也回来了。"

李芹听了,不高兴了,说:"李离走不走,李义回来不回来,跟你过来不过来有关系吗?"

马文:"没关系没关系,我这不是还得收拾收拾吗?"

李芹:"你能今天过来还是今天过来吧,我电脑上不了网了。"

马文:"你现在开机了吗?"

李芹:"开机了。"

马文:"你在桌面上找一个'我的电脑'。"

李芹:"我的电脑就在桌面上啊。"

马文:"这么着吧,我告诉你,桌面不是你现在坐的那个桌子的桌面,我说的桌面是指电脑显示屏给你显示出来的那个东西,那叫桌面,对,你在那上面找,有一个文件,名字叫'我的电脑',你找着了吧?"

随着马文的指点，李芹的鼠标找到了"我的电脑"，随即点开，随即又按照马文的指令找到注册表，然后在注册表里查找一个"FOLD"文件，找到以后，删除，重新启动，李芹惊叫，说："能上网了能上网了……"李芹惊喜万分，马文也特别有成就感。

边上的李义和杨欣看着马文，跟看一个神经病一样。李义继续"哐哐"地修锁，杨欣则在自己屋进进出出，把地上的碎玻璃什么的全收拾了。

李芹说："我得好好请你一顿！"

马文倒客气："这次说什么也该我了。"

李芹想了想说："既然你这么自告奋勇，我也就不能太便宜你！"

马文说："我能请你吃饭，这是我的荣幸；你能答应我吃饭，这是你给我面子。喂，你看什么时候好？"

李芹笑起来，说："夜长梦多，早吃到嘴里踏实。明天吧。"

马文说："你这么迫不及待？"

李芹说："你呢？"

马文说："我更迫不及待啊。"

李芹吃吃地笑，说："心急吃不了热豆腐。"

马文说："吃热豆腐当然不能心急，但除了热豆腐以外，都得心急，我这个人之所以没出息，就是性子太慢。所以除了能吃热豆腐，别的啥也吃不上……"

杨欣手很重地在房间里干家务，东擦西擦，李义则要杨欣给她一会儿递个改锥，一会儿递个锤子。似乎都没有在关注马文，但其实都在竖着耳朵听。

李义修好锁，闷声坐到床边。似乎是自言自语地说："我姐看来是动了真心了。"

杨欣说："动没动真心不好说。但两个人肯定是有事。要不你姐能送那么贵的手机？"

李义说："不会吧？就一个手机，能有什么事？我姐是那种不爱欠人家人情的人，马文不是好歹也帮了她不少忙？"

杨欣说："行了行了，就算你姐慷慨大方，投桃报李，这报的李也忒大了点吧？8500元的手机！"见李义还要为自己姐姐解释的表情，杨欣跟上去说："我不了解你姐，也许你姐就是你说那么一个人，滴水之恩涌泉相报，但我可了解马文，马文要是跟一个女人没点什么，说话绝对不会是那种腔调。其实，这事说穿也没什么，孤男寡女干柴烈火又都是过来人，有什么好含糊的？"

李义吃惊杨欣会这么赤裸裸地表达自己的想法。眼睛瞪得极大，而杨欣却没察觉，还在拼命说："你出差没在家，你可没看见他们那个热乎，每天都打电话，一打就是两小时，马文每次一接电话，整个变一人儿，谈笑风生，妙语如珠，我跟你说句实话吧，当年我们谈恋爱，还是初恋呢，马文都没现在这样……"

李义见杨欣说得满脸通红，心中略有不快，说："他当年跟你怎么谈的恋爱？你还一一对照了一下？"

杨欣愣住，换了语调，说："李义，你别没事找事啊！"

李义说："我没事找事儿？我姐送马文的手机怎么在你这儿？"

杨欣说："我不是跟你解释过了吗？还要说几遍呀！要不，你直接问你姐去啊。"接着，又先下手为强，反守为攻，说："哎，是不是见着你前妻他们一家三口，心里难受啦？"

"没有。"

"真没有？"

李义转了腔调，诚恳地说："说心里话，挺为他们高兴的。"

杨欣瞪圆眼睛，问："为什么？"

李义叹口气，说："孙容跟的那男的，虽然没有跟我介绍，但是我一看就觉得挺靠谱，这男人吧，有钱没钱，有事业没事业，一看就知道。那男的站在孙容边上，特别自信，连带着孙容也挺有底气的……"

杨欣打断李义："什么呀，你不就是因为人家给咱们拍了1000元吗？"

李义说："我有这么唯利是图吗？"

杨欣忿忿然："我跟你说实话吧，孙容跟的那男的，根本就不是一个东西！最多就是道貌岸然。"

李义奇怪地看着杨欣。杨欣忍住没往下说。

马文从来没有遭遇过李芹这样的女人。他后来想，如果有所谓"闷骚型女人"，那么李芹就应该是吧？李芹很有意思，开始她和马文就是那么互相抻着，打电话，吃饭，帮个忙，办个事，然后，有一天，就是李义出差，李离来杨欣这儿住的第一天，那天，李芹忽然到马文办公室来了。李芹打扮得时髦而得体，袅袅娜娜地进了门。当时，马文正在网上跟人家瞎聊天呢。李芹在众目睽睽之下，大大方方地走过去，到马文边上。马文一抬头，吃了一惊，赶紧把聊天关了，站起来，发现大家都在看自己这边。

其实，马文极不习惯也不喜欢这种不打招呼直接上门的行为。他赶紧把李芹带到楼下咖啡馆。

马文问李芹："你来怎么也不打个招呼？"

"我就是随便过来看看。你在，就说几句话，不在就算了。"

"主要是上班呢……"

"我也上过班。谁不知道上班怎么回事。再说，现在也快中午了……你们上班中午不吃饭啊？"

马文沉默，他不愿意轻易给李芹这么一种随便来找他的权力。李芹看出来了，但故意说其他的事："你们办公室那小姑娘有对象吗？"

"哪个小姑娘……哦，你说林惠呀，怎么啦，你要给她介绍一个？"

"我怎么觉得她好像跟你有点儿什么似的。"

"别瞎说了，她是我一哥们儿的女朋友，俩人一会儿好一会儿分。"

"那现在是好是分呢？"

"可能是分吧？不过跟我没关系啊。"

"有关系没关系都无所谓，她未婚你离异。"

马文忽然有点骄傲起来，说："倒不是这个意思，我要是想娶她，早娶了。"

李芹一笑，说："我怎么听来听去，每次都是你不愿意娶人家呢？"

马文问："你不信？"

李芹含笑，说："我信。朋友送我两张戏票，今天晚上的。"

马文说："今天不行。"见李芹盯着自己看，马文解释，说："今天你弟弟的女儿要来，我好歹得早点回去。"

李芹说："你担心杨欣应付不过来？"

马文说："我是担心她趁我不在，先下手为强。让那小兔崽子直接住了我的屋。那我可就没立锥之地了。"

李芹说："你怕什么，反正我那儿房间多。"

马文满脸通红，一时语塞。李芹大大方方地点上一支烟，马文惊讶地看着李芹，李芹一笑，说："我平常不抽，只有特别的时候要说特别的话才抽。"

马文更加难堪，局促，他对李芹说："我办公室还有点事儿。"

李芹说："现在是中午时间，你办公室的同事也要去吃饭。而且我的话，又不会很长。"李芹吐出一口烟，对马文说："李义是一个看上去很有心计很机灵，其实脑子根本不会拐弯的人，他虽然会哄女人，但是并不了解女人。我对婚姻早没有兴趣了，这一辈子绝对不会再结婚，我已经吃过婚姻的苦头，不会再做同一件傻事。"

马文呆坐，他连大气都不敢出。李芹以大姐大的口吻说："我今天来找你，就是想把话跟你说明白，你不用担心我会逼着你向我求婚，我已经为男人的事太伤心，不想在已经弥合的伤口上再撒一层盐。但是，我也不想把自己弄得那么形单影只，凄凄惨惨戚戚，毕竟生命对于我们每个人都只有一次。所以，我也想和一些有趣的男人来往，说一些有趣的话，做一些有趣的事，但来往和考虑婚姻是有本质区别的。如果你觉得我不讨厌，而且跟我在一起也很愉快，那么我们就放下婚姻的包袱，也不用有什么承诺，只简简单单地享受生活。如果有一天，我们厌倦了，也不用多说什么，能做朋友就做，不能做朋友，就当是陌路。不知道我这个提议，你有没有兴趣？如果你没有兴趣，没关系，就当我没说过好了。"说完，平静地吸一口烟，又把烟吐出来，烟很快散掉。

马文听了李芹的话，浑身上下一轻松，长出一口气，说："于我心有戚戚焉。"

"好好说话，说人话！我听不懂。"

"就是英雄所见略同。"

李芹一笑，说："是臭味相投吧？"

双方心有灵犀地一笑。

这次谈话之后，马文跟李芹的关系就进入一个崭新的时代。有的时候，马文跟李芹打电话，打得那叫一个肉麻，杨欣偶尔听到，都会不相信自己的耳朵。这是马文吗？不可能。马文即使是跟她热恋的时候，也没有说过这些！有一次，杨欣对马文说："你现在怎么变得像个花花公子？"

马文说："这得感谢你们家李义呀。李义给我介绍了这么多女人，给了我久经沙场的机会，人只要有机会锻炼，什么本事都能学得会。再说了，和女人打交道有什么难的……"

杨欣截断马文的话："和女人打交道难不难，要看那女人是谁。有的女人根本就没门槛，当然容易了。"

马文说："哎，杨欣，咱没必要吧？这么刻薄干什么？就说李芹比你漂亮，比你有钱，比你温柔，比你体贴，你也犯不着吃她的醋啊！"

"我吃她的醋？我是看你们，肉麻！"

"谁让你看了？"

杨欣被噎住。杨欣自己也搞不清楚是什么心态，她忽然前所未有地开始关心马文，关心马文的一举一动以及跟马文有关的一草一木。她也对自己说，已经跟马文离婚了，马文跟她没关系了，他跟李芹到底最后怎么样，谁伤害谁，都与她无关，但她还是做不到——马文把杨欣的这些反常看做是吃醋，但杨欣自己认为不是，她真不是吃醋，她是着急，她替马文着急，她认为马文又一次站在悬崖边上——她好几次想提醒马文：您都立马四张了，您跟李芹再混几年，她无所谓，她有钱，现在有钱的女人，找个比自己小十几岁的男人玩似的，您成吗？您被李芹混成药渣谁还要你啊？

李芹站在落地窗，脸上露出幸福的微笑。马文远远地下了出租车，提着一个小包，沿着小路走了过来。

马文现在有了巨大的变化。首先是全套的阿玛尼，然后是一辆崭新的宝马，他的生活发生了翻天覆地的变化。他发现跟富姐谈恋爱是一件非常非常奇妙的事情——人们总是把金钱和爱情对立起来，认为爱一个有钱人就是出卖自己的灵魂。尤其是男人，要是把灵魂出卖给一个有钱的女人，那就更是可耻。但马文通过实践得出的真理是：快乐是硬道理。跟李芹在一起，他确实非常快乐。

马文现在受李芹影响，也觉得人这一辈子没必要那么跟自己过不去，该吃吃该喝喝，能轻松一点就轻松一点。他现在对上班也就那么回事，整天陪着李芹喝茶聊天，开着车四处兜风。李芹爱喝普洱，他们的大部分黄昏就是在院子里喝普洱，马文特别喜欢在喝普洱的时候跟李芹说自己的艳遇。当然大部分是有故事原型的，不过，故事原型和故事是两回事。马文喜欢的是故事，他依据故事原型创作的马文版艳遇系列剧，常常让马文自己信以为真，他跟李芹讲这些剧情的时候，不仅感到快活，而且还有一种特别的满足感。而李芹每次都不动声色地听着，这让马文受到鼓励，更加努力创作并且体会到创作的乐趣。马文觉得在这一点上，李芹要比杨欣强很多，他根本不能想象自己可以和杨欣聊到这个层次。

当然，不久之后，马文创作枯竭了，他慢慢地意识到，其实李芹也不是真的相信这些，只是不忍点穿而已。

那天，他们照例喝茶。

马文照例夸奖："这茶不错，老道。"

李芹照例贩卖她的茶经："一般喝茶讲究喝新茶，普洱讲究喝陈年的。"

"对对，普洱吧，年头越长越值钱。年头少的，一喝，第一口特冲特香普洱的味特重，就跟十六七岁的漂亮姑娘，你乍一看，特扎眼，再一看，没什么东西，没味道……"

李芹抿嘴一乐，问："你这算是含蓄地表扬我吗？"

马文有点不好意思起来。片刻，李芹找话题，她问马文："你好像好久都不怎么健身了啊？"

"是，其实跟你说说也没关系。你记得那儿有一个老爱穿红衣服的健身教练了吧？扎一马尾巴，二十出头，挺漂亮的那个？"

"好像有那么一个。"

"只要我去，她就在我边上转悠，一会儿给我买杯水吧，一会儿又跟我说送我个什么礼券吧。"

"那就是人家喜欢你呗。"

就是这句，让马文忽然有些不好意思起来，他一下子像瘪了气的皮球，问："你是不是觉得我吹牛？"

李芹说："你吹什么牛？有女人喜欢你，这才是好事，你看我就喜欢你。"

马文于是彻底明白了。李芹是在小心翼翼地保护他作为男人的自尊心。她早知道他是在编故事。马文还是有羞耻心的，既然想到这一层，他就不好再继续拿着故事当真事儿。他停了停，讪讪地夸奖李芹，说："你是那种不会吃醋的女人。"

李芹说："谁说我不吃醋？凭你我这种关系，我们配吃醋吗？"

马文说："不一定，我就有些吃醋。我有时候一想到你心里还想着你过去的丈夫，就不是滋味。"李芹不说话，呆呆地看着马文。

马文让李芹看得有点不好意思，情不自禁地透露出了老实话："我是个没用的男人，倒是想和很多女人有事，可除了你之外，我没做过对不起杨欣的事情。"

李芹这次有点吃醋了，说："和我怎么就对不起杨欣了？杨欣现在又不是你老婆了！"

马文愣了愣，赶紧找补，说："我不是这个意思！男人和女人不一样，男人最忍受不了自己戴绿帽子。当然啦，李义说杨欣没有给我戴绿帽子，但是，那种感觉和戴绿帽子也差不多，毕竟她是跟别的男人一起过了，就算是我们离婚在前，她跟李义在后，这种事情，心里还是不舒服的，好像自己是被替换掉的。也许这种事情，掉过来，你们女人就无所谓，最多你们觉得男人嘛，只要够优秀，多几个女人就多几个女人，可是男人受不了的……"

李芹说："你不是女人，怎么知道女人受得了？"

马文叹口气，说："你明明知道我跟你吹嘘的那些风流事是假的，为什么不戳穿我？怕伤我自尊？"

李芹没什么反应，说："我为什么要戳穿？那些事情跟我又没关系。"

马文于是说："我知道你觉得我没用，男人都是有贼心没贼胆。"

李芹说："在我面前，你的贼胆并不小。"

马文说："那也是在你鼓励下。"

李芹脸有些红，说："这是什么话，你的意思是我勾引了你？"

21

现在，马文李芹杨欣李义混成了一桌麻将。一到周末，就凑到一块儿。一般是去李芹家，反正李芹家地方大，晚了，就住下。

李芹真是出得厅堂入得厨房。一进厨房，左右逢源上下翻飞，切那土豆丝切得跟绣花线似的。马文在边上看了，啧啧称道，赞不绝口。杨欣当然知道马文的这种称赞是多么居心叵测，无非是让人家在厨娘的岗位上死心塌地鞠躬尽瘁呗。

李义一般是不参加这些前戏的。他现在是公司的顶梁柱，刘如的马前卒，不是加班就是出差，所以大家都对他网开一面，不要求他帮厨，而且基本都按照他的时间安排吃饭的点儿。

马文夸李芹厨艺，杨欣虽觉逆耳，但也不便当面说什么，但李义要夸，她就受不了。当然也不是受不了，是借题发挥，正好把对马文的不满发泄出来。杨欣骨子里是一个拔尖儿的女人，打小都是她受老师表扬，别的同学只有鼓掌的份儿，轮到现在，俩男人全围着捧李芹，她就不舒服了。

满桌饭菜，色香味俱全。李义坐在杨欣对面，冲杨欣说："好好学着点，你看看人家，俗话说，要抓住男人的心，先抓住男人的胃。"

杨欣立即顶了回去："得了吧！李芹手艺这么好，不是照样没抓住？"

李芹听了，脸色有点不自然，但随即点头说："是，这话就是男人编出来骗女人的。见过几个男人吃了哪个饭馆的菜好，哭着喊着非要娶厨娘的？"

杨欣不顾马文给自己使的眼色，说："就是，抓男人的心，还不如抓他那个呢。"

四个人一起大笑。马文不明白，怎么杨欣现在变得这么口无遮拦，肆无忌惮？倒是李芹心里清楚，大家都是女人，心有灵犀一点通。她知道杨欣之所以如此这般，是她对马文还有点想法——一个女人在男人面前能讲荤话，而且乐于讲荤话，在李芹看来，就是犯贱。有的女人犯贱是给男人做饭，有的女人犯贱是自荐枕席，犯贱的方式各有不同，但犯贱的目的只有一个，那就是想跟这个男人有点什么。

李芹已经强烈地感觉到杨欣的好奇，杨欣总是想尽一切办法打探她和马文的进度。最经常使用的一招就是旁敲侧击，比如说看见李芹手上戴了一样什么首饰，会问马文送的吧？李芹心说马文一个月挣几个钱你又不是不知道，他送得起吗？你不就是找个话头把事儿引到马文身上吗？李芹一般都是笑而不答，让杨欣碰个软钉子。杨欣软钉子碰多了，就索性直来直去，单刀直入，问李芹："哎，你和马文究竟怎么样了？"

李芹本来可以一句"你管得着吗"就全部结束，但她不是这类性格。再说，她也喜欢享受这种"猫捉老鼠"的游戏，这让她有一种优越感满足感。

李芹问："你想知道什么怎么样了？"

杨欣说："你们是不是已经上过床了？"

李芹说："上过又怎么样，没上过又怎么样？"

杨欣说："上过就是上过，没上过就是没上过。"

李芹转移话题，问杨欣："明天你和李义怎么安排的？"

杨欣也知道李芹是转移话题，所以反问："你真感兴趣我们明天的安排？"

李芹说："不愿意说算了。反正我不喜欢死乞白赖打探人家隐私。"李芹这话暗藏杀机，等于是对杨欣这种打探他人隐私的行为含蓄地提出批评。

杨欣假装没听出来，说："也没什么不愿意说的。我们光明正大明媒正娶，有什么不愿意说的？明天我们一家三口去看我妈。"杨欣强调"光明正大明媒正娶"，李芹当然知道是为了对照她和马文现在这样不清不楚不明不白。女人很奇怪，当她觉得自己占了上风的时候，她往往会不太计较处于下风的人的挑衅。其实，准确地说，不是不计较，是不屑计较，这和下围棋"胜棋不打劫"一个道理。

杨欣想跟李芹"打劫"，李芹才不呢。她直接就点了杨欣的七寸。

"李义跟你妈处得好吗？"这是一个看似很家常的问题，但李芹知道，最厉害的招法，往往就是这种看似平常的招法。

杨欣深深地看李芹一眼，知道瞒不了她，于是说："肯定不好呗。"

李芹掌握了话语的主动权，这跟围棋占了先手是一个道理。李芹对杨欣谆谆教导:"李义是你老公,你不维护谁维护?老太太看不上李义,这事儿说到底不能怨你妈,也不能怨李义,要怨就得怨你自己。你妈挑李义的毛病,你就得跟你妈说明白:咱们也不是什么名门大户,得饶人处且饶人,怎么就非得那么多礼儿?穷讲究穷讲究,越穷越讲究!"

"主要是我妈过去好歹也是大户人家的小姐出身……"

"第几房的小姐?"

杨欣很敏感,立刻眼睛里闪出一串问号,显然李芹说的话是有依据的。

李芹笑笑,说:"你可别跟李义算账,李义不爱跟我说你们家的事。"

杨欣说:"马文!"

李芹不置可否地笑笑,显得她和马文的关系已经很近。李芹的这种不置可否的笑让杨欣有点不自在。

杨欣问:"你们打算怎么着?不会就这么混着了吧?"

李芹不接招:"你是关心我对他的打算,还是他对我的?"

杨欣被李芹问得有点不好意思,说:"跟你说话怎么这么累呀!"

李芹说:"累就别问那么多。"

杨欣说:"我不是关心你嘛。"

李芹很客气:"谢谢。"

杨欣常常被李芹这种不愠不火不急不躁冷水泡茶慢慢浓的态度弄得不仅很无趣而且很无聊,但她是不服输的主儿,尤其是断然不肯在李芹面前低头的,所以每次都是咬紧牙关硬着头皮追上去:"我不是要打探你隐私啊。我是那个,怎么说呢,我是觉得咱们女人吧,跟男人不一样,男人越老越值钱……"

李芹说:"那也得分。有钱有地位的男人越老越值钱,什么都没有就一身病的老头,值什么钱?给你你要?"

杨欣说:"你别跟我抬杠。我是说,你要是真喜欢马文,马文也真喜欢你,你们就趁着热火劲儿,把那婚一结,都踏实。"

"你跟李义踏实吗?"

"还行。"

"还行?你还给马文打电话?哭哭啼啼的?"

杨欣被顶在那儿,片刻之后,说:"我,我……"

李芹说:"那是习惯!我理解!!"说完,该干什么干什么,把杨欣郁闷得一塌糊涂。

杨欣确实给马文打过两次电话,而且也确实在电话里哭了。但这话让李芹说出来,她脸上就挂不住了。

相对杨欣和李芹来说,马文跟李义就没那么多事儿。李芹跟杨欣斗智斗勇,马文跟李义虽说不上肝胆相照,但有的时候,尤其是说到杨欣她妈的问题上,俩人基本上同仇敌忾惺惺相惜。

有一回,马文开车去接李义,路上李义跟马文抱怨,说马文找李芹多好,有车有房父母双亡。马文就劝李义,说:"杨欣她妈吧,就那样儿,老太太人不坏,就是,怎么说呢,有点势利。开始吧,她对我也没什么好脸儿,就跟我是一人口贩子,把她们家闺女给拐的了似的。刚结婚那会儿,老太太一见我,就说'我们家欣儿在家可是什么活儿都不干的'。什么意思?那意思就是让你包圆所有的活儿,别把她女儿累着了。"

李义听了,一边笑,一边指着马文,说:"你学得真像。我跟你说吧,我就不明白了,这老太太怎么就自我感觉那么好,怎么就老觉得谁娶了她闺女就应该对她对她闺女都得低三下四点头哈腰的呢?你说她也不是圣母皇太后,养的闺女也不是金枝玉叶倾国倾城?"

马文说:"这有什么不明白的呢?人家祖上也阔过啊。她姥姥好像给一个军阀做过姨太太,后来军阀是战死了还是病死了,忘了,反正人家妈小时候是见过世面的……"

李义唉声叹气一路,马文劝了他一路,马文的核心思想就是:有的事儿就不能多琢磨,越琢磨越难受。其实,想明白就完了,谁让你娶了人家姑娘呢?人家就这么一宝贝女儿,打小是按照掌上明珠的路子培养的,便宜了你这小子,人家见了你,给你点脸色,摆点谱那不是很正常的事儿吗?

李义发现男人和男人之间,要比男人和女人之间更容易把话说透。他和杨欣现在越来越话少,而且不止是话少,就是床上那件事儿,他也觉得就那么回事。当然,有的时候李义也反过来想,如果男女之间要是没床上那点事,是不是男人就不会那么爱一个女人?到底是因为有床上那点事,才会觉得这个女人可爱有意思,还是因为这个女人可爱有意思,然后才会觉得床上那点事有意思?虽然李义对杨欣还没有到烦的地步,但是实事求是地说,杨欣至少不像以前那么让他欲火中烧了。有的时候,他甚至希望杨欣能有点自己的事儿,别招他,让他一个人呆着,他反倒会舒服很多。

有一回，李义一个人坐在客厅，看电视。杨欣轻轻走到李义身边，坐下。李义没有任何反应。杨欣问李义："想什么呢？"李义："没想什么，看电视呢。"杨欣"啪"的把电视关了，对李义说："你看什么电视？你根本就在发呆！告诉我刚才说的是哪条新闻？"李义猝不及防，说："你这是干什么呀？！"边说边跟杨欣夺遥控器。杨欣藏着不给，杨欣以为李义会来抢，结果李义只做出一个抢的姿势，很快就身子往后一倒，仰在沙发上，说："不给算了。"一点跟杨欣逗的兴趣都没有。杨欣兴味索然，半天，郁郁寡欢地说了一句："你现在怎么成天跟一退休老头儿似的？回家就坐在沙发上看电视，一言不发。"

"大姐，您在家闲一天了，我在外忙一天了，我又不是超人！"

"你以为闲着的滋味好受啊！再这么着下去，我非闷出忧郁症来不可。"

"行了，别抱怨了。我姐这么多年，还不是一直在家闲着，也没得那种时髦的玩意啊。"

"你姐？真闲着假闲着还是个问题呢。"杨欣说着，把遥控器扔到沙发上。

李义不爱听杨欣这些话，他也知道杨欣有的时候故意说些过激的话，是为激怒他，或者说激发他舌战的欲望。但他就是没这个欲望，他宁肯甘拜下风，在投降书上签字战败。所以，李义一般采取不接茬不对话不吭声的"三不政策"，自己捡起杨欣丢下的遥控器，把电视打开。杨欣一看，立刻急了，劈手夺过遥控器，"吧嗒"一声关上电视，对李义说："你今天必须陪我说会儿话！"

"行，行，说什么？你说吧。"

"我是说：你说我听着。不是我说你听着。"

"行，那我跟你说说，今天我得早点睡，明天还上班呢。对了，我出差回来的那些票放哪儿了？财务催我好几次了，你帮我找找啊。明天再不给人家，人家就不给我报了。"

"你这叫跟我说话吗？"

"那叫跟鬼说话呢？"

杨欣气得起身进屋，"砰"的把门关上。过一会儿，又把门"咣当"打开，对李义说："你以前也上班，也上一天班，怎么跟我那么多话说啊？"

李义答不上来。他知道为什么，但是那个答案说出来太伤害杨欣。

马文发现李义好像已经有相当长一段日子情绪不高。他们四个人的周末麻将也有点要散的意思。后来李芹有意无意跟马文说，主要是孙容要结婚了，说是结婚以后要移民，李离到时候就跟着一起走了。这往后就不知道能不能见得上了。

马文听了，就想找个机会劝劝李义。男人嘛，哪能优柔寡断？再说，你惦着李离有什么用？李离肯定是要跟她亲娘走的。没有用的东西，你惦记自己难受不说，而且把情绪搞得那么低落，杨欣也不会痛快。最重要的是活在当下！您是一锅炉，您能烧开一锅炉的水；您要是一水壶，您就只能烧开一水壶的。您别老想着解决天下人的吃水难问题。有一分光，发一分热。咱不能一分光，发十分热吧？最后谁也暖和不了，都得冻着，还不如咱就能温暖一个是一个。其他的，让他们自己找温暖去吧，世界的热源那么多，对吧？

结果俩人坐一块，还没等马文把话题引到那上面去呢，李义就先问马文："马文，说老实话，你后悔离婚吗？"

马文说："这话吧，我问过你姐，你姐对我说，她从来不后悔不能后悔的事……"

李义深叹一口气，说："这么说，你还是后悔了。"

马文直起身子，端详着李义，问："你到底怎么了？"

"你不后悔，是因为后悔没有用，所以你不后悔，但是假如后悔有用，我想，你就该说后悔了吧？"

"你都把我绕糊涂了。"

李义长叹一口气，东摸西摸。

马文知道他是想抽烟，从兜里摸出一盒，递过去："我这儿有。"李义接过来，又找火。马文给李义点上，问："你不是不抽烟的吗？"

李义说："不想抽的时候不抽。"

马文给自己也掏出一根，点上。俩男人互相看了一眼。

李义猛然杀出一句："杨欣最近找你了吗？"

马文被烟呛了一口，说："怎么啦？你们闹什么意见了吧？"

李义说："别管我们闹没闹意见，我们是人民内部矛盾。"

马文听出李义话里有话，而且他肚子里转了转，觉得杨欣这种没心没肺的人，可能不会跟李义隐瞒她找过自己的事实。于是马文说："前两天，我正跟你姐吃饭的时候，杨欣打了我一个电话，电话里没说什么，后来我回去取点东西，见着她，她也没说什么。不过，我看她情绪不太高，我就想可能是你们吵架了吧？"

马文见李义不搭茬，抽闷烟，赶紧接着找补："杨欣吧，比较爱倾诉，受不了委屈，看上去大大咧咧没心没肺，其实人很脆弱。她遇上事儿，郁闷了，喜欢找个人说说，聊聊，排遣排遣，女人嘛，对吧？"

李义说："对，我都能理解。只是，你们过去是那种关系……我说这话，你不往心里去吧？"

马文咧嘴一乐，说："我能不往心里去吗？"

李义吐出一口烟，说："咱都是爷们儿，我这人有话不喜欢搁在肚子里，说得对不对的，你别介意。"

"说吧！"

"还非得我说出来？"

"我脑子不好使，你还是说明白了吧。"

"你以后能不能，这么着吧，以后杨欣要是找你……"

"我明白你的意思了。"

"我还没说呢。"

"不用说了。她以后找我，我就教育她，她应该找你，你是他老公，她有什么话都应该跟你说……"

李义："我，我这可没这么说。我知道你们肯定没什么事儿，能有什么事儿啊，对吧？"

马文不等李义说完，把烟一掐，招手买单。李义话正说到一半，戛然而止。马文心说，你有什么资格说这些事儿？你要不是成天跟孙容那儿为李离移民的事儿伤脑筋，杨欣给我打什么电话？当然，这话是说不到台面上的。说老实话，马文也没那么想关心杨欣，主要是现在看着杨欣，工作工作没了，整天灰扑扑的，买菜做饭就这么点事儿，而李义还动不动就不回来吃，马虎又正是叛逆期，把杨欣烦得要死，基本上杨欣说一句马虎顶一句，杨欣为了马虎没少给马文打电话，杨欣一把鼻涕一把泪的，马文能硬下心肠不管吗？毕竟是孩子的亲妈啊！

22

孙容来找李义。她一般都是当天要找,当天打一电话到办公室,李义在,她就直接过来。孙容觉得那样不耽误李义时间,其实现在李义在办公室反而是最忙的。有的时候杨欣打个电话,他都没空接。也不是真连接个电话都没时间,主要是他现在特别受不了杨欣的语速,慢吞吞的,而且也没什么要紧事儿。

见了面,李义说找个地儿坐坐吧,孙容说她下面还有事儿,就在办公室吧。反正现在李义当了项目经理,自己单独一间。

孙容显然比以前穿的要上档次多了,脖子上还系着一个小丝巾,李义认得那个丝巾的牌子。前两天,李义给他们一女客户送礼物,刘如就建议送这个牌子,李义以前不知道,那次才知道原来一条这么薄如蝉翼的玩意儿,要好几千块!

孙容见了李义,没容李义寒暄,就从包里拿出一页纸,请李义签字。

孙容说:"房子现在是我住着,咱们离婚的时候,协议上是给我的,但产权证上还是你的名字,所以卖房合同,还得你签字。要不,你就找一天给我过户……不过,那更麻烦。"

李义慢慢地把这页纸放下,对孙容说:"我签字没问题啊,这房子反正是你的,你爱怎么着就怎么着。只是,只是,我想问一问,你为什么要卖啊?你就是跟李离移民,留一处房子在国内也不碍你们事儿,你们什么时候想回来就回来了。"

孙容沉吟片刻,说:"跟你说也无所谓。主要是我要结婚了,打算买套新的。"

李义说:"啊,是跟谁结婚啊?是那天在楼底下碰到的吗?"

孙容脸上有些骄傲的神气,说:"是啊。"

李义又沉吟片刻:"有一句话,我不知道该怎么说。"

孙容:"咱们结婚这么多年,什么难听的话没有说过,还有什么不知道该怎么说的?说呗。"

本来李义是不知道林之凡的,结果那天杨欣跟他聊天,不知道杨欣是怎么想的,就把林之凡就是曾经调戏过她的那老不正经说了出来,当时李义就炸了。不过,李义和马文不一样,马文要是赶上这事儿,肯定快马加鞭赶到前妻那儿拦着,但李义比较周全。他做一件事情,首先琢磨怎么做才能达到效果。如果效果不好,他宁肯不做。他也想了,可能就是酒桌上,男人喝多了,手欠,不是什么大事儿。只要能对孙容好,李离好,也就成了。何必非跟孙容说呢?要是孙容对他有感情了,断掉不是更痛苦?

但现在,孙容就在他跟前,而且一点防备之心都没有。新房子还没买就把旧房子卖了,万一人家感情变了呢?那您还不带着女儿露宿街头啊?

李义是慎之又慎,还是跟孙容把林之凡的事儿说了,孙容一听,当即变脸。李义赶紧找补:"这些事我压在心里好几天,一直在琢磨应该不应该跟你说。反正你多长一个心眼没坏处,小心驶得万年船。房子,你要不是经济上太紧张,能不卖我劝你还是别卖,这种事情,一定要慎重。"

那天也是凑巧。李义的手机丢在家里了。杨欣就给李义送过去。一进电梯,就碰见刘如,俩人热烈拥抱,就跟失散多年的亲姐妹似的。杨欣说:"你胖了吧?"

刘如说:"你说话真让人不爱听。"

之后,刘如就夸杨欣命好,这嫁了李义,李义芝麻开花节节高。杨欣笑得满脸开花,说:"你怎么不说我有旺夫运?他娶了我才福如朝花朵朵新。"

刘如陪着杨欣去找李义,李义自从搬到项目经理部以后,杨欣还没来过。哪想到,孙容正在里面跟李义嚷嚷,情绪极其激动。孙容说:"杨欣是什么女人?人家怎么不骚扰别人偏骚扰她?她就是他妈的哑巴讨老婆,心里高兴,嘴上说不出:明明自己快活了,偏要装什么假正经!"

杨欣刚巧推开门,一字不落全听到了。刘如正好陪在杨欣边上,杨欣当即觉得大丢面子。但只好气在心里,脸上却装出无所谓,推开门,进去。孙容转过脸,与杨欣面对面。

杨欣以英雄人物上法场的沉稳步伐迈进李义办公室,拉椅子坐下,对孙容说:"你能把刚才说的话再当着我的面重新说一遍吗?"

李义见状，赶紧制止杨欣，加重语气道："杨欣！"

杨欣把脸扭过去，看着李义，问："叫我什么事儿？"

李义在语气中加了恳求和低姿态："这是办公室。"

杨欣说："那她是来找你办公的？"

李义急得抓耳挠腮，孙容倒是镇静自如，说："我不像有的女人，这一辈子就男人这一件事儿。"

杨欣也一笑，针锋相对："一个女人，如果一辈子能把男人这一件事儿弄明白了，这个女人这辈子也就没白活，总比活一辈子到死都不知道什么叫真爱要好吧？"

孙容听出杨欣的话里有讥诮自己的意思，她脸腾地红了，但嘴上却不服输，也冷嘲热讽地说："有一种女人，天生贱骨头，见着男人就要往上蹭，蹭不上还要说人家骚扰自己，好像越被人骚扰就越怎么样似的。"

杨欣被激怒了，对孙容说："你说谁呢！"

孙容寸步不让："你觉得我说谁呢？"

杨欣出离愤怒，把目光投向李义，李义的表现让杨欣极其失望。李义居然厉声喝道："杨欣！"

杨欣转身就跑了。沿着她曾经熟悉的走廊，当着她曾经同事的面。她连想都没想，就给马文拨了电话。马文一接，杨欣就在那边哭了。

马文正跟李芹在吃官府菜。电话一响，马文立刻站起来走到一边，他知道李芹极其在意杨欣给他打电话。

杨欣声音哽咽，问马文："你在哪儿呢？"

马文小声地："你怎么啦？你先回家吧，吃饭了吗？什么事儿啊到底？我现在外面，过不来。要不，你先回家，没有过不去的火焰山啊……"

杨欣就猜到了，什么外面，肯定是和李芹在一起。杨欣也是有自尊心的，更何况她刚才是没过脑子，现在理智慢慢恢复了，她就意识到她不应该什么事儿都找马文。她尽可能平静下来，对马文说："算了，我就是心里难受，想找个人说说。也没什么。"说完，把电话挂了，神情怅然若失。她抬头，看见街上人来人往，觉得自己格外孤单。

马文挂了电话，回到餐桌边。见对面的李芹不动声色，自己觉得有点不好意思。李芹故意不表态，等马文自己说。李芹就仿佛陈年普洱，沉得住气。

马文沉吟片刻，对李芹说："咱们转悠了一上午，也够累的哦。"

李芹不给马文就坡下驴的机会："我不累。"

马文笑笑，知道自己已经被李芹看穿，而且也知道李芹是故意不给自己台阶，马文只好硬着头皮说："我一朋友遇到点事……"

李芹笑眯眯的，说："什么朋友？杨欣吧？"

马文不好意思的承认了，说："她声音挺不对劲的。好像遇上什么事儿了。"

李芹说："她有事儿应该找她老公。不应该找她前夫。"

马文沉吟着，字斟句酌地说："你看吧，杨欣和你不一样。你虽然没工作，可是好歹还有一份生活，做做瑜伽，打打麻将，听听音乐，煮煮咖啡。杨欣吧，又没工作又没朋友，她以前好歹也是一职业女性，现在成天一人在家，找工作，人家要她的吧，她看不上，她看上的吧，人家又嫌她岁数大……"

"你跟我说这些干什么？"

"我是说，我就是同情她，没别的意思。"

"比她值得同情的人多了。"

"那她不是咱的亲人吗？"

"谁的亲人？你的我的？"

马文不耐烦了，对李芹说："那这么着，你给你弟弟打电话，让他问问杨欣怎么回事。"

李芹见马文这样，说："你走吧。"

马文也很焦躁，说："你这样，我怎么走？"

李芹说："站起来走就是啦。"

马文默默地坐着，李芹招手买单，马文伸手把单接过来，李芹没跟他争。招呼服务员打包。马文说一句："不要了吧？"

李芹阴着脸，对服务员："都打上。"

马文只好不说话。

李芹和马文一起出来。李芹把打的快餐包给马文递过去，说："你这样耷拉个脸，我也没心情再逛了。"

马文努力振作精神，说："我不是耷拉个脸，我这人就这样。再说，这买钻戒也不是买豆腐，来了就买，总得一看二慢三掏钱吧？"说着，抖着手里的宣传册，说："这些数据工艺啊流程啊做工啊，咱们总得带回去研究研究比较比较，对吧？琢磨清楚了，明白了，做理性的消费者。"

"行，那你先回去，琢磨清楚了明白了，能做理性消费者的时候，再来找我。"李芹的话一语双关，实际上是暗讽马文不理性。

马文也听出李芹话里有话，但毕竟心里惦记杨欣，所以没有跟李芹恋战。俩人站路边，马文："那你现在去哪儿？"

李芹说："我去哪儿，你就不用操心了，反正我可以做的事情很多，做做瑜伽，打打麻将，听听音乐，煮煮咖啡……"马文意识到"做做瑜伽，打打麻将，听听音乐，煮煮咖啡…"这话正好是自己刚刚说过的。李芹是往心里去了。

一辆出租停下，李芹抬脚上车，拉上车门就走。把马文一个人搁在路边，手里拎一堆快餐饭盒。

马文回到自己家，开门进来，发现房间里空无一人。马文各屋推门看看，连卫生间都拉开瞅了瞅，确实没有人。马文本来想给杨欣打电话，但是想了想，又把电话放下了。

杨欣上商场疯狂购物发泄了一番才回来。一进门，看见马文在沙发上躺着，当即心里就亮堂了。谁没个把前任啊！

马文一看杨欣这表情，跟寻死觅活一点不挨边，有点撮火，说："合着你消遣我呢？你不是说遇到事了吗，还哭哭啼啼的？我以为怎么着了呢。"

杨欣说："是遇到事儿了。你不是告诉我说，没有过不去的火焰山吗？"

马文说："那您这是从火焰山胜利归来？"

杨欣说："胜利不胜利还不一定。但，反正没那么难受了。"

马文说："哎，我能给您提个意见吗？您以后能不能稍微成熟点？遇上火焰山能过先自己过，实在过不去，再四处打电话！你说我这一下午什么事都没干，以为你怎么了呢！说实话吧，我一进门，就各屋转悠，连卫生间都看了，生怕您把自己挂上了！"

杨欣听了，心里高兴，但嘴上说："我耽误你泡妞啦？"

"别管你耽误了我什么，一寸光阴一寸金，寸金难买寸光阴。你耽误了我一下午，你自己算算吧，你欠我欠大发了！"

"照这么说，你欠我的，可下辈子都还不清了？"

马文看杨欣，杨欣理直气壮地说："我跟你结婚十一年，这十一年可都是一个女人一生中最好的时间，我全给了你，你说要是折合成钱，你还得清吗？把你碎剐了，按最贵的神户牛卖那价卖，您都还不清吧？"

马文一笑，说："那合着我那十一不是我生命中最好的十一啊？那可是一个男人最强壮最青春最健康最结实的十一年呐!"

杨欣不服气,说:"那我还给你生孩子了呢!"

"那怎么啦?我随便找哪个女人,人家不跟我生孩子?再说了,现在马虎不是判给你了吗?他见了我,还没见李义亲呢。"

"那是人家李义关心他,不像你似的,整天就自己那点事儿。"

马文说:"废话!那马虎要不是我的儿子,我也能逗他高兴讨他喜欢,那有什么难的?由着马虎的性子,你爱干什么干什么,不爱学习不学习,爱玩就玩,反正我还落一好人缘。我告诉你,是我马文每月给马虎付生活费,不是李义。李义干的那叫什么?我把菜做完了,他摆一萝卜花给端上来。马虎我不怪他,他是小孩儿啊,他哪分得清什么是贵的什么是便宜的!再说,这年月,都是形式大于内容,包装大于本质。"说着,拿起桌上一盒药,说:"就这玩意,过去叫鱼肝油,几分钱一片,现在换一包装,叫鱼油,得几十块钱,还都上杆子着买。"

杨欣听着马文说话,对马文心生好感,也觉得马文说话有趣有意思,她就一直盯着马文看,听他说下去。马文开始没注意到,后来注意到了,停下来,问杨欣:"干吗这么看着我?是不是觉得我身上有好多优点以前没发现?"

杨欣半嗔着说:"不是我没发现,是你以前根本没有。是最近才有的。"

马文听了,咧嘴一乐,似笑非笑地说:"是吗?"

杨欣没事儿爱买盘,马文对杨欣说:"哎,你有没有看过的还不错的盘,给我几个。"

杨欣说:"是给李芹几个吧?"

马文一笑,不搭腔。见杨欣要去厨房做饭,对杨欣说:"我中午打包回来一堆呢,都没怎么吃,你要不嫌弃,在微波炉里转转就得。"

杨欣说:"我嫌弃!我就不爱捡人家的剩儿。"

马文听出杨欣话语里有挤对他和李芹的意思,但他没有反驳。他自己去电视柜那儿挑好几张,放在包里。

杨欣过去,从他挑好的里面又找回几张,说:"这几张我要留着的。"

马文没有再跟杨欣置气,自己去换鞋。

杨欣说:"你又要去她那儿?"

马文低着头:"我去哪儿,现在不用再跟您汇报了吧?"

杨欣挑衅道:"和李芹这样的老大姐在一起,是不是很有意思?"

马文说:"有意思没意思,反正都跟你没关系。"

"我问问都不行啊?"

"不行。"

杨欣有点吃醋:"现在就开始护上啦?"

"这不是护不护的问题,我一爷们儿,跟一女的在背后议论另一女的,你说我有这么无聊吗?"

杨欣有点挑衅,问马文:"你要是跟随便一女的在背后随便议论另一女的,就很无聊?"

马文似乎一直在等待这种挑衅,他懒洋洋地说:"你是说,你不是一随便的女的?"

杨欣:"废话,我毕竟跟你做了十一年夫妻呢吧?我问你,是关心你,是怕你傻了吧唧地被人家玩了涮了给人家卖了还帮人家数票子呢。"

马文说:"哟,那谢谢啦。我走了。"说完,去拿自己的包和几张盘。

杨欣叫住马文,马文停下来,以为杨欣是要跟他理论他带走的盘,马文扬扬手里的盘,说:"又不是不还你。"

杨欣说:"马文,你知道不知道,你现在变得很坏?"

马文说:"我就是想变得坏一点。"

杨欣说:"你已经变坏了。"

马文说:"哪里哪里,革命还未成功,同志尚需努力!"说完,马文给杨欣一个莫名其妙的笑容,然后拉门出去,留杨欣一个人在房间里。

李义被李芹直接提溜到李芹家里,一百个不乐意。进了门,李芹只自己浇花,又不肯明说。李义站在边上,皱着眉头,急不得恼不得。"姐,你把我叫来到底什么事儿啊?单位一堆人等着我签字呢。"

"什么事儿?你自己一点感觉没有?"

"你不上班,你是不知道我现在压力多大,你有事赶紧跟我说,没事我走了啊。"

"你跟杨欣是不是闹别扭了?"

"夫妻之间,锅沿碰马勺,什么别扭不别扭的?我不跟她闹别扭,跟别人闹别扭,那不就不对了吗?"

李芹深深地看李义一眼,说:"那要是两口子之间闹了别扭,女的去找自己前夫哭诉,你觉得那叫对还叫不对呢?"

李义猝不及防,脸上肌肉一跳,说不出话来。

李芹说:"我就不知道你当初看上杨欣什么了。这男人啊,目光短浅,拿着鸡毛当令箭,早晚要后悔。你说杨欣那种女人,就跟茶叶店那种两元钱一斤的茶有什么区别?只能喝头一遍,到第二遍就得刷锅了。典型的光长岁数不长脑子的女人,现在觉得闹心了吧?"

李义不高兴了,说:"姐,你对杨欣怎么这么大成见?她就是郁闷,去找马文说说,又怎么啦?您到现在跟王大飞不是还时不时打一个电话吗?"

李芹被李义气得一口气窝在胸口,半天才说出一句话:"你是活该!"

马文没想到,他能撞见李义。李义也没想到,马文有李芹家的钥匙。马文自己开门进来的时候,李义正在玄关那儿换鞋,一抬头,整个一脸对脸。

马文有点进也不是,退也不是。李义深深地看了一眼马文手里的钥匙,马文几乎是做贼心虚似的,把钥匙赶紧揣到兜里,说:"李义来啦。"

李义看看马文,说:"我该走了。"

马文没话找话:"这就走啊?"

李义心情不好,什么话都不说,闷着头往门口走。两个男人,一个往里进,一个往外出,俩人面对面,迎上。又都客气地躲开,但俩人都正好躲到一边,结果谁也过不去,只好又站住。马文侧过身子,对李义:"你看咱们让一块儿去了。"

李义最后从马文侧过身子让出的空间走了过去,回头对马文苦笑一下,说:"所以好多事,越让越麻烦。稍微侧一侧,就过去了。"说完,走了。

马文看李芹,问:"他今天怎么啦?跟被霜打了的茄子似的。"

李芹不接马文这话,只对马文说:"你现在是想来来,想走走。他跟你不一样,他是有家室的人,拖家带口的。"

马文笑笑,也不接着李芹的话往下说,而是另起话头:"你换身衣服,我请你出去吃。吃点好的,新鲜的。"

李芹说:"你中午不是请过了吗?"

马文说:"请过就不能再请吗?"马文明明知道李芹在为中午吃饭时候他接了杨欣的电话离开而不高兴,但他故意不解释中午的事,而是要把眼下的李芹哄高兴了。

李芹也知道马文是想把中午的事抹过去,就把事情说穿。李芹:"你不用跟我这么着,咱们之间本来就没什么约束,在一起就是为了图个乐子,何必弄得怎么累?"

马文听了,对李芹说:"话虽然是这么说,但人心都是肉长的。你这么不开心,我能不难受吗?"

李芹说:"你的意思是,我不开心还是我的错了?"

马文赔着笑脸,说:"怎么能是你的错?当然是我的错了。我就是怕你不开心,这不才马不停蹄地跑过来,我还给你带了好几张碟呢,真的……你绝对喜欢看,全是韩剧。"

"你不会说你这一下午就是为了去给我折腾这几盘韩剧去了吧?这些都是杨欣给你的,对不对?"

"哎哟,你就别再折磨我了!咱们先吃饭去,啊,我请客。"

李芹不依不饶:"杨欣找你到底什么事儿?"

"没什么事儿。"

李芹瞪着一双天然妙目,马文说:"真没什么事儿,可能她原来是有什么事儿,后来,等我见着她的时候,她已经雨过天晴了,我也就没再问,可能是她自己也觉得不应该再找我说什么了吧。"

李芹一乐,说:"到底是你没有再问,还是她没有再说呀?"

"这有什么区别吗?"

"当然有区别了。"

"你别跟审贼似的行不行?"

"不行。"

"那咱们先吃了饭再审,成吗?对待犯罪嫌疑人也要有人道主义,对吧?"

李芹被马文说得笑了。

马文趁热打铁:"说吧,想去哪儿吃?"

李芹:"不想出去了。"

马文:"那就在家吃。我做!"

厨房里摆了一长溜,而马文还是手忙脚乱。

李芹靠在厨房墙上,对马文说:"吃你一顿饭真难呀。"

马文说:"好饭不怕晚。"

李芹"扑哧"一声乐了。

"你笑什么?"

"等饿得饥肠辘辘头晕眼花,就是咸菜干馒头,也是好饭了。"

"没错,这就跟过日子一样。年轻的时候,不爱过日子,过什么日子啊,大家都没玩够呢。等咱这人到中年了,能奔着的都奔着了,不能奔着的也不想奔了,这个时候就爱过日子了,所以说,这爱情能不能幸福,就看能不能在正确的时间碰到正确的人。有的人吧,点儿正,但是你没有碰对他的时间,也不成,所以这个正确的时间很重要。"

李芹听了,叹气。马文瞟她一眼,说:"又想起从前啦?"

"没有。"

"想就想呗。"

"真没想。我是想李义和杨欣呢。"李芹说着,拿眼睛瞟马文。马文也知道李芹在观察自己,索性挑破:"你说他们的时候,别老拿这种眼神看我成吗?"

"我拿哪种眼神了?是你自己做贼心虚!"

"我可没做过贼啊,别冤枉我。接着说你的,你刚才说哪儿了?"

"我忘了。"

马文看李芹一眼,那意思是"你别成心了"。李芹也看出马文眼神的意思,说:"哦,对,我刚才是说到李义和杨欣了,我觉得呀,就是在正确的时间遇到正确的人,也得有个磨合的过程。这磨合的时候,难免会有磕磕碰碰,这个时候,只要外人别添乱,就好办。"

"你是说我是外人吧?"

"那你觉得呢?你还是内人自己人?"

马文说:"我不是这个意思啊。我是说吧,这俩人的事啊,有的时候俩人都好面子,都下不了台阶,这个时候,还真得有外人帮点忙。"

李芹沉默,看着马文,马文赶紧解释说:"这外人,不光指我,还有你。我是说,咱们这俩外人,给他们一起制造点气氛。或者说,给他们树立树立榜样。"

"你直说吧你想干什么?"

"咱们张罗一牌局吧?把他们一起请过来,本来也都应该挺好的关系,你说呢?"

"成,你张罗我张罗?"

"你张罗吧,我张罗你又怀疑我……"

李义回家,看都不看杨欣,直接冲碗方便面,坐在沙发上,边看边吃。杨欣"啪嗒"把电视关掉。李义知道她是找茬,根本不接招。就跟没这人似的,脸不变色心不跳,接着吃自己的面。顺手抽过一张报纸放在自己面前,一边看报一边吃饭。杨欣火了，过去把报纸抽起来，几下子揉了，扔到垃圾筐里。

李义怒了："不愿意过就别过！"

杨欣说："别过也是你滚蛋！"

李义听了，脸色大变，把饭碗往桌子上一顿，毕竟他是一个男人，脸上怎么说都挂不住。李义默默地一声不吭地进屋收拾东西，杨欣一看着急了，跟着李义就进了房间。

李义拖出一个出差用的行李箱，往箱子里装衣物。

杨欣把房间门关上，插好，对李义虚张声势："你这是要干什么呀？离家出走？"

李义说："这又不是我的房子，我赖在这儿有劲吗？"

杨欣见状，也觉得自己刚才把话说得太难听。又收不回来。急得半天问出一句："你去哪儿？"李义说："你别管。"

杨欣说："我凭什么不管？你现在是我合法丈夫。"

李义冷笑一声，说："你还知道什么叫合法啊？"

杨欣沉不住气了，对李义："你属猪八戒的啊，还带倒打一耙？今天这事儿，你应该跟我做一个解释吧？孙容是你前妻，她有什么事儿非得老找你啊？我就是有病，我巴巴地去你办公室给你送手机！"

李义的心软了一点，但一想到杨欣下午去找马文的事儿，还是无法释怀，他对杨欣说："孙容找我，是要卖房子；你找马文，干什么去了呢？"

杨欣一愣，说："我没找啊。"

李义说："找就找了，这有什么啊？他是你前夫，你在现任丈夫这儿受了他前妻的气，找自己前老公说道说道，这不是人之常情吗？既以其人之道，还治其人之身，完成了复仇大业，还不算家丑外扬……"

杨欣听李义这么说，马上意识到，这事是李芹告诉李义的。她抱着胳臂狠呆呆地说："这是谁没事儿烂嚼舌根子呀！"

"要想人不知，除非己莫为。"

"那还有无中生有空穴来风无事生非捕风捉影呢。"

"真是中文系毕业的啊，成语张嘴就来。"李义说完，提箱子要走。杨欣直接上去就把李义的箱子夺下，扔到床上。李义盯着杨欣，杨欣盯着李义，片刻，杨欣说："你要走也行，得把话说明白了再走！"

李义说："说得明白吗？"

杨欣："我是给马文打了一个电话,那怎么了?你不是也跟孙容保持着联系吗?李芹把这些事都添油加醋地说给你,什么意思?整个一挑拨离间搬弄是非!"

李义说："李芹是我姐,亲姐姐,她怕我……"

杨欣抢白："她怕你什么,怕你被我耍了玩了骗了?她想什么呢,以为别人都跟她一样!"

李义说："你别这么说我姐成不成?再说,马文跟我姐那也不是玩玩的。至少我看马文还是挺上心的。"

杨欣说："是,上心。我要是一个男人,我也上你姐的心。又漂亮又有钱又舍得倒贴,一身的便宜等着男人占。"

李义说："你怎么变得这么刻薄?"

杨欣说："我一直就这么刻薄,你以前管我这叫伶牙俐齿舌灿莲花。"

马虎就是这个时候来敲他们的门。前阵子,马文为了接电话方便,特意在客厅里安了部电话。现在李芹打的就是这部电话。杨欣打开门,跟李义和蔼可亲地站在马虎面前。

马虎说："你们吵完了吗?"

杨欣说："我们没有吵啊。我和李叔叔在谈事儿呢。"

马虎懒得戳穿,说："姑姑电话,说这个星期六你们要是有空,就去她那里打牌,就不用给她回电话了。要是不去,就给她发个短信。"

杨欣和李义互相看看对方,杨欣把问题抛给马虎："马虎想去吗?姑姑家的房子可大了,还有花园呢。"

马虎说："想去。"

晚上。李义和杨欣相背而睡。过了一会儿,杨欣沉不住气,翻过身,坐起来,对李义说："你要是不愿意去,咱就不去。"

"你要是愿意去,就去。"

"我没说愿意去啊。"

"有的事儿,不用说出来。你说你挺大方的一个人,为什么这种事儿就这么拐弯抹角的呢?"

"我怎么拐弯抹角了?"

"还不拐弯抹角啊?你用得着跟马虎说:姑姑家的房子可大了,还有花园呢!"

"我这也是实事求是吧?"

"睡吧。啊,我真的累了。"

"你是累了,是我把你给累着的吗?"

李义闭上眼睛不理睬杨欣的无理取闹。

杨欣推李义,说:"你别装睡了,我知道你不愿意理我。"

李义坐起来,对杨欣说:"你白天是睡够了啊?"

"我今天白天还真没睡。我一直在想,想你是不是挺后悔娶了我。"

"没有!我哪有时间后悔啊,每天一堆事,从早忙到晚的。"

"后悔也没关系,你就直说嘛。"

李义再次闭上眼睛,说:"咱换个时间聊这事成吗?我真的困了。"

杨欣说:"其实,只要换个话题,你就不困了。"说着,杨欣凑过去,对李义小声地说:"我知道你为什么最近一直闷闷不乐。因为你眼看着你的孙容要往火坑里跳,你难受呗舍不得呗心里不是滋味呗。"

李义睁开眼睛,在黑暗中,瞪着杨欣。

杨欣接着说:"我知道你的心情。前妻马上要嫁人,嫁的人却不怎么样,基本上可以说是一个色狼。你们还有一个女儿,以后这对母女就生活在水深火热之中了。你呢,一个大男人,袖手旁观,不够爷们儿;可是见义勇为,又名不正言不顺,人家不归你关心了。男人吧,只能关心自己该关心的女人,这叫道德。不能跟着这个女人的时候,关心那个女人;跟着那个女人的时候,关心这个女人。这叫吃着碗里的看着锅里的。"

23

马虎离家出走了。起因很简单，马虎对杨欣说想跟马文去姑姑家住。

杨欣当即否决："不行。"

"为什么？"

"没有什么为什么。那是人家家！"

"为什么人家家都比咱家好？"

"那还有好多人家比咱家差的呢。"

"为什么不跟好的比要跟差的比呢？"

杨欣一时无语，说："你怎么跟妈妈说话呢？说一句顶一句！"

马虎显然不服气，说："我不跟你说，我跟爸爸说去！"

杨欣说了两字："你敢！"说完，去厨房做饭。等饭做好了，马虎找不着了。

马文的手机又响了。马文在开车，他看了一眼，没接。

李芹含笑："干吗不接呀？"她猜到可能是杨欣电话。

马文让手机响到停，心里非常后悔忘记把手机调震动。李芹说："是杨欣电话吧？"

马文没言声。马文有这个态度，李芹感到很满意，说："我没有那么计较。你该接接呗。"

"跟你没关系。"马文说着直接关机。他知道这样做残忍，但他想他总得顾一头吧。再说，杨欣也应该学会对自己负责了，一有事就找他，一有事就找他，成了习惯，对谁都不好。

李芹说："你是怕我去跟李义搬弄是非吧？"

马文摇头，对李芹："咱去哪吃？我请客。"

杨欣满脸沮丧，焦急，惶恐，世界末日。她对李义："马文电话刚才还是通的，现在关机了。"

李义说："马虎说不准真在马文那儿。要不，马文怎么不接咱的电话。"

杨欣："马文不会这么不懂事，马虎要在他那儿，他怎么也应该跟我说一声吧。我倒不怕马虎别的，我是怕他去你姐家，万一迷了路……这天都黑了。你姐家又那么偏……马虎身上也没带钱……"

李义听着杨欣叨唠，心烦意乱，他沉默片刻，说："我跟我姐打个电话问问。"

这次，李义用自己的手机拨了李芹电话。

马文恨不得抽自己！他开车带着李芹一路飞奔，平常40分钟车程，这会儿15分钟就到了。马文开车绕着李芹家转了两圈，没见着马虎，问保安，保安摇头。

马文要进屋看看，李芹说："没必要，马虎又没有钥匙，他就是来了，也进不去……"

马文显然已经急糊涂了。李芹说："你先别急……"

马文粗暴地打断："我能不急吗？"

李芹闭嘴。马文掉转车头要接着去找，见李芹坐在车上，也意识到刚才态度粗暴，他对李芹说："你先回去吧。"

李芹："我回去干什么？"

马文又忍不住发火："你在这儿干什么？"

李芹一惊，因为马文从来没有对她这么粗暴过，她呆呆地望着马文，马文自己回过神来，他握了握李芹的手，算是跟李芹道了歉。李芹也拍了拍马文的手背，表示理解。

所有马虎同学的家，李义几乎都去了。最后在一个网吧门口，李义忽然看到了马虎的山地车，那是他给马虎买的，或者说，是马虎成功讹到的。马虎生日，杨欣问马虎要什么礼物，马虎说山地车，然后点名说要"李义叔叔"带着去买。杨欣脸色尴尬，问为什么，马虎直率地说，因为叔叔买的东西要比你买的好。

那辆山地车花了1000多，是最好最贵的。李义当时确实心疼了一下，但还是买了。

李义走进网吧，看到在玩游戏的马虎。李义松了一口气。他拿出手机，给杨欣打电话。杨欣一听马虎找到了，声儿直哆嗦："在哪儿找着的？"

　　杨欣电话进来的时候，马文因为在开车，所以电话直接用的免提键，这一是为安全，二也是因为着急找儿子。

　　杨欣说："马虎找着了！"

　　马文当即激动得不知所以，一下子开不动车了。他扑在方向盘上，杨欣在那边着急地喊："喂，喂……马文，你怎么啦？"

　　马文接起电话，说："马虎在哪儿呢？我得跟他说两句。这孩子，把我吓出心脏病了。"

　　杨欣泪流满面，一边用手擦眼泪，一边跟马文在电话里说："李义跟他在一块儿呢。还没到家。"边说边哭，边哭边说，说她说的话，不管对错，马虎一句都不听，她说一句，马虎有十句在那儿等着，有时候，她就跟马虎急了，马虎就用那种特冷特瞧不上的眼神看她，她就知道，马虎心里肯定特别瞧不起她，她这个妈妈真是失败，连个像样的工作都没有，整天在家做饭干家务，让他觉得没面子……

　　马文就安慰杨欣，说："你别这么想。男孩子都这样，都有这么一段叛逆期。我在马虎这个岁数的时候，也这样，看不起父母，觉得父母都是大笨蛋……以后就好了，你是一个人老在家呆着，时间长了，人就变得多心。马虎还是一个孩子，不懂事呢，你别在意他说的话……"马文劝着杨欣，李芹在边上默默听着，看着，后来马文实在有些不好意思，于是对杨欣说："马虎一会儿到家，你什么也别问，什么也别说，就当什么事儿都没有。过几天，我找空儿跟马虎好好谈谈。"杨欣那边似乎还要没完没了，马文一边看李芹，一边对杨欣说："我手机快没电了。啊，先这样，你好好的，别多想，什么事儿都没有。我挂了啊，我手机真快没电了。"

　　杨欣却根本没意识到马文这边的复杂情况，还在一厢情愿地说："你车上不是有车载电话吗？"

　　马文一时语塞，他偷眼看李芹。李芹则故作轻松，不在意，她把视线移开，打开车内灯，欣赏自己下午新做的指甲。她把手举起来，对着光，翻来覆去地看。

　　杨欣立刻意识到李芹在马文边上。杨欣以一种异样的声调问马文："你现在是跟李芹在一起吗？"

马文看看身边的李芹，简单地说"是"。

杨欣那边"啪"地把电话挂了。一脸的失落。但随即眼泪成串地掉下来。

马文心如刀割。他知道杨欣一定是哭了。如果没有李芹，他可以陪陪杨欣，跟她再多说两句。可是现在，李芹就在边上坐着，虽然什么都没说，但那是一个大活人啊！马文正想怎么跟李芹解释，李芹却抢先问："我的指甲好看吗？"边说，边把手竖立起来，手心手背翻来覆去地给马文展示。

马文知道李芹是存心不让自己解释，也是怕自己难堪，他不禁对李芹的善解人意心存感激，边点头边格外柔情地说："好看。"

李芹用指甲轻轻地划了一下马文的手背，说："我们回家吧。"

马文还想解释，但李芹的指甲又在马文的手背上划了一下。马文发动马达，调头去李芹家。

李芹把脑袋靠在马文肩上，说："我累了。"

马文心里对李芹有了好感，他一手扶方向盘，一手慢慢地把李芹搂住。

杨欣一个人在客厅里，极其失落。她起身，缓缓推开马文房间的门，把马文房间里因为李离和马虎打架而弄得乱七八糟的房间重新收拾起来。书架上的书有一半掉在地上，杨欣蹲在地上，一本一本的捡起来，放回到架子上。其中一本书里，有一张自己和马文的合影，这张照片从中间被撕开，但是又重新粘好。杨欣看着，看着，眼泪夺眶而出……

李义找到马虎后，爷俩都不开口。马虎骑在山地车上，骑得很慢很慢，不停地掉下来，李义在他边上走，不时的帮他扶一下把。

路边有一个卖羊肉串的。还有卖啤酒的。李义问："饿了吧？"

李义和马虎坐在马路牙子上，山地车支在一边。李义喝着啤酒，马虎要喝，李义犹豫片刻，马虎立刻一脸不屑，李义想了想，把酒瓶子给马虎递过去，说："少喝点。"

马虎喝了一口，看李义，见李义欲言又止，马虎索性说了出来："李叔叔，我没有离家出走，也没想离家出走，我就是嫌家里乱，烦。"

李义心虚地看了马虎一眼，说："叔叔跟你道歉。"

马虎则大大咧咧地笑了，说："我没嫌您烦。我是嫌我妈！"

李义吃了一惊，问："为什么？"

马虎反问李义："您不嫌吗？"

李义沉吟片刻，说："你妈妈原本是一个很开朗很乐观的人，现在是她人生比较低谷的时期，所以她心情不好，容易发脾气，缺乏耐心，这个时候尤其需要家里人的体谅。"

马虎说："她心情不好，她是自找的！我还心情不好呢。我天天上学我心情好吗？她就是不努力，一天到晚不思进取，就她个人那点屁事儿，烦死了！"

李义看看马虎，马虎是童言无忌。

李义耐心地说服马虎："不能这么说妈妈。其实，你妈妈是很爱你的……"

马虎："我宁愿她爱点别的。她爱什么，什么就得倒霉。她爱过金鱼，一天到晚地喂，金鱼死了；她爱过花，一天到晚浇水，花也死了。她爱什么，什么就没好下场。"

李义对马虎说："不能这么讲。什么东西都有寿命，你妈妈不爱它们，花也会枯鱼也会死，所以还是要爱。要不，活得再长又有什么意思？"马虎似懂非懂。

月色皎洁。杨欣一个人在房间里。现在大多数时间都是她一个人在这儿。她把马文的那个房间整理干净，连同喝茶的杯子也刷得干干净净。打开窗户，给房间换换气，又找出一个小镜框，把夹在书里的那张他们俩的青春合影放到镜框里，看着，无比伤感，物是人非。她把那个镜框放在床头。窗帘被风轻轻地吹得缠来卷去。这时听见外面的大门有动静，杨欣马上回到现在，赶紧把镜框塞到床铺底下，然后直起身子。刚直起身子，李义就推门进来，杨欣装作若无其事，李义觉得似乎哪儿有什么不对劲，心生疑窦，眼睛四处转一圈，杨欣说："我给收拾了一下。"李义"嗯"地答应了一声。

马虎跟在李义后面，他偷眼看杨欣，杨欣什么都没说。李义拍了马虎一下，马虎对杨欣小声说："妈，你别生气了。叔叔都不生气了。"

杨欣被气得哭笑不得。

24

李芹突然开始逼婚，马文措手不及。

而且这种逼婚是没有任何前戏的。就是冷不丁地，有的时候是躺在床上，有的时候是在路上，有的时候是在开车，忽然地杀出一句："你跟我怎么久，从来没跟我提过结婚的事，你到底怎么想的？"

如果马文没有立刻回答，李芹就会变脸，然后质问马文："咱们这算什么？友谊？我算你什么人？女朋友、未婚妻、还是性伙伴？"

马文通常会顾左右而言他："你今天怎么啦？谁招你啦？是你当初说自己不打算再结婚的。你既然不想再婚，我硬逼着也不合适。"

李芹就说："女人没有不想结婚的。"

马文没话了。他当然不好说李芹说话不算话。

李芹接着说："男人找女人是为了玩，女人找男人是为了过日子。"

马文嗫嚅着说："原来以为你和别的女人不一样……"

李芹火了，对马文："别的女人什么样，我什么样？说啊！说啊！"

有一次，在李芹家里，大概是半夜了，忽然暴吵起来。李芹指着马文的鼻子说："你别在我这儿呆着，你让我恶心！"

马文见状，索性真去收拾东西。这下李芹有点慌了，她虚张声势说："你要是走了，以后就别回来！"

马文当然还是走了，但没有走成。因为李义。

李义先礼后兵，他上马文办公室找马文，那是早晨五六点钟，马文被李芹轰出来后，没地儿去，就直接到班上了。

李芹打他电话也不接，短信也不回，李芹就以为马文回了原来的家。结果一打电话，根本没回去。李芹就急了。跟李义大致一说，李义清楚了，穿上衣服就去了马文办公室。马文一见李义，就站了起来，那是一种本能吧。李义自己坐下，让马文坐他对面。

　　马文说："我不坐，你说吧。"

　　李义火了，生硬地说："你坐！"

　　马文硬着头皮，坐下，看着李义。李义给马文递烟，马文不要。李义坚持，马文只好把烟接过来，看得出来，马文不想惹李义。

　　李义又伸火给马文点，马文要自己点，李义不干，非给马文点上。俩男人凑得很近。烟点上，马文还没坐直，李义就甩出一句："我姐对你够不错的了。"

　　马文笑笑，说："是不错。"为缓和气氛，马文以一种开玩笑的口吻说："你是不是有点后悔把我介绍给你姐啦？"

　　李义说："你以前跟我说的那句话怎么说来着？那个那个……'我从来不后悔不能后悔的事'，是这么说的吧？"

　　马文说："我记得你当时说，一个人要是这么说就是说明他还是后悔了，对吧？"

　　李义注视着马文，严肃地说："我没工夫跟你逗闷子。"

　　马文被李义说得也严肃起来，静等李义说下去。李义格外严肃地问马文："你跟我姐以后怎么打算的？"

　　马文说："我们还没有打算过以后。"

　　李义压着火，说："什么叫'我们'？是你没打算过以后还是我姐没打算过以后？"

　　马文说："这话你应该去问你姐。"

　　李义提高了音量："我就问你！"

　　马文沉默，屋里气氛已经很僵，马文不想让火药味更浓。他避其锋芒，默默抽烟。

　　李义见马文不说话，怒火万丈，问马文："你是不是就打算着跟我姐就这么黑不提白不提地混着？"

　　马文也被激怒了，说："是你姐原来想跟我就这么黑不提白不提地混着！"

　　李义忍不住，跟马文动了手。椅子倒了，书掉在地上，乒乒乓乓……

　　就在这一通乒乒乓乓声中，李芹赶到。

马文被李芹拖回家。

浴缸里放满水，是泡泡浴。李芹边帮他处理脸上的伤口，边说着李义的好话。

马文努力克制着自己的情绪，以一种十分平静的声音说："你夸了李义这么半天，无非是说他是个好人。"

"他这人真没什么坏心眼！而且，我就没见他急过。他是那种挺为别人着想的人……"

"你这位兄弟什么都好，就是……"马文下面的话不说了，显然李芹也知道马文要说什么，这是一句不好往下说的话。两人短暂地沉默……

最后还是李芹先打破僵局。

李芹为李义说话："李义和杨欣肯定是在你们离婚之后……而且，李义也不是一个主动的人。"

马文摇摇头，说："一个巴掌拍不响吧？"

"你这么说就不客观了，就好像是李义把你们拆散了似的。倒不是因为李义是我弟弟，我非要护着他。你好好想想，你跟杨欣要是感情深，棒打都打不散，别人哪儿拆得散？外因要通过内因起作用，凡是能拆得散的，肯定是你们之间已经有了问题。更何况，那个时候你们已经离婚了。杨欣是什么样的女人，你比我清楚，她哪儿离得开男人！我跟你说，当时就是没有李义，也会有别的男人。"李芹为李义抱不平。

马文更加平静地说："你这么说也不客观。人和人之间本来就会有矛盾，亲爸亲妈和儿女之间还有矛盾呢，何况是原本谁也不认识谁的夫妻？天下哪对夫妻没有矛盾？问题是你这边出了矛盾，本来你们是可以解决的，偏偏这个时候外边有一个添乱的……这怎么说呢，就跟你去拍卖行买一样东西，结果偏有一人在边上老举牌，哄抬物价，你说你烦不烦？"

"那你说你那个时候已经离婚了，还不许人家举牌啊？再说，这事儿真说不好是谁主动的呢。李义那媳妇，恨杨欣恨死了。你说你离婚，你天天拉着李义加班，算怎么回事？"

"这肯定是污蔑。据我所知，是有一次李义被老婆赶出家门，无家可归，喝多了，酒精中毒，杨欣把他送到医院，这边急救，那边通知家属，结果孙容一来，不分青红皂白，上来就给了杨欣一耳刮子……"

李芹一怔，看着马文，马文觉得李芹眼神里有别的意思，赶紧说："你别多心啊，我是就事论事！"

李芹把脸别过去，问："这些个事，你怎么知道？你当时又不在场。"

马文："谁说我不在场。我在场！杨欣没带钱，让我给送住院费，刚好撞上。"说着摇头。

李芹格外敏感，冷不丁地问出一句："你是不是原来还惦记着跟杨欣能复婚？"

马文被问得一激灵，随即实话实说："我跟你说实话吧，我当时就没把离婚当成事儿。气头上，说离就离了。离完以后，我也没从心里觉得自己就是单身的，我还觉得跟杨欣是两口子呢。"

"那你现在呢？"

马文回过神儿来："现在？你说什么呢！我早就不这么想了。"

李芹穷追猛打："早有多早？"

马文含含糊糊："从她跟你弟弟混在一块儿以后。"

"你是怎么知道她跟李义好上的？"

"这还用我去打听？她天天半夜回来，回来就满脸桃花的。"

"那你怎么知道她那个状态是因为李义呢？"

"你什么意思？"

"我没什么意思。我就觉得那个时候杨欣不只跟我弟弟李义一个，她那网撒得大着呢，也就是我们家李义老实。"

"你们家李义老实？老实能打小悄悄地把你书包里的书全换了，你一点儿不知道？那是老实孩子干的事儿吗？"

"你是不是心里挺记恨李义的？"

马文模棱两可地说："要说不记恨，这是假的；真要说记恨吧，也不是那么回事。反正有的时候，一想到那些烂事儿，就觉得特别没意思。"

"你们男人真比我们女人虚伪多了。"

马文看着李芹，不明白她要说什么。李芹翻旧账："你那个时候，口口声声说自己要做钉子户，我当时就觉得那不是真话，不过是嘴上说说而已，你们那么住在一起，肯定都会觉得别扭，当然，如果不别扭也不太正常。说句你不爱听的话吧，有时候，我看你和李义处得像朋友似的，我这心里就嘀咕，我就想：这俩家伙会不会是在做戏？"

马文被李芹说得有点不好意思，扭头去看别的。回过头来，发现李芹正看着

≈233

自己。马文嘿嘿一乐,只好硬着头皮说:"是有点儿做戏。可是,不作戏不是更别扭?"随即感慨一声:"人生如戏啊!"之后,立刻按了按摩浴缸的按钮,浴缸里的水"哗啦哗啦"地转起来。

李芹在按摩浴缸的轰隆声中,说:"人生如戏,那一般就不是太平的人生;戏如人生,那戏就不会太好看。最好是:人生就是人生,戏就是戏,还是分开了好。"

25

李芹告诉杨欣，她要和马文结婚了。杨欣听了，嘴上说是吗？真的？但心里却有一种空落落的感觉。她躺在床上，眼睛直愣愣看对面她和李义的婚纱照。她不知道为什么，总是想象着把李义换成马文。

杨欣现在相信人是有气场的，马文走了，整个气场也不对了。杨欣经常感到莫名其妙的烦躁和不安，她开始对自己的生活失望。李义一回家就看电视，看到困了，上床。杨欣跟他说什么话，他也毫无兴趣。起先，跟李芹马文他们打个牌，聚一聚他还有兴趣，现在连这个精神都没有。一说，他就是一句：大老远的跑那儿去干什么？

不过，李芹似乎越来越有兴趣跟他们一起混。大概这就跟买了件新衣服得到人多的地方去一样，李芹有了马文，老窝在家里有什么意思，她当然要带出来显摆。可是李芹又不认识别的什么人，她除了能带到杨欣这儿还能带哪儿呢？但杨欣后来也觉得没意思，就总推说太远，没车，不方便。

杨欣既然不愿意舟车劳顿，李芹就让马文开车过来。每次马文都得事先嘱咐李芹别说错话。有一次，李芹边打牌边建议李义买房子，还说越不买将来房子越贵。结果搞得人家两口子都脸上不自在。李义脸色尴尬，李芹还一点感觉没有，在那儿滔滔不绝，哪壶不开提哪壶。最后李义实在扛不住了，说："姐，您是站着说话不腰疼，我这一月才能挣几个钱，就那么点死工资，还得养孩子，哪还有钱养房子？"

李芹脱口而出："对，关键是娶个老婆还得养着。"

杨欣脸色"唰"地变了，马文赶紧说："房子主要是男人挣，男人要花女人的钱，还叫男人吗？"

李芹听了，笑而不答。马文从李芹的笑容中，意识到自己一直在花李芹的钱，马文意识到这一点以后，一个急刹车，不说话了。

李芹看马文忽然不说了，也知道马文是多心了，于是谦和地笑了笑，柔声细语地说："谁花谁的钱不重要，没钱花固然苦恼，可是有了钱没人花也苦恼。"边说边看马文，马文还是不搭腔。李芹居然当着杨欣李义的面，凑到马文身边，对马文低声说："我就挺愿意给你花钱的。"

李芹这种行为，香港人说话叫"晒恩爱"。

杨欣最后找来找去还是找了份工作，对外就说是房地产，其实是房屋中介。有一次，李芹跟马文没事闲聊的时候，马文忽然叹气，说杨欣找的那个工作，搁她25岁，给她多少钱她也不干，现在让她干，她还如获至宝高高兴兴每天一早骑着车就去。

李芹接过去说："这就跟女人嫁人一样，25岁看都不看的男人，到了35岁，哭着喊着要嫁，这就叫贱！"

马文明知道李芹是在挤兑杨欣，他就不明白为什么一个女人能从另一个女人的不幸中获得那么大的快感！不过马文现在学精了，以前他肯定会指责李芹不厚道啦什么的，或者替杨欣说两句好话，现在他不了。指责李芹不厚道，凭空惹李芹不高兴，没必要。替杨欣说好话，杨欣又听不见，还白白得罪李芹。所以马文就装天真，难得糊涂，对李芹说："我听出来了，你是骂我。我这样的男人，25岁站在你跟前，你别说看我，就是我看你一眼，你都得骂一句'臭流氓'！"

李芹被马文逗得哈哈大笑。但是这种开心的哈哈大笑，仅仅是关起门来是不够的，还必须伴有其他人的羡慕和妒忌。

李芹频频带马文去杨欣家，十有八九李义都不会在家。李芹总喜欢用夸张的疑问句起头："李义呢？又不在家？"

杨欣听了就不舒服了。你拎着我的前夫上我家来，还老问我丈夫为什么不在家，有这么办事儿的吗？

马文厚道，赶紧替杨欣解围说："这人一当领导就得忙活。男人，都这样，三十五奔四十的时候，最容易心里着急，发慌，觉得自己人生都过去一半了，这事业什么的，怎么都得忙活忙活。"

李芹拿眼睛看马文，马文说："真的，这叫中年危机，是一个专门的心理学术语。"

李芹问："你就没有？"

马文说:"我有。我不就是从那条路上过来的嘛。"

杨欣见李芹对马文瞪眼睛,心里不舒服,但嘴上没说什么,她给马文找饮料,问:"喝什么?"

李芹冲马文:"哎,对对,咱们那咖啡壶呢?"

马文:"忘家了。"

李芹埋怨的口吻:"你出门没拿上啊。"不知出于什么心理,李芹可喜欢在杨欣面前埋怨马文啦。

李芹对杨欣眉飞色舞手舞足蹈:"我特意给你们买了一个咖啡壶,以后你们可以喝手工磨制的咖啡,特别好……"

杨欣说:"我们喝速溶的就行。"

李芹说:"速溶?那还不如不喝呢。"

杨欣刚巧手里拿着雀巢,见状不知道应该怎么办。马文赶紧说:"喝可乐一样。我就不爱喝咖啡。"

杨欣赶紧放下雀巢,去拿可乐。杨欣把可乐递给马文,可乐被李芹接了过去,放下,对马文:"不许喝可乐!"

马文说:"偶尔喝一次……"

李芹说:"不行!等咱有了孩子再喝。"这话一说出来,所有人都有点尴尬。李芹敏感地捕捉到杨欣的不自然,故意更要和马文表现得亲热,她对马文说:"咱们呀,争取生一龙凤双胞胎。"

杨欣看了,不舒服。但也觉得李芹有点做戏,她把冰箱门用力关上,自己一声不吭去揉面,擀皮儿。李芹见状,赶紧一边挽袖子包饺子,一边招呼着:"马文,烧水去啊。"

杨欣说:"不用现在烧吧?"

李芹说:"我包饺子快。马文,烧水去!"

女人和女人一旦较上劲,那就是看不见硝烟的战场。

厨房放着一排锅。马文大声问:"使哪个锅?"

杨欣在客厅跟李芹包饺子,杨欣故意说:"就以前你们单位发的那个。"

"哪儿呢?"

"还原来那地儿……找着了吗?"

"找着了。"

都是老中医,谁给谁把脉啊!李芹见杨欣这样,脸上虽然还是笑着,但心里早生出一排弓箭手各个拉满了弓。马文从厨房出来，也要伸手去包饺子，李芹对马文淡淡地："坐那儿吧。"

马文说："三个人快。"

杨欣说："不见得。"

马文看这两个女人绵里藏针的劲儿，有点不知道应该怎么办。

李芹指使马文："给我沏杯茶，渴死了。"

杨欣说："热水没烧。要不一会儿一起喝饺子汤吧。"

马文看看李芹，李芹不吭声，马文就没动。马文接着站在李芹边上，三人接着一起包饺子。这就跟踢足球似的，踢了半场，还是零比零，其实早互相射门背后铲球一百多回了！

杨欣看马文一眼，把擀面杖给马文，李芹把擀面杖接过来，说："我来吧。"说完，对马文意味深长地："你找一围裙，你那西服两万多一套呢，为几个饺子不值得。上回那件，送干洗店都没洗掉，也不知道从哪儿蹭的脏东西。"

马文脸上有点尴尬。杨欣彻底不舒服了，对马文说："你把那衣服拿来我给你洗，这有什么洗不掉的。不就是点粉底吗。"

杨欣是故意的。上回那个确实是粉底，而且是她的粉底。

那几天李义天天不着家，每天跟着了魔似的找孙容。他就一个条件，孙容再婚可以，但绝对不能把李离带走。孙容索性就搬到姓林的那边住着，还把李离给转了学。李义就疯了。后来找了私家侦探，才找到孙容。李义一见孙容，眼泪差点流下来，说："我找了你好长时间了。家里电话手机都打烂了……"

孙容说："我以前也经常这么找你，一整天一整天的。你们单位电话你手机你姐的电话，也都打烂了……"

"你能不能让我进来说？"

"不能。"

"我有话跟你说。"

"我以前有话跟你说的时候，你是怎么对待我来着？"

"孙容，我这些话很重要！你怎么看我，我都无所谓了。可是，我不能眼睁睁地看着你往火坑里跳！"

孙容一笑，说："是听杨欣说的吧？她凭什么认定我要跳的就是火坑呢？"

李义说："你把门开开好吗？"

孙容看看表，说："你要说什么快说！我的未婚夫一会儿要回来了，我不愿意他误会我。"

李义说:"那人你了解吗?我听说他挺色的!"

孙容说:"男人不都是这样?你看上去老实巴交的,不也照样色?"

李义被孙容说哑了。孙容负气说:"我现在想明白了,男人就是一种没有进化好的动物,指望男人忠诚,就跟指望公鸡下蛋一样,不现实!我嫁给你的时候,你什么都没有,我妈问我看上你什么了,我说就看上你忠厚老实了。那个时候我妈就跟我说,男人有什么忠厚不忠厚的?男人只分有本事的和没本事的,有本事的男人,他即便是在外面拈花惹草,你好歹是花到他的钱了;没本事的男人……"

李义被孙容说得烦了,说:"别说了。说来说去我就是一个没本事的男人!有本事的男人花心叫英雄难过美人关,没本事的男人花心叫偷鸡摸狗……"

"你知道就好。"

"我想知道你嫁人以后,李离怎么办?"

"李离现在上了贵族学校,她的前途就不用你操心了。"

"我想见见她。"

"改天吧,今天她不在家。"

李义心往下沉,说:"她不在家在哪儿?"

"她的新爸爸带她学钢琴去了。"

李义当即脱口而出:"你怎么能让一个流氓带咱女儿四处瞎转悠呢?"

孙容一阵羞愤,问李义:"你想哪儿去了?"

李义说:"你说我想哪儿去了?!"

"砰"的一声,防盗门上的窗户关了。李义敲门,门再不开了。李义在楼门口一直等了三个小时,才见到姓林的车,李离安静地坐在副驾驶座上。李义冲上去,跟林之凡说他想和李离说两句话。林之凡很痛快地答应了。

李义跟李离找了一个地方坐下。林之凡在不远处的车里坐着抽烟。

李义对李离:"你转学了?"

李离淡淡地点头。

"你的新学校在哪儿?"

"您知道那么多干什么?"

李义警觉:"你妈妈不让你跟我说?"

李离摇头,说:"是我不想让你知道。"

"为什么？"

李离："我不愿意你到学校去看我，现在同学都知道他是我爸爸。"说着，用眼睛瞟瞟不远处的林之凡。

李义几乎气得浑身发抖，说："我哪里做得不好，让你觉得我做你爸爸丢了你的人？"

李离翻李义一眼，说："我姥姥说，一个男人是否有品位，就看他娶什么样的女人。我妈妈比你现在那个老婆强多了。你就是一个没有品位的男人。"说完，站起来走了。李义看着李离的背影，眼泪涌上眼眶，一句话都说不出来。

就是在那天晚上，李义跟杨欣头一次吵到要离婚。李义回家的时候已经半夜了，他累得一头扎在床上，闭上眼睛。片刻后，觉得不对，再一睁眼，发现墙上他和杨欣的婚纱合影没了。李义意识到杨欣肯定是生气了。李义推了推躺在边上，浑身冰凉一声不吭的杨欣，杨欣一动不动跟木头人似的。李义叹口气，说："别生气了，我是去了趟孙容那儿。"

杨欣不说话，黯然神伤。李义抽烟，杨欣冷冰冰地说了句："别在屋里抽烟。"

李义只好把烟掐了，说："你说我能不去吗？我能眼睁睁看人家往那么大一火坑里跳吗？她毕竟也是我女儿的亲妈吧？"

杨欣鼻子里哼一声，说："你觉得那是火坑，人家不觉得。"

李义跟杨欣争论起来，说："所以我才得跟她说明白了呀，对吧？哦，你的意思是我就应该看着她跳进去，烧成灰，一声不吭就对了？这人心都是肉长的吧？"

"你跟人说明白了吗？"

李义摇头。杨欣冷笑，说："那你打算怎么着？卷上铺盖卷，天天上她们家说去？"

"你就别拱我的火儿了。"

"我拱你的火？！你自己就是世界上最大的一火坑。谁跟你在一起，谁就倒霉！"

李义被杨欣撅得说不出话来，站起来，怒冲冲去了马虎的房间。那几天马虎刚巧夏令营，不在家住。李义一进去就"砰"地一声把门关上。

杨欣冲到门口，又踢又敲，嚷嚷着："开门！开门！"

李义只好开门，问杨欣："干什么？"

杨欣说:"不干什么,离婚!"

李义也火了,说:"离就离,又不是没离过。"

杨欣见李义这态度,对李义冲口而出:"你滚!"李义沉默片刻,带门出去了。这次,把杨欣一个人留在房间里。杨欣没有料到李义会真的走,有点懵……

杨欣就是在那个孤独无助的晚上给马文打了电话。马文来劝她,她一软弱,就扑到马文怀里哭了一哭。那块粉底,李芹当天就发现了,马文打死也不说,李芹也就放了他一马,但有一条,要他答应结婚。

杨欣说出"粉底"两字之后,一时鸦雀无声。

马文吓得眼皮都不敢抬。杨欣倒是神态自若,该包饺子包饺子,李芹做出一切都在预料中的样子,尽可能地想保持平静,但还是有些克制不住。她不知道自己该说什么好。片刻之后,她停下擀面杖,板起脸,问杨欣:"你跟马文这样没完没了的,不觉得对不住李义?"

杨欣说:"如果李义和他前妻有什么事,我想我能够容忍,也能够理解。"

李芹眼睛瞪得要多大有多大,说:"别说容忍不容忍,问题是李义和前妻有没有事?"

杨欣说:"我想是没有。"

李芹说:"既然没有,说这话就没意思。"

杨欣说:"如果你觉得没意思,当然就没意思。"

马文被搅入两个女人的战争,事先几乎没有任何心理准备,他极力想岔开话题,说:"李义呢?干什么去了?给他打个电话。"

李芹则说:"有什么好打的。男人要是不喜欢一个女人了,别说打电话叫不回来,就是给他金山银山,他也不回来的。"

杨欣说:"那倒不见得。有的女人并不可爱,但如果有金山银山,她就会变得可爱起来。"

李芹不怒,反而愈发平静,说:"所以啊,女人之间可以比的东西很多,有一句话怎么说来着:美丽让男人停下,智慧让男人留下。对吧?最可怜那些年轻的时候长得有几分姿色的女人,年岁一大,一张老脸,却还是一副骄蛮公主的脾气!"

杨欣刚要说话,马文叫着:"水开了,饺子饺子,赶紧下……"

饺子入到锅中……

李义进门。等着他的，是热气腾腾的饺子，以及所有人都面和心不和的表情。

平常都是李芹张罗打牌，那天是杨欣。四个人都坐下。话全说得密不透风，滴水不漏。

马文边上是李芹，杨欣在马文对面。李义坐杨欣下手。

马文打出一张牌，李芹夸张地叫到："你怎么知道我等四条？吃！"说着把牌捡过来。

杨欣一笑，上下嘴皮子一碰，清脆地说出两个字："我碰！"说着，翻出两个四条，伸手把李芹已经吃了的牌拿到自己门前。

李义提醒："你破门清了。胡也是小的。"

杨欣说："管他呢，先碰个痛快。"

李芹自摸上一张牌，推倒："门清，自摸，一条龙，给钱给钱！"

大家纷纷算账。李芹话里有话："我刚才要真吃了那四条，我就胡不了的。所以这人还是不能图一时痛快啊。"

杨欣手正在掏钱，停了片刻，找出话来："俗话说情场失意赌场得意……"

李芹立即反唇相讥："总比情场失意赌场也失意强吧？"

马文一口水呛住，李义率先站起来，说："不打了不打了没意思……"

马文赶紧说："是是，明天还上班呢。"大家纷纷起立。

马文开车。李芹虎着一张脸。

马文说："你怎么啦？赢了钱还不自在？"

李芹说："你骗不了我！"

马文说："又来了。"

李芹："我现在明白为什么我弟弟当初那么火上房似的要给你找对象，让你搬出去……男人都不是东西！越看上去老实巴交的越不是东西！"

马文顶她："你弟弟看上去可比我老实巴交多了。"

李芹目视前方，悲凉悲愤悲伤悲哀化悲痛为力量："我这人脑子慢……有的事儿我得慢慢琢磨。我今天就奇了怪了，杨欣凭什么老跟我较劲？我来他们家，我是客人，我是她丈夫的姐姐，再说我过来，不是也为了给他们找点事，让他们缓和缓和，她倒好，跟我没完没了，还当着我的面，跟你说那什么粉底，她真好意思，我当时就想问她，那是谁的粉底啊？那怎么就蹭上的？真亏她说得出口。

她就是成心。她就是想说你喜欢我，是喜欢我的钱，我人不可爱，是钱可爱！"

马文一声不吭。

李芹说："你是不是觉得她那样还特可爱？"

马文说："杨欣没那么复杂，她这人不像你，她想得少，想起什么就是什么，好多话她说出来之前根本没过脑子！事后，能后悔得肠子都青了。你跟她处时间长了，你就知道了，她其实特别简单……"

李芹说："她不是简单，也不是复杂，她是从来不在乎会伤害谁。你信不信，她要是当第三者，她能理直气壮地上人家家去，她就是那种人！你们男人还觉得这种女人简单，可爱，可爱个头！"

马文说："咱能理智点吗？"

李芹忽然眼含热泪，对马文："你让我怎么理智？她那样儿，她那样儿，你说她今天跟你眉来眼去的……我还在场呢。大家都是女人，玩这套！"

马文说："你别瞎琢磨好不好？我告诉你，没准儿，人家现在跟你弟弟正亲亲热热的呢。"

李义收拾残局，杨欣在边上一边给李义擦鞋，一边跟李义说话。

李义说："我怎么觉得我姐今天不高兴啊？她走的时候，那脸拉的……"

杨欣说："她不高兴，我还不高兴呢。我就看不惯她那样子，一到咱们家来吧，就跟女王驾到似的，呼来喝去的，你早上是不在，她那气派，指挥若定……"

"她指挥你来着？她指挥马文吧？"

"别管指挥谁，我就烦她那样儿。呼来喝去的……"

"你对我不也是呼来喝去的吗？"

"那不一样。"

"有什么不一样？"

杨欣一时没说上来，李义一语点穿："你就是看她折腾马文，你不爽呗。"

李芹和马文闹了一路，一直到回到李芹的豪宅，李芹还在折腾。

马文打定主意抵赖，李芹则不准备放过他。但是李芹尽管软硬兼施，马文还是守口如瓶。李芹被激怒了，大骂马文是一个吃软饭的家伙。马文也被她骂急了。

李芹手里提着那件蹭脏的外套，对马文："拿去拿去，让她给我洗干净熨平了还给我!"

马文一把夺过外套:"你有完没完?就这么点玩意……"

李芹说:"那你倒是跟我说清楚啊?"

马文还想打哈哈敷衍:"再这样,让你喝静心口服液了啊。"

李芹说:"你这次别想混过去!我告诉你,我岁数大了,玩不起,也不想玩。我要想玩,也不找你玩,满大街比你好玩的东西有的是。我就是找一个吃软饭的,也没必要找一个你这样的,你有什么啊?还说我弟弟中年危机,你不危机啊?"

马文脸上挂不住:"我确实是个没用的男人。打人不打脸,你何苦用这种话来伤我?"

"你脸皮厚,伤不了的。"

"怎么伤不了?我已经很受伤。"

"那是别人让你受的伤,跟我没关系。你知道我现在终于明白了什么事?当初杨欣为什么要跟你分手,就是因为你不像个男人!"

"我是不太像男人。"

"你当然不像男人!"

"我没说我像男人。"

马文一味服软,李芹只好软中带硬以柔克刚。她提溜着马文的外套,对他说:"杨欣都承认了,你还一口抵赖,这有什么用?"

"她承认什么了?"

"承认这上面是粉底。"

"她那是故意气你。"

李芹反问:"她为什么要故意气我?"

马文语塞。李芹诱供,说:"你们原来是夫妻,真有事,我也不会太吃醋。"

马文说:"你不吃醋,我也不会说有。不说,打死我也不说有。"

见马文不肯老实就范,李芹再一次暴跳如雷,能想到的狠话都说了,然而马文仍然一副死猪不怕开水烫的样子。他就是想跟李芹蒙混过关。李芹没办法,把衣柜打开,凡是马文的衣服都给扔出来……边扔边说:"你滚!"

马文赖着不肯走。

李芹说:"你再不走,我就打电话喊110来。"

马文说:"快喊,110来,省得我叫出租。"

折腾半天，李芹感到累了，火也发得差不多了，心也有些软下来，想马文如果真认个错，她就算了。她开始给马文找台阶。

李芹问马文："你记不记得以前我跟你说过的话？"

马文有些迷糊。

李芹就伤感地说："我知道你没往心里去。"

马文说："你说过的话太多，我怎么知道是哪一句。"

李芹无可奈何，说："我跟你说过，我绝对不会逼你娶我的！"

马文不接话，李芹再次失望，再次伤感地说："我们反正也是萍水相逢，说分手就可以分手，你不应该这样伤我，你并不是那么坏的人。"

"我没有伤你……"

"你还没有伤我？"

"那不就是蹭脏了一块吗？"

"一万多快两万的外套，你穿出去干干净净，回来就这样啦，我作为它的拥有者，总有问问的权力吧？"李芹的话，让马文憋了一肚子火。

马文将身上的车钥匙掏了出来，又拿出皮夹子，和李芹算账。

他说："你给我买的衣服，我一件不带走，我也没钱，穿不起。回头我再给你算一笔细账，我在你这儿吃的喝的用的，多少钱打你卡上。这钱包是你的，我用不起……"说完，把钱包里面的钱什么的拿出来，将钱包放在李芹跟前。

李芹看出马文这是真要走人的意思，而且很可能一去不返。当即心虚。

"站住！"李芹一声断喝。

马文骄傲地回过身。

李芹说："把屋子收拾干净再走。"

马文看了看地上，拿了把扫帚过来，将地上的碎玻璃先打扫干净，然后又用拖把将地面仔仔细细地拖了一遍。他似乎是赌气干这些事，干完了，把拖把放回卫生间的时候，他的火气也开始大起来。

李芹说："今天走了，就不要再回来！"

马文怒不可遏，说："我当然不回来！"说完，背起电脑包出门。

出乎马文意外的，是在最后关头，李芹突然在门口拦住他，她的眼泪直流下来，像孩子一样哭着说："我不让你走！知道你早就想走了，你别走！"

马文对李芹的举动大感意外，但最后还是留下了……

26

马文常常想，如果杨欣没有那么多事儿，他可能真的就跟李芹结婚了，而且，他跟李芹结婚，应该也会过得不错吧？

但是人算不如天算。孙容病了。是绝症。按道理说，孙容和马文一点关系都没有，可是，世界上的事情就是这么奇怪，这大概就是所谓的蝴蝶效应吧？远在中国的一只蝴蝶震动了一下翅膀，千里之外的加勒比海波涛汹涌。这两者的必然性几乎微乎其微，但它存在。

李义到医院去看孙容，俩人相顾无言，唯有对泣。

孙容就一个要求，不要让李离知道。李义答应了，告诉李离，妈妈是出国了，她要和爸爸生活一段时间。

李义和李离回到他和孙容曾经一起生活的房子。

李义和杨欣在一年之后离婚。

是非常非常平静地离婚。

李义说，他是一个很小很小的煤球，他的热量只够烧热李离这一壶水。

一年之后，马文和李芹按部就班地去领结婚证。这中间，他们经历了无数次谩骂指责哭泣流泪忍让原谅分手和好。有的让他们亲近，有的让他们疏远，但最后，李芹下了最后通牒，这最后通牒就是要在她生日那天给她一个礼物：婚姻。

马文停好车，李芹不动。马文也不动。他们一路上又为李义和杨欣的离婚大吵了一架。双双都虎着一张脸，庄严肃穆，像是要参加葬礼而不是结婚。

车已经熄火，停在车位上，但俩人却谁也不下车。好像在玩一个游戏，看谁扛不住先下车。

最终，还是李芹沉不住气了，她把墨镜摘下，对马文说："还得我请你进去？"

马文沉默。

李芹软下来，对马文："我刚才话说重了……"

马文不买账，发火："我是真看不惯你弟弟！有他那样做丈夫的吗？谁嫁他谁倒霉。杨欣对他怎么样？他离婚了，什么都没有，杨欣嫌弃过吗？杨欣是比他大，可是你弟弟也不算是未成年人吧？他14岁？没有判断能力？不懂得爱情？迷茫？杨欣那工作多辛苦你不是不知道，天天骑自行车带客户看房子，回来还得给他做饭，伺候他吃伺候他喝……他，还动不动发脾气，动不动好几天不搭理人家，那叫过日子吗？你不想对一个女人好，你娶她干什么呀？哦，这叫什么？过半截，说照顾不过来，又把杨欣扔半道儿上了！"

李芹等马文说够了，半开玩笑地说："过日子有两种过法，一种是愿打愿挨，一种是相敬如宾，你瞎激动什么呀？"

"我激动了吗？"

"你没激动，你很平静，是我激动来着。"说着，李芹挨到马文耳边，对马文低声地："你是愿意我跟你愿打愿挨还是相敬如宾？"

马文叹气，说："杨欣就是不会你这套。"

"你怎么知道她不会？"

"我们做了十一年夫妻。"

"她是跟你不会！"

马文听了，自嘲地笑笑，下车。

马文站在车下，看李芹，李芹依然坐在车内，与马文对视。马文只好绕到李芹那边，替李芹拉车门。李芹却把拉开的车门关上，对马文说："马文，我以前跟你说过一句话，你还记得吗？"

马文说："你说过那么多话，我怎么能都记得？"

李芹说："我说过绝对不会强迫你娶我。"

马文说："记得。"

李芹说："你看你这样，一点高兴劲都没有。好像不是要结婚，是奔丧。"

马文说："我这人就这样。宠辱不惊。"

李芹笑了，说："我这辈子做过很多错事。其中之一，就是在该争取的时候不争取。这一点我跟杨欣差远了。"

马文说:"咱别提她了。"

李芹说:"我不是提她,我是说我自己。我是那种不喜欢跟别人争的女人。要不也不至于跟王大飞离婚。那时候吧,觉得自己特高尚,特圣洁,现在回想起来,觉得自己特别傻。明明爱一个男人,为什么不勇敢地抢回来呢?这有什么丢人的?"

马文看着李芹,满脸迷糊,说:"你到底要说什么?"

李芹说:"我是想说,我到现在为止还是这么一个女人,我不喜欢跟别人抢一份爱情……"

马文不吭声了。他的手机在震,他知道是杨欣。李芹意味深长地瞄他一眼,说:"你有电话吧?"

马文点头,说:"我接一下。"

电话就在马文要接的时候断了。李芹下车,风情万种地走到马文跟前,捧着他的脸,注视着他。显然马文心里有事儿。李芹知道他在惦记刚才那个未接电话。李芹说:"要不,你先回个电话吧。"

马文如释重负,笑容绽放,立马回拨,边拨边说:"马虎最近老发烧。我怕有事。等一下我回一个啊。"

李芹绕到驾驶座一侧,拉门,上车,倒档,车子徐徐倒出,李芹把车开走了。

一年了,马虎骨折一次,杨欣脑震荡一次,杨欣母亲病危三次,马虎转学一次,被老师找家长数次,每一次,马文都责无旁贷义不容辞。李芹够了。

马文站在原地。现在就剩他一个人了。他的手机上收到两条短信。

第一条:我没事儿。打电话就是想祝贺你再婚快乐白头到老。美满婚姻需要99%的努力+1%的运气。祝你幸福。杨欣

第二条:我很庆幸,能在40岁生日的时候,可以把"自由"当做一份厚礼,送给你,也送给自己。望珍惜。自由是最宝贵的财富,不要轻易放弃,除非……遇到真爱。李芹